求职记

[日] 石田衣良 著

张凌志 译

青岛出版社

目 录

一 在暴风雨中出发 / 1

二 工作的真谛 / 40

三 欢迎来到综合版块 / 80

四 爱的简历 / 123

五 学长您好 / 164

六 求职前线起战事 / 226

七 尾声 / 359

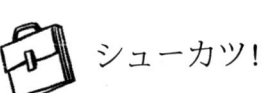 シューカツ!

一　在暴风雨中出发

"要迟到了！"

水越千晴一个箭步蹿上地铁站出口的台阶。她还不太习惯身上穿的紧身西装裙，所以有些迈不开腿。千晴把裙子的下摆往上提了提，穿着长袜的大腿露出了一大截。但她已经顾不了太多，三步并作两步地顺着表参道站的台阶跑了上去。

地铁站外，道路两旁的榉树在风中不住地摇摆。青翠欲滴的新绿，在和春天一起到来的暴风的吹拂下，仿佛在低声说着什么。千晴在右手边表参道楼群的俯视下，顺着长长的下坡路一路小跑。

路上的行人都穿着色彩艳丽的春装，只有千晴穿着颜色单调、毫不起眼的深蓝色求职西装。千晴觉得这简直就是一身毫无个性可言的铠甲。但是她知道，现在不是抱怨的时候。

"因为这将是一个决定自己命运的春天！"

千晴现在是大学三年级的学生，该找工作了。在今后的一年时间中，她必须找到她这辈子要干的工作，削尖脑袋挤进她想去的公司。她的心里满是忐忑和焦躁，因为求职与应试教育的考试不同，不存在所谓的标准答案，不管如何精心准备，她也没有百分之百的把握。除了书本知识,沟通能力、社交技巧等无数她根本无从把握的因素,全都会影响求职的结果。

千晴在表参道的中段往左一拐,马上就找到了和大家约好见面的餐厅。意大利国旗被大风吹得像一团火焰似的上下翻腾。如果是在平时,学生们的聚会地点一定会选在大学附近高田马场的小酒馆里,但是今天非同寻常。

千晴和大学同学们自发组织的求职攻关小组,今天将在这里举行成立仪式。聚到这里的七名大学生有一个共同的目标,那就是在求职竞争最为激烈的传媒行业找到工作。从今天起,他们将共同迈出求职的第一步。

千晴推开玻璃门走进店里,问服务员:

"请问鹭田大学[①]的学生预订的位子在哪儿?"

服务员是一个年轻的外国人,一头金发。他微微一笑,用流利的日语说:

"客人们都已经到了。这边请。"

服务员领着千晴走向餐厅里边的包间。房间的木门打开,六个穿着求职西装的大学生,齐刷刷地向这边看过来。

"千晴,你也太慢了!快过来快过来!"犬山伸子指着自己旁边的椅子招呼道。

伸子和千晴一样,也穿着深蓝色的求职西装和白色的衬衣。

---

① 指早稻田大学。日语中鹭田与早稻田谐音。

她体形偏胖,胳膊和前胸好像都要把衣服撑破了。伸子想去大出版社工作,她的梦想是当一名女性杂志的编辑。

"我早就猜到你会最后一个来了。"富塚圭在餐桌的上座发话了。

圭的性格沉着冷静,才智过人,是求职小组的领军人物,他的主攻目标是报社和电视台的新闻中心。圭的求职西装别具一格,在偏亮的浅灰色底色上,配有清爽的蓝色条纹。圭不愧是求职小组的领头人,第一次穿西装出现在大家面前,就显得派头十足。

"我们刚才打赌了,菊田和千晴谁会迟到。"佐佐木惠理子脸上带着端庄的笑容说道。

佐佐木惠理子总和圭在学习成绩上争夺第一名,家境好像也颇为殷实。她那烫成竖卷的头发显得非常华美,充满了女性的魅力。她个子高挑,身材也不错,但不知为什么在大学里参加的是推理研究会这样一个毫不起眼的社团。原来大侦探才是她的偶像。惠理子的理想是在出版社工作,但为了检测自己的实力,她还计划应聘几家东京枢纽台[1]。

"大家不要再说了,我怎么可能来得比千晴还晚?"

菊田良弘忍不住这样插了一句,本来就圆嘟嘟的脸涨得更

---

[1] 日本的各大民营电视网中起到枢纽作用的电视台,都位于东京。这样的电视台被统称为东京枢纽台。

圆了。良弘在轻松休闲的校内网球协会当副会长。他身材微胖,又长着一张娃娃脸,穿着西装的样子就好像是一个盛装的五岁小男孩[①]。像他这个样子,能被报社、出版社录用吗?

千晴也不服输,反唇相讥道:

"你烦不烦呀!你看你一副小孩样儿,就不要学大人说话了。今天是因为没穿惯裙子,走起路来费劲儿,所以才迟到的。"

千晴在大学总穿牛仔裤,一是因为她本来就不喜欢穿裙子,二是因为她觉得自己的腿形不好看。不过说到头,千晴从小就有这个毛病,不管是什么样的场合,最后总是得冲刺才能赶到约定的地方。

"水越同学,你今天带钱了没有?"仓本比吕氏用略带嘲讽的语气说道。连他戴的银框眼镜的反光都显得不怀好意。

"为什么问这个?"

"大家刚才已经商量好了,谁迟到,谁就请大家喝今天的第一杯酒。"

"啊?不会吧!"千晴忍不住发出尖叫。

请每个人喝上一杯这儿的葡萄酒,肯定得花不少钱。千晴靠父母的资助和自己打工挣的钱,勉强维持着自己在东京的生活。请大家喝酒的钱对她来说,并不是一个小数目。

[①]日本有名为"七五三"的习俗,男孩会在满五岁时穿上漂亮的和服以示庆祝。故有此言。

仓本比吕氏表情严肃地说：

"照你这个样子，怕是很难找到工作了。如果面试或者笔试迟到，就连参加选拔的资格都没有了。要知道，去热门企业应聘的人是招募人数的三百多倍。"

比吕氏希望加入电影公司或电视台，从事影视方面的工作。他人不坏，就是总喜欢摆大道理。

圭在桌子的另一端用作弄人的口气说：

"比吕氏说得对。正好说到这儿了，就让比吕氏给我们简单分析一下现在的就业形势好了。"

千晴索性豁出去了，也向服务员要了和大家一样的白葡萄酒。比吕氏一开口，围坐在白木餐桌周围的其他六个人就把视线聚集到了他的身上。

"应届毕业生的就业情况现在已经走出了低谷，去年大学毕业生的就业率已经提高到了百分之八十。在就业难的时代，就业率才不过百分之五十，所以我们还是很幸运的。"

比吕氏是擅长分析数据的理论派。

伸子嘟囔着：

"话是这么说……"

比吕氏点点头，接着说：

"伸子说得对，我们瞄准的媒体行业是就业的大热门，所以和就业形势的好坏并没有太大的关系。一般大企业的竞争概率大约是三百比一，而媒体的竞争概率动辄上千。虽然对我们并没有什么直接的影响,但有消息说,各家企业的人事部门都表示今后的两三年将会很关键:在这段时间内大量补充新员工,之后就会再次缩减招聘名额。哪儿都在精简编制,已经不需要那么多白领了。"

千晴盯着面前的高脚杯发呆,她想不出自己在千里挑一的招聘考试中过关的概率是多少。把求职换成绝症来设想一下:如果有人告诉你活下去的概率只有千分之一,你还能满怀希望地迎接新的一天吗?求职是一座窄得离谱的独木桥,但如果不硬着头皮走下去,也就看不到自己的将来。

"真一,你觉得呢?"

圭又把话头转给了一直闷不作声的小柳真一郎。真一郎在大学里参加的是正儿八经的体育社团——柔道协会。他身高还不到一米七零,但是体格健壮。两只耳朵因为摔摔打打,早已变得扁平。平时的他是一个性情温和的读书爱好者。真一郎的目标和良弘一样,是大出版社和大报社。他虽然沉默寡言,但是一旦开口,说的话句句掷地有声,能让周围的人自然而然地倾听。

"就算只有千分之一的概率,考得上的人总会考上,所以不用太在意概率的问题。又不是一千个人平分一份工作。对于每一个应聘的学生来说,只有考得上和考不上这两种可能性,所以,概率并不是千分之一,而是五五开。"

惠理子含蓄地微笑着,说:

"不愧是真一同学。你说得很对。不用总想着周围和自己竞争的人，集中注意力把自己该做的事做好就行了。"

真一郎点了点头，在胸前交叉起双手。他明明和大家年龄相仿，但穿着深灰色西装摆出这个姿势，顿时会很神奇地让人觉得他已经是一位早已毕业的学长。

这时圭瞥了一眼千晴，笑了。被聪明过头的人投以这样的目光，千晴觉得自己被作弄了，不禁有些生气，心里暗想："穿一身与众不同的西装就很了不起吗？少在那儿装模作样！"

"千晴的葡萄酒好像也已经来了。那我们干杯吧，为了庆祝我们求职攻关小组成立，为了预祝明年春天我们都能考上自己向往的媒体企业，干杯！"

"干杯！"

"干杯！"

七个人的声音交织到一起，在餐厅的包间里回荡着。

贪吃的伸子看着端过来的盘子，眼睛直发亮：

"平时总是在高田马场的小酒馆吃什么炖下水、土豆烧肉，喝的也是苏打烧酒。今天这顿饭明显就要洋气多了嘛。"

红色的西红柿、白色的马苏里拉奶酪、绿色的罗勒叶——用意大利国旗的三种颜色调配成的前菜端了上来。身材微胖的良弘马上往嘴里塞了一口，说：

"还真被你说对了，我们大学虽然录取分数线高，但在这些方面还真是土气得要命。"

鹫田大学是私立大学中的佼佼者，是名校中的名校，校风朴实无华,非常平民化,所以让大众很有亲近感。毕业生在媒体就业一直就是这所大学的强项,在这个行业的任何一个角落都有鹭田大学毕业生的身影。

良弘嘴里含着西红柿,含糊地说:

"参加完最终面试,拿到录用名额,是明年四月的事,离现在还有整整一年的时间。终点太遥远了,都不知道应该从什么地方下手。"

千晴也吃起了三色旗沙拉。水果西红柿的味道甜得像糖果。

"我也这么觉得。虽然也看了这样那样的择业指南,但是完全找不到感觉,真让人发愁。朋友们也还根本没有行动起来。"

"所以我们才搞了这个成立仪式!"

主持这次活动的圭把话接了过来:

"媒体的招聘考试比别的行业早很多,部分电视台在今年十一月就会开始招聘。我们大学的学生在这方面不够机敏,行动上总是落后别人。"

这件事学生们在大学的求职科也经常能听到。直到大四那年的春天①才开始慌着找工作的学生,每年在鹭田大学都层出不穷。校园里的气氛就对找工作这件事缺乏足够的紧迫感。

比吕氏放下手里的杯子说:

"电视台、报社、出版社分别会在二月、四月和五月发出录用

---

① 日本的学年从四月开始。

通知,真要到了明年,再怎么折腾也为时已晚了。"

圭在餐桌的一头发话了:

"我们拼的是千分之一的概率,无论怎么早做准备都不为过,所以今天我把这个带来了。"

圭从椅子背上挂着的单肩包里拿出一摞纸。这些A4大小的打印件被分发到了大家手里,千晴把印在最上面的标题念了出来:

"分组讨论评分表……这是要做什么?"

圭用不带任何感情色彩的声音回答道:

"这是某家综合性贸易公司在招聘考试中用的评分表。虽然今天是求职攻关小组成立仪式,但是光喝酒聊天是不是有点儿太松松垮垮了?"

"啊?开什么玩笑呀!"良弘喊道。

餐桌的周围一片哗然。近来几乎所有的企业都会在招聘考试中以分组讨论的形式进行面试。在单个面试时不容易看出来的地方,在团队中会更容易体现出来。通过分组讨论,可以充分观察一个人的沟通能力、能否有理有据地说服别人,以及每个人在团队中所担当的角色。

惠理子一边摆弄着自己的卷发,一边把评分表上的项目念了出来:

"主导能力、审时度势的判断力、听取他人意见的能力、协作性、表达能力、协调意见的能力、创造性、积极性、其他。"

打分的项目一共有九项,下面还留有打钩打叉和给六个面试者写评语的地方。

求职小分队的带头人宣布:

"这家贸易公司采用的形式是六个应聘者展开讨论,两个面试官进行评判。今天我们只有七个人,所以……"

圭扫了一眼餐桌旁的同学们。

"惠理子同学和我来做面试官,其他五个人接受面试。"

惠理子莞尔一笑:

"好像还挺好玩的。"

将要接受面试的五个人全都一脸不安。

良弘用双手抱着头说:

"好不容易来一次这么上档次的意大利餐厅,却要搞得人家食不知味。用不着一开始就搞什么模拟考试吧?"

真一郎一直保持着双手交叉的姿势。

"这不也挺好的吗?光是吃吃喝喝,哪儿来的危机感?从今天起,求职活动就算是正式启动了。成立仪式不就是为了这个目的吗?我们试试吧。"

千晴的心在不停地剧烈跳动。演练就这么紧张,真的到了面试考场上,真不知道自己会是个什么样子。

千晴一边掩饰着自己的不安一边问道:

"那讨论的主题是什么?"

圭意味深长地微微一笑,说:

"日本人的劳动状况。"

精于理论知识的比吕氏马上就发现了问题所在：

"这个题目真够宽泛的。"

"脑力劳动者劳动时间自主化(white-collar exemption)制度这个题目倒是也可以,但太具体的题目大家会比较难应对吧？"

圭和比吕氏不约而同地朝千晴看了过来。

"你们这是干什么啊？你们不用太在意我和良弘,不管什么题目,尽管放马过来吧。"

千晴从来没听说过白领什么制度,只能一个劲儿地虚张声势。

惠理子游刃有余地说：

"那就这样定了,不过我们得先把饭吃完。"

"就是嘛,这么棒的时蔬凤尾鱼意面都被搅得不知道是个什么味道了！"

馋猫伸子的一句话,让笑声又回到了餐桌上。

圭点头同意：

"等大家把饭吃完,咖啡上来了,我们就开始。时间是二十分钟。大家就把它当成是真实的面试,千万不要敷衍了事。结束以后,我和佐佐木同学会把评分的结果公布出来。"

良弘鼓着腮,心不甘情不愿地说：

"好啦好啦,弄就弄呗。"

虽说不过是预演,但是大家一旦被分成应考和评分的两个阵营，包间里的气氛就不像先前那样融洽了。随后端上来的两道主菜烤羔羊和香草烤鲈鱼，究竟是好吃还是味道一般，千晴完全没有印象。所有人都若有所思的样子，话也少了很多。

不管是谁，在面试中被人掂量来掂量去，都不会心情舒畅。因为别人会出于各种未知的原因，评价你作为一个人的价值。千晴打心底觉得求职是一件让人痛苦的事，不想成为别人打分的对象。

七杯意式咖啡被摆到了桌子上。饭后甜点是餐厅自制的提拉米苏和树莓沙冰。圭悄悄看了一下大家的盘子，大家已经吃得差不多了。

"好，就让我们开始今天的重头戏吧！"

穿着浅灰色西装的圭站了起来。佐佐木惠理子也很默契地拿着评分表和圆珠笔离开了自己的座位，卷发随着她的动作在轻轻地晃动。

"那么，接下来将是二十分钟饭后运动的时间。请大家拿出自己的全部实力，好好表现一下。有哪些评分项目大家应该已经记好了。"

"快开始吧。"

千晴和良弘的声音碰巧重合到了一起。

"那么请大家开始展开讨论！"

圭的口吻就像是一位真正的面试官。千晴战战兢兢地看着同伴：四位同伴穿着求职西装坐在那里，每个人都在为初次参加分组讨论而紧张。积极性也是评分的一个项目。千晴想第一个发言,但是舌头发麻,不怎么听使唤。房间里只能听到皮鞋在地板上走动时发出的响声。圭和惠子拿着评分表,在大家的背后绕着圈,俨然像两个等着行刑的"刽子手"。

仓本比吕氏咽了口唾沫,第一个说话了:

"根据2003年的调查,日本人一年的平均劳动时间是一千九百七十五个小时。因为最近经济比较景气,这个数字稍有增加。但是从中长期的趋势来看,劳动时间仍然在逐渐缩短……"

说到这儿,比吕氏停了下来。搬出他擅长的数据分析倒是没错,但是说到后面,他自己也搞不清楚到底想用这些数据来说明什么了。

这个时候如果主动替人解围,说不定可以在协作性这项指标上赚点分。千晴不顾一切地开了口:

"日本人的劳动时间和其他国家相比是不是很长?我印象中日本人非常勤奋,总是在工作。"

比吕氏看了一眼千晴,从他的眼神里可以看出他好不容易松了一口气:

"美国是一千九百二十九个小时,和日本差得并不多。但是欧盟的两个大国德国和法国的年均劳动时间都在一千五百小时到一千六百小时之间,比日本少了四百个小时以上。"

良弘不紧不慢地说:

"如果按照一天工作十个小时来换算的话,在欧洲一年就能少工作四十天呢。"

良弘说话的口气随便,完全不像是在参加面试。这个人怎么这么懒散——千晴斜着眼睛看着他,又说:

"在日本,无论什么样的公司,加班的时间都很长,日本的产业界已经到了该考虑劳逸均衡的时候了。我认为日本人的长时间劳动,是导致新生儿出生率低和育龄人口晚婚的原因之一。"

第一个说得还像那么回事儿的人,也许就是自己了——千晴颇有些得意。就照这个感觉把主动权一直掌握下去就好啦!

这时,比吕氏在桌子上探出了上半身,千晴好像激发了他的斗志:

"但是现在世界各国的企业都置身于全球化的激烈竞争中,日本也不例外。日本首先要和工资水平较低的亚洲企业进行竞争,如果仅仅缩短劳动时间,是不是会有新的问题产生呢?"

慢热的小柳真一郎终于开了口,柔道协会会员说话还是那么有分量:

"正像你说的那样,缩短劳动时间的前提条件是提高现有的劳动效率。不能做到这一点,日本肯定会逐渐失去国际竞争力。不光是体力劳动者,对脑力劳动者来说,今后同样会被要求进行更具附加值的劳动。这才是时代的走向。"

为了筹备找工作,千晴也在逼着自己看报纸的经济版面,但是几乎所有的文章都令她晕头转向。千晴觉得自己开始渐渐跟不上讨论的节奏了。

"虽然这方面的事情我并不是很懂……"

犬山伸子把双手对握在胸前,仿佛是在祈祷。

"劳动到底是什么?劳动真的可以用平均劳动时间和附加值之类的概念来衡量吗?我们到底为什么劳动?我觉得如果不把这些问题先想清楚的话,不管在世界上有多么强的竞争力,人也不会幸福的。"

千晴这时正巧在看圭这位主考官。听到伸子的发言,圭在评分表上写了些什么。伸子以前就是这个样子,话题一旦变得复杂,她就会突然发表一些意见,让局面来一个底朝天。千晴决定跟进,因为单靠数据和逻辑,自己肯定敌不过男生。

"我赞成伸子的观点。我们都是活生生的人,既不是被平均化的劳动者,也并非生活在平均值中。虽然抽象化和统计很有用处,但是如果不能搞清楚自己究竟为什么工作,我觉得就算今后找工作,也会无法真心诚意地投入。"

圭好像吃了一惊,又在评分表上写了些什么。千晴觉得自己不过是说出了真心话,似乎并不是什么值得加分的言论。

"对每一个劳动者来说,劳动的意义和目的确实很重要,但是置身于激烈竞争中的企业,并没有考虑这些问题的余地。追求利润才是企业的使命,如果企业不能延续,被雇佣的劳动者也没有未来可言。"比吕氏在竭力把讨论拉回到靠数据和理论说话的方向上。

仍旧交叉着双手的真一郎说：

"仓本同学是站在企业的角度从大局审视劳动，犬山同学和水越同学则是从劳动者的角度出发，从个人层面看这个问题。今天的主题是日本人的劳动状况，所以双方的观点都没错。"

真一郎平时总是直呼千晴的名字，现在又突然毕恭毕敬地称呼水越同学，这让千晴颇感意外。真一郎对讨论中对立的意见进行了整理，这一定会在协调意见的能力上有加分。

良弘又不紧不慢地说：

"我也觉得大家可以借这个机会好好考虑一下自己和劳动的关系。日本企业的现状如何，只要看看报纸就能知道，但是像这样推心置腹地就工作进行探讨的机会却很难得。"

千晴虽然心里明白不能总看面试官的脸色，但这时还是忍不住看了看惠理子。惠理子在不知哪一栏做了个记号。良弘刚才的发言好像也得到了正面的评价。看来诚恳的态度和坦率的发言在分组讨论里也会得到一定的认可，而这正是千晴所擅长的。

"我也觉得这个角度更能增进我们五个人相互之间的了解。大家都将应聘各家媒体，动机是什么呢？大家在媒体真正想做的工作又是什么呢？"

这虽然是一个千晴自己也很难说得上来的问题，但是把这个终极问题抛给同伴，千晴还是做得到的。

伸子第一个开了口：

"我希望从事女性杂志的编辑工作。上大一的时候,我生病住过十天院。因为精神一直很好,所以在医院里闲得发慌。病房里既不能用手机也不能用电脑,带去的书也很快就看完了。那时我在候诊室的书架上找到了很多杂志,那些杂志在我眼里简直就成了宝贝。"

这是伸子每次喝醉了酒就会讲的故事。虽然对在场的其他六个人来说早就耳熟能详,但因为是伸子的亲身经历,所以显得很有说服力,在真正的面试中肯定也会很有效。因为良弘随随便便搭的一句话,讨论出现新的走向,这对千晴来说,也是求之不得的事。如果是日本的劳动力市场之类的话题,千晴可能会连一句话都插不上。

伸子还在满怀热忱地诉说着:

"这个世界上竟然有这么多有趣的事情,而且用的是杂志这种容易传播的形式,只要几百日元,就能够了解现在这个时代和生活在这个时代的人们。我躺在病床上想,如果编辑策划能成为我一辈子的工作,那该有多好!这份工作对我来说充满了吸引力。"

犬山伸子的脸颊泛着红光,大概连她自己也被再次触动了。

千晴想到了自己。虽然她也想在媒体工作,但是她有伸子那种热情吗?千晴不免有些心虚。

"我很理解你的心情,我希望在报社、出版社工作也是出于类似的原因。我希望能够比任何人都先看到这个社会发生的变化,并不是经济、政治方面的那些变化,而是用心去审视普通人平淡无奇的生活中发生的变化。我出生在东京的老城区,不太愿意相信那些自上而下的漂亮话。"良弘淡淡地说,并没有任何装腔作势的感觉。

千晴向来觉得他为人轻飘飘的,而且容易得意忘形。良弘说出这样的话,让千晴很是意外。

"所以,如果我去报社的话,不会去政治部、经济部那些仰之弥高的地方,生活家庭部、文化部那样的地方比较适合我。要是进了出版社,我就去包罗万象的周刊杂志当记者。"

良弘的话虽然和伸子的风格不同,但同样很有说服力。微胖且娃娃脸的良弘对报社内部的情况好像摸得很清楚。千晴刚有点儿佩服良弘,比吕氏又从完全不同的角度展开了攻势:

"各位对纸媒的将来怎么看?"

围坐在桌子周围的所有人都把视线集中到了比吕氏身上。主考官之一的圭马上在评分表上又添了几笔。提供新话题的能力也是评分的一个要素。

"我的目标是电视台或者其他制作影视作品的公司。大家知道,全国性的报纸和大出版社的营业额最近几年都在缓慢地下滑。纸媒被图像和网络取而代之已经成了时代的大趋势。整个出版业的营业额和巅峰期相比,已经减少了百分之十五。"

房间里的气氛开始躁动不安。在这七个人里面,把影视图像作为主攻方向的只有仓本比吕氏一个人。

"今后随着网络的进一步普及,影视媒体会加速发展。不光是日本国内,只要看看好莱坞和韩国的电影就能明白,影视产业可以简单地超越国家与文化的差异。影视业,尤其技术不断进步的电视业将成为今后大众传媒的主流。日本的纸媒既不大可能有什么新的技术进步,也缺乏获得进一步成长的余地。各位在选择一生的工作的时候,对出版业和报业的将来又是怎么考虑的呢?你们有足够的信心吗?"

大家感到周围的气氛一下子紧张了起来。如果在应聘的企业一直工作到退休,时间将会长达四十年。找工作还需要对时代的变化抱有先见之明。千晴还只是一个大学生,对"未来的前景""发展潜力"这样的词毫无招架之力。就好像有人在千晴面前出了这样一把尚方宝剑。出版业和报业的未来真的一片黑暗吗?泡沫经济崩溃之后,电视台的情况暂且不论,纸媒不断裁员的消息她确实早有耳闻。

"钢铁、天然气和银行的情况又如何呢?"就好像在柔道比赛中试探别人如何出招一样,小柳真一郎这样发问道,"所谓的旧有产业为数众多,也都在变革中生存了下来。我认为以发展论英雄的时代在日本早已成为过去。反过来,我想问一下仓本同学,你能想象报纸、杂志、书籍完全消失的社会是个什么样子吗?"

以理论知识见长的比吕氏被问得哑口无言。这也许是个机会,千晴朝那位个子不高的柔道会员轻轻点头示意,跟进道:

"我反而觉得报业和出版业这样的纸媒有它们的优势。纸媒确实已经非常成熟,但这也正说明纸媒已经深深扎根在我们的生活中了。今后纸媒也应该不会消失,而且纸媒还有电视、广播和网络所无法替代的作用。"

对不太善于讲大道理的千晴来说,能说出这样的话已经很不容易了。仔细想一想就能明白,实际的面试是由报社、出版社的人事主管来主持。如果有人说他们所在的行业前景黯淡,单凭这一点,应该就会使他们心存不快。

比吕氏还在努力想挽回劣势:

"你们说的也有道理,但是现在大众媒体所处的社会环境的确在急剧变化,我们必须充分认识这一点。"比吕氏也许已经感到自己寡不敌众,言辞也不再那么锋芒毕露。

真一郎仍旧交叉着双手:

"发展确实很重要,但是大众传媒的发展本来就是有限度的。人眼球的重量不过几十克,耳朵的重量也差不到哪里去。两者都只占体重的千分之一左右。眼睛和耳朵不管长多大,都不可能变得像肌肉和骨骼那样有分量。大众传媒也是一样,相比规模,工作的内容和质量才更为重要。"

良弘也慢悠悠地发话了:

"大家都说东京枢纽台发展潜力大,但是从员工人数来看,也才不过一千几百号人,营业额虽然可观,但其中绝大部分都是广告收入,所以也不可能发展成员工上万的超大型企业。"

站在良弘背后的佐佐木惠理子面试官又在评分表上写了些什么。千晴觉得自己错过了一个发言的好机会,觉得有些不甘心。因为千晴在看过针对媒体的求职参考书之后,也曾经把枢纽台的规模归纳成表格:公共电视广播以外的其他电视台规模都不过一千五百人左右,每年聘用的应届毕业生也才不过二三十人。

千晴差点发出一声叹息。为了那二十多个聘用名额,好几万名大学生会去应聘。即使在大众传媒行业,电视台也是竞争最激烈的地方。虽然千晴为了检验自己的能力,也准备试着应聘,但是心里其实已经放弃了一半,她的最大目标仍然是大出版社。富塚圭看了一眼手表,宣布道:

"还有三分钟时间。请大家用三十秒,各自总结一下自己的劳动观。"

"啊?真的假的?"意大利餐厅亮堂的包间里满是良弘的惨叫。

"真的要说吗?"千晴也跟在他后面喊了出来。

在分组讨论中热烈起来的气氛,就因为圭的一句话,又降到了冰点。好一个让人猝不及防的结尾。

求职小组的领军人物一脸严肃地说:

"谁第一个来都可以,请抓紧这三十秒的时间最后表现一下自己。如果没有人发言的话,分组讨论就到此结束。"

"我要发言。"

比吕氏举起了右手。他对纸媒的前景表示怀疑而遭到了大家的反击,但现在好像已经重新稳住了阵脚。

"我想在多频道化的电视台内部,嗯……制作更有日本特色的影视作品。影视制作第一线的工作非常艰苦,但是我已经做好了心理准备,我会努力的。虽然我不太擅长体育运动,但是人不可貌相,我对自己的体力还是很有自信的……"

"到此为止,时间到。"

圭像一个真正的主考官那样中断了比吕氏的发言,在评分表上又写了些什么。千晴的心怦怦直跳。像比吕氏那样喜欢用理论知识当武器的人,在面试的最后也只能是一个劲儿地表态自己会拼命工作,而且他的声音还一直在发抖。

所幸这次分组讨论只是模拟考试,在正式面试时需要和素未谋面的应聘者就事先不知道的题目进行讨论。仅仅是想象一下那场面,就让千晴觉得胃疼,上好的西餐全都白吃了。

"我可以发言吗?"

犬山伸子第二个举起了手。她那总是红扑扑的圆脸这时已经像打印纸一样煞白。仅仅是看到她的脸,千晴就觉得十分紧张。

"我想做很多能够让日本的女性更加充满活力的策划,做出尽可能吸引人的杂志来。很多女性由于对未来的不安而不愿意生孩子,这样的状况太让人觉得悲哀了。我想通过杂志,让大家觉得活着是一件很幸福的事。"

担任主考官的惠理子这时提出一个问题：

"杂志的编辑工作时间长而且强度大,你准备怎样协调工作和个人生活的关系呢？"

千晴禁不住睁大了眼睛,因为惠理子提的是一个很尖锐的问题。碰上杂志的截稿日,杂志编辑每个星期或者每个月都会有几天通宵加班。工作时间也没有规律,休息日和深夜也经常需要上班。

伸子吞吞吐吐地说：

"我已经有心理准备了。如果能够在那么艰苦的情况下也能保持工作和日常生活均衡的话,这对和我一样的职业女性也会是一种鼓舞……"

"我知道了。"

惠理子点点头,又用圆珠笔在评分表上唰唰唰地写了些什么。

圭用冷静得让人难以忍受的语气问道：

"还有谁要说吗？"

良弘举起右手答道：

"我已经没什么要说的了。"

看到比吕氏吞吞吐吐地发言,良弘大概觉得什么都不说就这么结束,负面评价反而能少一些。原来还有这个法子——千晴不禁有点佩服良弘。分组讨论不存在标准答案,要充分利用一切可以利用的条件,来给主考官留下好印象。

"那我来说两句。"

接下来举手的是柔道协会的小柳真一郎,他粗壮的手指和厚实的手掌映入了大家的眼帘。

"我希望能在新闻采访的第一线工作。刚才我用眼睛和耳朵打了个比方,但是新闻报道的工作并不是简单地看和听,需要流汗、奔波、全身心地感受现场,然后再把这些传达给受众。写文章并不是我的强项,但是拼体力我很在行。不管什么样的磨炼,我都坚信自己能够经受得住。"

千晴觉得真一郎的发言很有男子汉气概。主考官的反应好像也很不错。惠理子和圭在认真地做着记录。

"好,那么最后请水越同学简单地总结一下今天的小组讨论。"

"对……对不起,别的人不都是表态,说说自己的劳动观就可以了吗?"

圭脸上没有露出一丝笑容。人真是一种会随着自己的身份变化的生物,圭现在已经完全是一个无懈可击的主考官了。

"因为水越同学是最后一个发言。你一直在听别的应聘者的意见,应该有很多时间来整理自己的想法。这样未免有些不公平,所以我才换了一个问题。"

伸子用眼神给千晴鼓劲儿。虽然只是短短二十分钟的讨论,但是千晴的脑子里已经一片空白了。第一个发言的到底是谁来着?

"嗯……我……"

千晴轮番看着其他人的表情：仓本比吕氏在饶有兴致地看着这边，小柳真一郎一副漠不关心的样子，从菊田良弘和犬山伸子的表情上就能看出他们在替千晴捏着一把汗。

"嗯……日本企业的加班时间很长，特别是传媒行业的业务以艰苦著称……嗯……为了解决低出生率的问题，这个非常值得商榷……总而言之，只要让我进公司，我一定会努力工作的！"

包间里的同学们哄堂大笑。千晴已经满头大汗了，她不明白大家为什么笑得这么开心，她甚至都不知道自己到底说了些什么。

"好了，就到这里。小组讨论到此结束。"

五个大三学生一齐长出了一口气。因为紧张，大家都全身僵硬。

千晴忍不住叫道：

"这算是怎么回事呀！一上来就被弄得这么惨！我肯定用不了多久就举白旗了。特别是最后那招太过分了！像那样突然换题目，不管是谁都会慌神儿的。"

良弘喝了一大口矿泉水：

"还真是，我都差点尿裤子。真发愁，到了真正的面试该怎么办呢？"

圭和惠理子正在比对两个人的评分表。

圭坐回到首座，说：

"现在公布结果。"

正在聊天的五个人一下子就又坐得笔直了。

良弘调皮地问了一句:

"说吧,谁及格了?"

圭看了良弘一眼:

"没有及格不及格一说。"

"为什么?"第一个做出反应的是千晴。

另一位主考官耐心地解释道:

"这次的分组讨论本来就不是为了追求是否及格这样的结果,而是为了让大家把握一下自己的特点。开始之前,我和富塚同学不是稍微商量了一下吗?当时富塚同学就对我说,不要找缺点,要多看大家的优点。"

不愧是求职小组的领军人物!因为刚刚从紧张状态中被解放出来,千晴的心情很不错。

"这个我举双手赞成,因为我就是表扬越多进步越快那种类型的人。"

良弘在一旁打趣说:

"不对,是一被表扬就得意忘形、容易犯低级错误的类型吧?"

包间里又发出一阵笑声。但当圭拿起评分表的时候,房间又瞬间安静了下来。即便是被同龄人打分,也绝非是一件轻松愉快的事。

"先从比吕氏开始。比吕氏在主导讨论的能力、创造性、积极性方面都表现得不错。"

一丝不苟的理论派对圭的评价点头作了回应。

"但是比吕氏没有能把自己提出来的话题充分拓展下去。"

千晴不禁插嘴：

"比吕氏同学在展开攻势时很犀利，但是一旦转入守势，就显得漏洞百出了。"

在论及报业和出版业的前景而孤立无援时，比吕氏的论点也就成了强弩之末，最后不了了之。

"千晴你少说两句。替别人担心之前，还是先担心一下自己吧。"

小组讨论还真的不可小视。千晴本来怀疑短短的二十分钟时间弄不明白些什么，但现在发现人在陷入危机的时候，谁都会使出自己平时最擅长的招式。对比吕氏来说，那便是数据与逻辑了。

"接下来说说大伸。"

犬山伸子就像在真的考场里一样紧张。她的姿势过于端正，已经把背挺得有些弯曲了。

圭看了伸子一眼，脸上露出了微笑。千晴这时领悟到，面试时非常重要的一件事就是要让主考官觉得你这个人有意思，其他并不需要想得太复杂。分组讨论的时候，只要能给打分的一方留下哪怕一处好印象就可以了。

"大伸从自己的亲身体验说开去,很有说服力。积极性很高,尊重他人意见的协作性也不错。"

伸子圆圆的脸蛋变得红扑扑的,被别人表扬总是一件让人高兴的事。在求职这种完全不知道自己被评判的标准是什么的情况下,别人的赞许一定更能成为前进的动力。惠理子看着手中的评分表说:

"我也觉得伸子是五个人里最具说服力的。如果除了谈个人体会,再能有一些主导话题的力量和独创性的话,就更完美了。"

"大伸,你好厉害!"

什么场合下都显得松松垮垮的良弘一副事不关己的样子,向自己的竞争对手发出了这样的赞许。

圭朝他的方向看了一眼,略带嘲讽地说:

"然后就是我们的良弘了。佐佐木同学,他有什么项目得分了吗?"

"喂,你们这口气不对呀。"

惠理子没有理会良弘,看了看手里的评分表。

"嗯……这还真不好说。全都是三角①,没有一个钩。勉强要打钩的话,大概只有倾听别人意见和协作性这两项吧。"

"是这样,谢谢。我觉得良弘有一定的独创性,特别是在说到报社内部他想去的部门时,展现出了自己的特色。但是在最

---

① 在日本,三角是介乎对错、好坏之间的评价。难分对错,不好不坏的意思。

后他没有用三十秒钟好好地表现自己,那样肯定是会被扣分的。在积极性这方面只能给他打叉了。"

果然,一点儿风险都不愿意冒的话,是拿不到分数的。千晴开始竭力回忆自己的发言,自己到底表现出积极性了没有?良弘好像并不单单是个慢性子,还有非常顽强的一面。他看起来一点也不失落。

"没事,真到了招聘考试,我会好好表现自己的。没事的没事的。"

惠理子仍然没有理会良弘,接着又说:

"下一个是真一同学。"

小个子的柔道协会会员此刻依旧是双臂交叉的姿势。他虽然表面上不动声色,但是千晴能看出他很紧张,表情有些生硬。

"我在创造性和其他——提供新论点这两项上打了钩。特别是他把媒体与其他行业的关系比喻成眼睛、耳朵的重量与体重的关系,很有说服力。"

圭也看了看评分表:

"我同意惠理子同学的意见。真一在大家各自发表自己的意见之前,一直在等待,虽然后来表现出了拓展观点和带动讨论的能力,但是在积极性方面还是只能打叉了。"

这未免让人有些进退维谷。倾听他人意见的能力与率先发言的积极性,本来不就是互相矛盾的评分项目吗?会有人在所有的项目上都得到正面的评价吗?千晴又看了看半闭着眼睛,专心致志地在听主考官说话的小柳真一郎。

真一郎把双臂放下,做了一个深呼吸。

"我算是弄明白了,看来分组讨论和柔道比赛是一样的。"

比吕氏不解地问:

"什么意思?武术比赛和招聘考试中的分组讨论有什么共同之处吗?"

"我被教练说得最多的,就是要多主动进攻。我在比赛的时候总是被对方抢得先手,然后再慢慢地扳回来。学长也批评我说,看我比赛对心脏不好。"

"原来他想说的是这么一回事。看来不管是什么样的考试,自己的本质总会暴露出来。那我又如何呢?现在只剩下我一个了。"千晴这样想着,大气都不敢出,可怜巴巴地看着两位主考官。

良弘笑着说:

"虽然我也搞砸了,但是千晴也是一团糟吧?她都没说出个所以然来。"

千晴恶狠狠地瞪了良弘一眼,良弘避开她的视线,自顾自地坏笑。

圭开口了:

"是吗?但是我并不觉得水越同学表现得很糟糕。"

"真的吗?"千晴的声音一下高了八度。因为她想象不出自己会在哪个项目上得到哪怕是一项正面评价。

圭看看千晴,偷偷笑了笑:

"为比吕氏最初的发言伸出援手的是水越同学。大伸在基于自己的切身感受谈劳动观的时候,起到推波助澜作用的,也是水越同学。水越同学虽然没有带动讨论,但是调整和决定讨论方向的能力还是可圈可点的。"

惠理子又在自己的评分表上写了些什么。千晴已经被圭夸得有点忘乎所以了。

"关于这一点,我的印象是千晴始终都在附和别人的意见,所以我觉得应该扣分,她好像总是很在意周围的反应。"惠理子评价道。

千晴就好像一个皮球,刚刚鼓起来就又一下子瘪了下去。在面试的时候,人就好像已经完全迷失了自我,会因为别人对自己的评价,一会儿高兴,一会儿难过。"惠理子这位才女果然对同性毫不留情。"情绪低落的千晴这样想。

"千晴最后的总结也有些差强人意。"

"这一点我同意。"圭马上表示赞同。

惠理子又对千晴点点头,用鼓励的口吻说:

"但是千晴一边提议让大家从本质上考虑究竟为什么工作,一边又询问大家在媒体工作的目的。像这样寻找新的切入点,我觉得你做得很好。"

被人一会儿捧到天上,一会儿又摔到地上,千晴已经搞不清楚这次模拟考试自己是考得好还是考得不好了。

这时，比吕氏发话了：

"真正的分组讨论又是怎样评判结果的呢？"

"有各种各样的方式，有时会选出主持人和记录员，有时会分成正方反方进行辩论，有时会给出课题，比如怎么推销公司的新产品之类的。如果讨论得很热烈，大家发言的水平也高，所有参加者的成绩也会相应地比较好。反之，所有人一起被淘汰的可能性也是有的。比较通行的做法是六到八个人组成一个小组进行讨论，据说一般只会留下其中两个人。"圭解释道。

千晴一边叹气一边说：

"这么残酷！"

伸子瘫软在椅子上，把杯子里的水一口气全喝进了肚子里。杯子里的冰块已经全都化掉了。

"真是残酷，连预演都这么累，要是到了正式面试，估计回到家就会躺倒再也爬不起来了。只要想想自己的一举一动都会关系到自己的将来，肯定会连一句话都说不出来。"

良弘的口气似乎也厌烦到了极点。他把求职西装的领带拉得松松的，把衬衣最上边的扣子也解开了。

"穿着这种让人怎么也习惯不了的紧巴巴的衣服，净说些装模作样的话，怎么会不累呢？说到底，那些负责面试的人，不也就是公司的雇员吗？让我们把人生中觉得骄傲的事说出来，你一个工薪族有什么资格居高临下地说这种话？大家不想反过来问问对方吗？'你又有什么可以引以为豪的事情呢？'"

一向冷静的比吕氏也附和道：

"你说得太对了。找工作的时候不合情理的事情太多了，因为一旦进了公司，若没有出什么了不得的事，基本不用担心被炒掉。也就是说，公司对员工是不能下狠手的。但是招聘的时候就不一样了，生杀予夺的大权都在公司那边，不管我们说什么，对方可以找到无数条理由把我们淘汰掉。我们既不能去抗议，也无法知道被刷下来的原因。公司给你碗闭门羹就了事了。"

千晴第一次听到比吕氏发泄不满。换在平时，无论发生了什么样的事，他都只会像报纸的评论员那样无比冷静地进行解说而已。

"比吕氏同学找工作的时候也会感到不安吗？"

"当然啦！有时候想这想那的，我也会愁得睡不着觉。要是到了大四那年春天还没找到工作怎么办？要是耽搁到秋天那一拨招聘怎么办？如果没能考进媒体，什么样的行业比较好？可想的事情实在太多了。"

千晴也跟着他毫不掩饰地说起来：

"和我一样！不过我的烦恼更微不足道。比如说，如果去了谁都不知道的小地方，会不会很不好意思？话说回来，像我这样的人，会有公司聘用吗？"

良弘把上半身探了出来：

"哟，你怎么跟我一样呢！我也做过被所有应聘的公司全都拒之门外的梦。那才真是让人冷汗直冒呢。"

一直没有说话的圭开口了。不愧是小组的领袖人物,说话的声音沉稳,而且充满说服力:

"大家已经渐入佳境了嘛。我们的求职攻关小组也不仅仅是为了交流那些实用的信息,大家能够互相发发牢骚,倾诉一下不安,多少排解一点儿求职的压力,这也是求职攻关小组的作用之一啊。"

惠理子也笑着说:

"富塚同学说得对,就连最让人难为情的求职简历,今后我们也会互相进行审查的。"

真一郎沉着脸,脱下了深灰色的上装,把它搭在了椅子背上。

"我平时一般都穿运动服,穿这个还真让人肩酸背疼。我的简历上可是只写了'在柔道协会奋斗了三年、把学弟学妹管得很好'之类的话。简历上要写的那些东西,什么自己有哪些长处啦,上学时有过什么趣闻轶事啦,真是让人腻味。"

真一郎说得太对了!千晴的身边就有一些这样的人,他们的大学生活的目的似乎就是为了积攒可以写进简历的素材。当志愿者、去国外旅行、参加社团活动什么的就不说了,仔细听听学生们说话就会发现,很多人就是为了搜集写简历用的素材,而刻意去体验一些其实本没有什么兴趣的事。

那不过是两百字的表格,又能让人了解到些什么呢?但在现实中,要想应聘,都必须从提交简历开始。最初的选拔在这个阶段就已经开始了,很多人在书面审查的阶段就会被淘汰掉。如果不能交上去一些能够吸引人力资源主管眼球的资料,在战斗还没有开始之前,就会败下阵来。

圭又说:

"不近人情也好,缺乏自信也好,制度本身有缺陷也好,在今后的一年中,我们都要找到一份会影响我们一生的工作。既然别无选择,那就让我们倾尽全力吧!"

这句话也激起了千晴的斗志。

"为了给大家评分,我也事先对分组讨论做了一些调查。我的结论是分组讨论和求职其实惊人地相似,重要的并不是讨论中的输赢,增进彼此间的了解才是最重要的。我们需要有包容他人的心态。"

比吕氏喝掉杯中的葡萄酒,说:

"原来如此。也就是说,并不需要把对方驳倒啦。"

"对!这话说出来也许让人意外,求职其实也无所谓输赢。对我们来说,找工作是走上社会后碰到的第一堵墙,我们在这里努力和社会达成一个协议,既理解这个社会,也让社会了解我们,这不也是很宝贵的经验吗?"

原来聪明人考虑事情如此周全。千晴反观自己,她只看到了自己的不自信和对未来的不安。

"分组讨论的另一个关键是同舟共济的精神。大家必须团结起来共闯难关,虽然只是在考试这段短短的时间内,大家也必须铸就出铜墙铁壁般的团队精神。"

千晴非常赞同这句话：

"我们本来就是朝着同一个目标在努力,共闯难关——听起来多响亮！"

良弘讽刺道：

"别忘了,大家也是彼此强劲的竞争对手。"

"良弘同学也算吗？从今天模拟考试的成绩来看,你好像并不是什么可怕的对手。"惠理子戏谑道。

"请公主不要说得那么直白嘛。"

大家又笑成了一片。惠理子长得漂亮,身材也好,在学习成绩方面也无懈可击,所以偶尔会有男生称呼她为公主。这和总被直呼其名的千晴完全是两种待遇。只能说人在出生的时候就已经存在差距了。

圭在上座缓缓地把大家扫视了一番：

"在讨论中,决定各自承担的角色也非常重要。良弘应该就是负责搞笑的治愈系角色了。"

"这个我可不敢苟同。我才不会被像他那样的小胖子治愈呢。能治愈我们的,必须得是更帅一点儿的男生。你们说是不是啊,大伸、小惠？"

听了千晴这话,伸子和惠理子只是发笑,并没说什么。"这种时候装什么稳重！"千晴心想。良弘也没有一点难为情的样子,还在傻呵呵地笑着。

"话说回来,大家可不要搞潜艇式的求职啊。"比吕氏用开玩笑的口吻说。

"潜艇式求职是什么意思?"千晴没明白他的意思。

比吕氏耸耸肩:

"你不知道吗?有些人靠着家里人很硬的关系,根本就不去找工作,但是到了第二年春天突然就会拿着录用通知书冒出来。这就是潜艇式求职啊。电视台和广告公司像这样凭关系进去的人尤其多,所以我才这么说的。我可是一点后门都没有。"

充满不安的视线在饭后的餐桌上来回交错着。在场的七个人对各自父母的工作都大概有一些了解,但是要说起谁的父母有没有什么过硬的关系,大家心里就没数了。

领军人物圭先开口了:

"我父母在中等规模的出版社当编辑,职位也不算很高。我想去的那些地方没有什么后门可让我走。"

伸子叹了口气说:

"现在为了找工作搞得整天心神不宁的。要是有后门,我巴不得赶快用它来渡过难关呢。虽然我原来也很嫌弃这些歪门邪道。我爸爸是从事制造业的,他那些关系在媒体好像都不管用。"

在国外长大的惠理子说:

"我爸爸在综合性贸易公司工作,好像还是有一些关系的。不过我没有拜托他给我找什么关系,他那些关系在出版社应该也不算数。"

"惠理子的爸爸应该是大贸易公司的副总吧?"千晴刚说完这话,就开始担心自己的声音听起来是不是显得特别羡慕,"我爸爸不过是地方上小小的公务员,总唠叨像媒体那样不踏实的工作不适合我,要我死了这条心,回老家去考公务员。"

千晴想起了自己顽固的父亲信一。在地方上,终身聘用制和大树底下好乘凉还在大行其道。

"我和真一就更没戏啦。"良弘不紧不慢地说。

"因为我们两个是老城区土生土长的工薪族和小小生意人的儿子。其实我还挺希望能有哪怕是一星半点的什么关系呢。家里人真能在电视台和报社有什么后门,还挺让我向往的。大家不觉得这种行使特权的感觉挺帅的吗?"

"是啊,就感觉自己好像成了上等人家的孩子。"

圭总结道:

"看来谁也没有什么过硬的关系。为了争取明年春天我们全都能在理想的企业找到工作,让我们在这个团队中一起努力吧!求职方面的信息,大家一起共享;有谁灰心丧气了,大家一起鼓励;有困难的时候,大家互相帮助。这样我们就一定能战胜求职的考验。大家听好了,我们的口号是:共闯难关!"

"好!"

屋外是春天肆虐的暴风。春天特有的温暖湿润的阵风,摇晃着窗玻璃,呼啸而过。天空飘过的云显得那样匆忙,而餐厅的这个包间里却是一片温暖,让人丝毫感觉不到暴风的存在。

窗外暴风中的榉树摇晃着,树枝好像都要被折断了。千晴把视线从窗外移到了室内。在今后的一年中,将会和她一起攀登那条漫长而险峻的求职山路的同伴正聚集在这里。大家脸上的笑容看上去是那么灿烂,千晴内心深处却满是不安。她逐一扫视六位同伴的脸,非常确切地明白了一件事:

"这里没有哪个人不是满怀不安的。"

千晴从每个同伴的眼睛里都看到了不安的神色,每个人都对找工作、对将来何去何从充满了恐惧。这其实是很自然的事,毕竟找工作会影响他们的一生。如果以失败告终,也许会被社会当成无用之人而遭到摒弃。但是不可思议的是,同伴们的不安反而让千晴觉得心里踏实了很多。正在烦恼的并不只是她一个人,有很多人正和她一样,为同一个难题烦恼着。想到这里,突然振奋起来的千晴很有气势地说道:

"在成立仪式的最后,我们不要击掌庆祝一下吗?"

爱热闹的良弘马上就做出了回应:

"好啊好啊!"

"好,那我来起头,预祝我们全体合格,一—— 二——"

"啪!"七个人的拍手声漂漂亮亮地重叠到了一起。在餐桌的四周,又响起了大家举手击掌的声音。

我一定要在这场战斗中坚持到最后——千晴默默地下定了决心。她别有深意地拍了拍良弘的肩膀,把杯子里剩下的葡萄酒一饮而尽,和大家一起融入了欢笑的海洋……

二　工作的真谛

"非正式员工的终身收入不会超过一亿日元。相比之下,大企业正式员工的终身收入,可以达到两亿到两亿五千万日元。同样是工作到六十岁,两者的收入相差了一倍以上。同学们到明年春天就要参加各种聘用考试了,到时候一定要充分利用应届毕业生这张金灿灿的门票,去找份好工作。在日本,这么好的机会一辈子实际上也就只有这么一次了。"

原本嘈杂的阶梯教室,在进入终身收入这个话题的瞬间,马上安静了下来。这是一门很受学生欢迎的课,总是座无虚席。斜下方远远的讲台上,可以看到一位大学教授正握着麦克风侃侃而谈。教社会学的神田哲史是一位知名教授,出过畅销书。千晴也时不时地在电视上看到这个人。那件看起来并不起眼的灰色西装大概也价格不菲。

"所幸今年是泡沫经济之后最大的卖方市场,想拿到聘用的名额应该不是很难。大家在这样的年份应该更积极一些,争取进更好的企业。大学的求职科,对了,现在应该叫职业向导科,这几年他们的工作一直都很难做,不过今年终于可以扬眉吐气了。我期待着大家的出色表现。"

刚刚进入六月,离梅雨季节还有一段时间。也许是因为全球气候变暖,几天前最高温度已经超过了三十摄氏度。这一天的阳光也宛如盛夏,斜斜地射进阶梯教室。午饭后的第一节课最让人困倦,而正在讲课的社会学神田教授似乎对此一无所知。

坐在千晴旁边的良弘托着腮,小声嘟囔道:

"这些不用为找工作操心的大人真是站着说话不腰疼。求职什么的,他们只要在旁边看热闹就行了,还高谈阔论什么终身收入。"

大学的老师在这方面确实是高高在上,完全没有大学生在这个阶段的那种紧迫感。千晴在忙着做除法:如果终身收入是两亿五千万日元,也就是在二十五年的时间里,每年挣一千万日元。这是一个让千晴难以想象的数目。千晴在一家面向工薪阶层的餐厅兼职当服务员,现在已经干到了第三年。虽然在一点点地加薪,也才不过一个小时八百五十日元。每天干八个小时,一天也不休息地干四年,也拿不到一千万。看来还是做正式员工比较划算。

"不过现在正式员工的收入,也开始从重视工龄向重视业绩转变了。而且在最近十年,工资水平几乎没有提高,已经不再像原来那样,四十岁能拿四十万、五十岁能拿五十万了。只靠丈夫一个人工作,已经很难实现买房、送两个孩子上大学的一般家庭基本目标了。"

结婚也好,生两个孩子也好,对千晴来说,都是遥不可及的事情,遥远得看不见也想象不出来。已经迫在眉睫的求职就不一样了,无论如何也要在某家公司找到一份工作才行。

　　找工作本来就已经颇有难度了,社会学教授却说什么即使当上正式员工也还不够。那到底该怎么办才好?千晴无暇做笔记,只是聚精会神地听着。

　　"今后就只能夫妻双方都去工作了,否则旧有的标准型家庭将难以为继。而且如果妻子仅仅是兼职打工,经济状况同样会很严峻。比较理想的是夫妻双方都有一份正式工作,这样整个家庭的终身收入就能超过五亿,可以过上相当宽裕的生活。"

　　原来如此,教授想说的原来是这个。千晴虽然是女性,但如果是她自己喜欢的工作,干上一辈子也不一定是件坏事。

　　"唉,这话听着真让人心里不是滋味。老婆也上班,还挣和自己一样多的工资,这样男人在家不就只能低着头做人了嘛。"

　　千晴毫不留情地朝旁边的良弘扔了一句:

　　"嘀咕什么呢!你也太封建了,都什么年代了,还想耍大男子主义。"

　　神田教授的话还在继续:

　　"所幸指导学生求职还算是我们大学的强项。学校里的女生也很多。学习和求职固然重要,成家也不可忽视,若想寻找自己的终身伴侣,我们大学同样是一个很不错的环境。但是大家听好了,结婚一定得找有正式工作的对象,这一点至关重要。好,今天的课就到这里。"

离下课还有五分钟,但教授已经夹着自己的讲义,径直走出了教室,大概是有什么外快在等着他去赚。

千晴和良弘坐在阶梯教室的最后一排,两个人跟在一大群学生后边,顺着台阶慢腾腾地往下走。良弘在千晴的背后发话了。

"在大企业工作的老婆……千晴,要是你在大媒体找到工作,不想找我当你的男朋友吗?"

千晴觉得良弘说的话简直不可理喻,本想回头瞪他一眼,却发现良弘正隔着好几级台阶俯视着自己。从他的表情,看不出他是在开玩笑,还是在说真心话。

"你说什么呀!那我要是没找到工作呢?要是我成了打零工的,你就不做我男朋友了?像你这么势利的人,我还瞧不上呢!再说了,区区一个良弘,还配不上我呢!想做我男朋友?你就等着吧!"

一直面无表情的良弘这才露出笑容:

"好啦,这才是平常的千晴嘛。刚才你听神田老师说那些话的时候,表情认真得都让人害怕了。他说的那些,不就是些统计数据吗?那些关于终身收入的理论虽然也有道理,但是我觉得人生的乐趣并不取决于赚多少钱。总是把这些东西算来算去的人,最终会疯掉的。"

良弘步伐轻快地走过来,和千晴肩并肩地往下走去。学生已经走光了,阶梯教室里空荡荡的。

"你说得很对,但是你不觉得害怕吗？如果找不到正式工作,别的不说,光是收入也会减半。"

"这个我当然知道。我看过神田老师写的书,据说三十岁以上四十岁以下的合同工和那些靠打零工为生的人,未婚率比有正式工作的人要高得多。说白了,如果没有钱,既结不了婚,也生不了孩子。"

千晴也看过那本书。作者根据大量的资料和统计,对贫富差距越来越大的日本当代社会做了彻底的剖析。那位社会学家的结论是这样的：今后贫富差距还会继续扩大。要想让自己的生活有保障,唯一的选择就是掌握一技之长。但是对现在上大三的千晴来说,求职已经让她疲于招架了,根本没有时间考虑什么专业技能。

良弘若无其事地说：

"其实我也一样,一想到自己可能会找不到工作,晚上就睡不着觉。"

自从开始准备找工作,千晴就变得对同龄人的诉苦异常敏感,容易和对方产生共鸣。千晴觉得自己每天都好像在和一个巨大而模糊的影子战斗,整天都被笼罩在不安的情绪中,得不到片刻的喘息。

"原来良弘也一样。有时候我也怎么都睡不着,以前准备重要的考试时,我也没有这样过。"

阶梯教室外是玻璃墙围成的明亮的走廊。千晴把课本抱在胸前慢慢走着。玻璃墙外,不知哪个社团的学生,正聚集在初夏郁郁葱葱的绿色背景前,就好像一群聚集在树杈上的小鸟。他们好像还没有完全习惯这个校园,一举一动都还显得很不自然,因此一眼就能看出他们是大一新生。千晴希望能在大学里永远学习下去。如果能一直当学生,该是一件多美好的事啊!

"有工作的人总是口口声声说什么自己干劲儿十足,那肯定都是些言不由衷的假话。他们大概都对工作厌倦得要命。每天打着领带,一直工作到电车收班,谁受得了。"

良弘的牢骚一发不可收拾。

"就是就是,工作也就意味着要被公司这个牢笼关上一辈子嘛。"

那些在积极找工作的学生,心里想的不也和我们一样吗?当学生轻松自在,但是走上社会便会失去自由——千晴也和大部分学生一样,对此深信不疑。

"大学毕业了就得去工作,所以大家也就只好随大流了。我最讨厌面试时说的'贵公司'这个字眼了。贵公司、鬼公司……什么鬼玩意儿嘛!"

良弘说的话已经成了不需要搭话的宣泄。千晴走在亮堂堂的走廊上,只是轻声叹气。

"对了,我现在要去一趟职业向导科。你去不去?等会儿有什么安排吗?"

"今天打工的时间提前了,再不走就来不及了。"

"好不容易才预约到最有人气的美知佳小姐,太可惜了。"

村上美知佳是向导科的第一号美女,在男生中颇有人气,但在对学生进行就业指导时,又以严格著称。

"那我下次再去找她好了。等会儿求职小组不是还要在咖啡厅碰头吗?替我向大家问好。"

"好的。"

告别良弘,千晴加快了步伐。虽然不过是去打工,但是一想到将要投入到工作中去,心情自然也就严肃了几分。

工作,真的是一件很不可思议的事情。

千晴在高田马场站坐上山手线,下一站就是目白站,两站之间只有短短两分钟的车程。现在还没有到日落时分的交通高峰期,所以车厢里很空。一个和千晴年龄相仿的男青年头戴耳机,正在用手机玩游戏,他的两条腿在不住地晃荡。男青年看上去不像是学生,他是以什么为生的呢?他右手的手背上,有一个深蓝色的骷髅刺青。在东京,总能看到像他那样猜不出来历的人。

在走出无人检票口的时候,千晴连走路的姿态都变了。她目视前方,轻快地迈着大步。虽然连她自己也没有意识到,但此时的她,身姿矫健得仿佛好莱坞电影中的职业女性。

千晴打工的店名叫"TOP DINNER",是一家全国连锁的餐厅,千晴从大一的时候就开始在这里打工。这家店面朝目白大街,位于一家商务宾馆的二楼,是一家还很新的餐厅。千晴穿过后门,顺着凉飕飕的水泥台阶走了上去。客人出入的门厅的地上,铺的是白色大理石地砖,而为了节省成本,后门门口的地上铺的则是廉价地砖。

千晴推开不锈钢弹簧门,走进了餐厅的办公室。

"大家早!"

无论什么时候见面都说大家早,是演艺圈里常见的打招呼的方式。因为这家餐厅二十四小时营业,所以这也成了店里的习惯。

"早!水越小姐,你能马上去大堂就位吗?"

"好的,我马上换衣服。"

岸川店长刚满三十岁,刚刚理过发的头上,戴着一顶洗得干干净净的白色制服帽子。在这家目白分店里,只有管理部门的两个人和厨房的两个人是总公司派遣的正式员工。除此之外的将近二十个人,都是这家分店直接招来打工的计时工。

千晴走进休息室。这间不到十五平方米的房间里,摆着一大排灰色的不锈钢衣帽柜。房间里还很勉强地用挡板隔出了一间和计时工谈话用的面谈室。千晴拉上挂在房间一角的塑料帘子,忙不迭地开始换衣服。她脱掉牛仔裤和长袖T恤,把连衣裙制服从头上套了下去。橘红色条纹和白色条纹相间的制服设计得很好看。连衣裙的腰收得比较高,穿起来会让身材显得更苗条。千晴之所以选择在这家餐厅打工,除了餐厅离她住的单间公寓很近以外,制服漂亮也是原因之一。

"早上好!"

隔着帘子传来一个中年女人的声音。年龄真的很残酷,它会改变人的一切,连声音都不放过。

千晴也很精神地回了个招呼:

"早上好!咦?谷山阿姨今天不是休息吗?"

"本来是休息,是我求着店长给我多排了一天班。"

谷山佳子的年龄在四十到四十五岁之间,她的丈夫好像在一家规模很大的电器公司工作,但是她仍然需要像这样出来打工。听说他们家的三个孩子中有一个得了很难治的病,住院和治疗的花费都不小。

"阿姨您可真卖力。"

"是呀,为了孩子也只能拼命工作了。如果是为了老公,我才不会这么卖力呢。"

千晴对着镜子整了整头发。她发现镜子旁边有不知是谁的涂鸦,字迹没有被完全擦干净,依稀可辨。

"该死的工作!这样的烂地方,还待着干吗?"

千晴也不是完全不能理解这种心情。餐厅服务员是一份很辛苦的工作,必须一直站着。在午餐的时间段更是忙得像上战场一样,两个小时里几乎全都是一路小跑,时不时还有一些只顾自己不顾别人、恶语相加的顾客。有时厨房里人手不够,需要等很长时间才能给客人上菜。但即使这样,也不应该在自己工作的地方涂鸦来泄愤吧。千晴这样想道。

"早!"

伴随着耳机里传出的咔嚓咔嚓的噪音,休息室里响起了一个年轻男人的声音。

千晴从简易更衣室里走出来,正好看到那个年轻人把手揣在连帽卫衣的口袋里,朝衣帽柜走过来。海老泽良大概三十岁出头,他戴一副浅色的太阳镜,用来遮挡那无精打采、目光黯淡的眼睛。

狭窄的过道上,两个人背对背地把对方让了过去。海老泽身上散发着一股烟味。他在大堂上班已经三个月了。他的工作态度很不好,甚至可以说对工作充满了憎恶。不过对年过三十还在当计时工的他来说,确实也很难拿出干劲儿来。

千晴一走进大堂,收银台旁的岸川店长就向她招了招手。餐厅的大堂就好像是一个舞台,所有的人都姿势端正,步伐也异常敏捷。这家店给每个员工都发了便于行走的平底帆布鞋。

"水越,晚上十点以前大堂就交给你、海老泽和谷山阿姨了。副店长今天好像肚子又不太舒服。托他的福,我今天又得加班了。"岸川一脸无奈地说。

刚刚大学毕业的副店长桃山进公司才两年。他有神经性肠胃炎,工作稍微忙一点马上就会肚子疼。在目白分店的资历比他还老的千晴经常怀疑这个年轻的正式员工是不是在装病,因为桃山经常会在休息日第二天的上午和休息日前一天的下午"很合时宜"地犯病。

"真难为店长了。"

"谁说不是呢！还好有你这样的老员工在,真是帮了我的大忙。"

"大家辛苦了,我先走啦。"

另一位在餐厅打工的主妇藤本向大家打了声招呼,从大堂退了出去。她的步伐比上班时还要快——已经到了去幼儿园接孩子的时间了。

"还有一件事,水越。你帮我看着点海老泽……"岸川露出很伤脑筋的样子,"今天晚上我得把交到上面去的报告写完,所以不能在这边盯着了。你看着他点,敲打敲打他。他不是老那个样子嘛。"

店长用右手做了一个大拇指朝下的手势,意思是海老泽是自己抽到的又一张下下签。

店长重要的职责之一就是录用打工的人。虽然都要经过看简历、正儿八经地面试这样的程序,但是一个人的为人,不让他实际工作一下,是很难看出来的。所以招人就像是抽签,怎么都会有百分之三十的概率碰到不干活的人。

海老泽在接受店长面试时,曾经努力诉说自己如何有干劲儿,一旦真的开始上班,就不是那么回事了。他既做不到对客人察言观色,和大堂、厨房的其他员工也缺乏默契。他好像一点都不在意周围的人对他有什么期待和要求,在这三个月的时间里,已经惹了好几桩小麻烦。

岸川店长经常说,顾客们看起来和气,其实心里都有一本账,店里的一切也都是看在眼里的。在这家位于高档住宅区的餐厅里,就算发生了什么纠纷,顾客以强硬态度发难的情况微乎其微。这里的顾客只会莞尔一笑,说一声没关系,然后就再也不会光顾这家店了。

千晴点点头:

"我知道了,我会注意他的。也许是因为我比他年轻,而且还只是个学生,所以他不怎么听我的。是不是得有正式员工去跟他说,他才会当回事?"

从海老泽对店长和副店长的态度就能看出这一点。即使是在大学刚毕业没多久的副店长面前,他也显得毕恭毕敬。

"下次我也会好好说说他的。好了,不说了,大家今天也多加把劲儿吧。"

有人把一张账单放到了收银台的银色托盘上。

"谢谢!"千晴和店长异口同声道。

三个主妇模样的客人各自掏出自己的钱包,在商量着该谁付钱。千晴离开收银台,走到了厨房旁边的"瞭望台"。柜台旁边这个位置的地板要高出一截,站在这里可以将店铺的每个角落一览无余。

"大家早——"

耳旁传来有气无力、拖拖拉拉的打招呼声。海老泽驼着背走了过来。餐厅明明禁止上班时戴耳钉,可他左耳上的两个银色耳钉却在闪闪发亮。

千晴用尽量和气的语气提醒他：

"海老泽，你忘了摘掉耳钉了。"

海老泽的表情没有发生变化，但眼睛里却微微闪现出不耐烦。他把手伸向耳垂，说：

"好的好的，我知道了，前辈。"

海老泽熟练地摘掉耳钉，将其放进制服胸前的口袋里。这家连锁店的服务员即使在冬天里穿的也是短袖制服。

千晴长出了一口气。这个人真的以为坐在那里的客人察觉不到他身上那股劲头吗？谁接受了他那种没好气的服务，也会觉得不愉快的。如果上菜的是一个满脸不耐烦的服务员，不管菜多么好吃，也不会有人觉得美味可口了。

"对不起！"

坐在稍远处餐桌旁的年轻白领在举手示意。千晴和海老泽同时注意到了他，可先做出反应的是千晴。

"我们这就过去，请您稍等。"

在迈步离开柜台的瞬间，千晴瞟了一眼旁边的海老泽。海老泽的嘴角挂着一丝得意的笑。不过是偷懒没有去招呼客人点菜，有什么值得他那么高兴呢？千晴虽然知道不妥，可还是忍不住把自己的不满流露在脚步声中。

快到晚上九点的时候，终于出事了。需要全店上下一齐出动才能应付得过来的晚饭时段刚刚过去，餐厅里的座位空了一大半。一对年轻夫妇带着两个很吵的孩子来到餐厅，他们的餐桌周围顿时热闹得好像午饭时的高峰期。那对年龄在五岁左右、一男一女的双胞胎不愿意老老实实地坐在儿童座椅上，在餐桌周围跑来跑去。

千晴朝年轻的母亲鞠了一个躬：

"非常抱歉，周围还有别的客人，能让您的孩子稍微安静一点吗？"

在服务业里锻炼上两年，礼貌用语自然会纯熟很多。头发染得金黄的年轻妈妈看都没看千晴一眼，对孩子们嚷道：

"听见啦？被人说了吧？还不老实点儿！"

穿着黄色T恤的爸爸脸朝着另一边，就好像跟他没一点儿关系一样。千晴按捺住心里的不满，又毕恭毕敬地鞠了一躬，离开了那张餐桌。

回到瞭望台，千晴小声对谷山和海老泽说：

"大家稍微注意一下E号桌的孩子，别让他们给别的客人添麻烦。"

千晴瞥了一眼放在收银台旁边的藤筐，廉价玩具在里面堆成了一座五彩缤纷的小山。那些全都是儿童套餐的赠品。

"谷山阿姨，您给E号桌的孩子们拿个玩具过去吧，说不定能让他们安静一点。"

"好的。"

谷山干脆利落地答应下来，马上按照指示行动起来。她的脸上自始至终都带着微笑。从开始上班到现在，已经过去了五个小时,到了脚慢慢开始浮肿、步伐有些沉重的时候。海老泽自以为不会有人察觉,他正把胯骨倚在柜台上偷懒。他面无表情,脸上不带哪怕一丝礼节性的微笑。千晴想上去跟他说点儿什么,又觉得这么理所当然的事,说出来自己都难为情,于是就忍住了。

"这个人以后会怎么打发他那一辈子呢?"

千晴拿起了咖啡壶,开始在餐桌间来回巡视,看有没有客人的杯子是空的。这家餐厅的服务员有自由地给客人续咖啡的权限。在身体很累的时候,像这样走动一下,反而能轻松许多。千晴又看了一眼把身体靠在柜台上发呆的海老泽。这个比千晴要大上十岁的计时工,只是用呆滞的眼睛直直地回看过来。

又过了大约三十分钟,来了一大帮客人,是十一个高中生,他们好像刚刚从车站另一边的补习学校下课。千晴让学生们在入口处的一角稍候,然后赶快把四张餐桌拼到了一起。海老泽这个有力气的男人这时总算派上了用场,但是招呼学生们点菜的工作,千晴还是自己接下了。学生有时会在点菜时开些无聊的玩笑,或者故意说得含糊不清,千晴不想让没耐性的海老泽惹麻烦。

千晴拿上向厨房传送信息的无线点餐机,向高中生围坐的桌子走过去。高中生们把腿伸得直直地坐在那儿,他们大概觉得自己吊儿郎当的样子很有个性。这说明他们还不过是一群孩子。

"各位想好点什么了吗?"

一个穿着博柏利牌V领毛衣的女高中生举起右手:

"想好了——没有呢?"

这是在模仿几年前曾经很流行的一个电视剧里的情节,高中生们一片哄笑。千晴仍然耐心地一边微笑一边举着手里的无线点餐机。一个看起来很老实的男生开口了:

"我要热香饼和欧蕾咖啡。"

千晴用触控笔点击着液晶屏幕,把点餐的内容输了进去。厨房里的显示屏也在同一时间显示出了同样的内容。

"嗯……我要草莓可丽饼和柠檬茶,柠檬茶要热的。"

"好的,请稍候。"

即便是早已熟悉了这份工作的千晴,要一下子应付十一个人点餐,也有点招架不住。高中生们还在七嘴八舌地报出饮料和甜点的名字。千晴除了操作液晶画面、输入点餐的内容,完全无暇顾及别的事情。就在这个时候,突然传来了餐具摔碎的声响,紧接着铝制的托盘咣当一声摔在地上。明亮的餐厅忽然陷入了一片寂静。千晴不禁脊背发凉,条件反射地大声说:

"非常对不起,打扰各位了!"

千晴朝发出声响的方向看去。E号桌客人的孩子和海老泽站在那里,互相怒视着对方。海老泽瞪着眼睛恶狠狠地说:

"你闹什么闹!"

那个大约五岁的小男孩好像有些害怕了。

"喂！我这边你们就不管了吗？"

旁边桌子上的中年女人也嚷了起来。千晴虽然没有看到事情的经过，但是也能猜出个大概。一定是到处乱跑的小孩撞到了海老泽，让端菜的托盘掉到了地上。汤泼洒到了那个中年女人的身上。穿着鲜艳绿色上装的女人正在用手绢擦拭着上衣，左边的肩膀和前胸都被染成了黄色，看上去还黏糊糊的。被打翻的大概是玉米浓汤。

这时另一个高中生又对千晴说：

"冰激凌苏打和法式吐司。"

这边餐桌上还有半数以上的人没有点餐，千晴似乎很难抽身。

这时又传来了小孩的哭声，大概是被海老泽的凶相吓哭了。千晴一边操作点餐机，一边朝柜台方向喊道：

"谷山阿姨，请您去照看一下 E 号桌。"

千晴的话音刚落，这位打工的主妇就立刻行动起来。她双手抓满袋装湿巾，朝着那张餐桌一路小跑过去。

"我要橘子汁和配上时令水果沙冰的皇家巧克力蛋糕。沙冰用的是什么水果？"

千晴的注意力全都在出事的那边，她下意识地回答：

"是树莓。"

"好，那就它了。"

千晴又把这些内容也都输入了点餐机。海老泽还一动不动地站在那里。谷山把湿巾一张张地展开,递到那个被浇了玉米汤的客人手里,然后不停地给客人擦着肩膀。

"真不像话,你们在干吗!父母怎么当的?都这个时间了,还带着孩子到处乱跑,你们脑子有问题吧!"

海老泽又朝着E号桌的年轻夫妇大嚷大叫。正如他说的那样,现在已经晚上九点了,确实不是带着上幼儿园的孩子出来吃饭的时间,但这不是一个二十四小时营业餐厅的服务员应该说的话。

年轻的父母也不甘示弱:

"少废话!关你屁事!"

年轻夫妇同样没有向那个中年女人道歉,只是一个劲儿地瞪着眼睛。

"真对不起。来,小朋友,先坐下好吗?"

谷山把正在哭的小男孩抱起来,让他在儿童座椅上坐下。

"快看这个玩具,多帅的跑车!"

海老泽还杵在那里什么也不干。向客人道歉、帮客人擦衣服、跪在地上收拾餐具这些活儿,全都落到主妇谷山身上。

千晴一边应付高中生点餐一边喊道:

"海老泽,赶快让厨房把菜重做一份。"

但海老泽只是怒目圆睁地看了看这边。

千晴终于接下了那十一个人的点餐,又快快地念出来核对了一遍。她把菜单归拢抱在胸前,没有像往常那样回到柜台,而是急忙跑进了通往餐厅深处的双扇摆门。这家餐厅没有店长专用的办公室,只有一间从休息室隔出来的面试用的小房间。岸川店长应该是在那里写报告。

千晴推开休息室的门喊道:

"店长,出事了!汤泼到客人身上了!"

正低头看着笔记本电脑的店长抬起头来。

"我马上去!是谁?"

店长大概是在问是谁惹的祸。

千晴叹了口气说:

"是海老泽。真对不起,因为要招呼一大帮客人,我没能顾过来。"

"真伤脑筋……没事没事,不怪你。"

店长一边戴帽子,一边从休息室走了出去。千晴在他的后面跟了出来。满是空座位的餐厅里一片寂静,只有 E 号桌周围笼罩着一股杀气。一走近这张桌子,一股玉米浓汤的气味便扑鼻而来。店长半蹲下来,好让自己和客人的视线保持在同一高度。这是需要郑重道歉时的标准动作,《待客守则》中写得很清楚。

"我们的店员做出这么失礼的事,非常抱歉!请让我们负担您清洗衣服的费用。"

那个四十五岁左右的女人看也没看店长一眼,只顾瞪着海老泽。

"什么洗衣服的钱根本无所谓啦。倒是那个服务员,一直连声对不起都不说。你们这家餐厅怎么教育员工的?"

即使店长驾到,海老泽还是一副理直气壮的样子,撇着嘴说:

"不是我的错!都怪那边那个小孩不老老实实坐着,突然跑过来,我根本就躲不开。这事可怪不了我。"

海老泽一边说一边用手指着那对年轻夫妇。年轻夫妇正在收拾东西准备回家,染着金发的妈妈在催她的儿子:

"康太你麻利点儿!"

海老泽的态度非常强硬:

"这就想走?你们没有什么该说的吗!"

"海老泽!"

店长的声音并不大,但是格外严厉。

"难道不应该是你先低头道歉吗!那句'非常对不起'呢?快说!"

年过三十的计时工微微低下头,轻描淡写地嘟囔了一声:

"对不起。"

那个客人长长地嘘了一口气,说道:

"这算什么?这就是你对待客人的态度吗?"

年轻夫妇拉着孩子的手,逃也似的奔收银台去了。既没有回头看一眼,也没有说任何道歉的话。

"那个小孩确实没家教,不过店长您管教出来的人也是半斤八两呀。"

离开好一阵子的谷山这时回到了大家身边,小声对千晴说:

"我让厨房里的人把倒在地上的菜重做了。"

谷山又撕开一袋湿巾,跪在地上开始给客人擦裙子。

"这位客人,真对不起,把您这么漂亮的裙子都给弄脏了。这应该是 SATOSHI·MARUOKA 今年春季的新款吧?多漂亮的配色呀!"

那是一个面向中年女性的时装品牌,千晴只听说过名字。谷山又在桌子上放了一袋装饰着蝴蝶结的小点心,那是放在收银台旁边的巧克力曲奇饼,一袋一百八十日元。

"这是我们的一点心意,聊表歉意。清洗您衣物的费用也请务必让我们来承担。弄脏了您这么漂亮的衣服,我想即使我们做得再多也是不够的。"

店长也跪下来,开始擦桌子下面地毯上的污渍。

"水越,店里其他的客人就交给你了。海老泽,你再好好地向客人道一次歉。等会儿有话跟你说,你抽空过来一趟。"

海老泽尽量让视线避开正在跪着擦地的两个人,敷衍了事地向客人鞠了一躬:

"请您原谅。"

客人很不情愿地回了一句:

"算了算了。"

千晴回到了柜台旁边的指定位置。

此后的海老泽仍然是一副不服气的样子。他就算第一个注意到客人的动向,也会等着谷山、千晴去招呼客人,自始至终都毫无主动性可言。

千晴这天晚上一直工作到十点。出问题的日子总会比平时更累。千晴精疲力竭,拖着因为一直站立而肿胀的双脚走向休息室。她推开休息室的门,上夜班的人正好从里边出来。

"早!"

那个女孩在专修学校学服装设计,是一个很有个性的女孩。她眉毛修得很细,就像是用自动铅笔画出的一道细线。千晴也跟她打了个招呼,走进了更衣室。千晴拉上帘子,开始急急忙忙地解制服胸前的纽扣。这时传来面谈室的门打开的声音。

"请坐。"是岸川店长的声音。

"谢谢,那我就坐下了。"

出乎千晴的意料,说话的并不是只会惹事的海老泽,而是谷山。她的声音听起来有些紧张。千晴不想故意偷听,但还是不由自主地停下手中的事。

"今天谷山阿姨在待客方面做得非常好:去厨房让厨师重新做菜的时机也把握得非常恰当,向客人道歉时说的那些话也恰到好处,那个时候你特意夸了客人上衣的颜色。"

谷山好像有些诚惶诚恐:

"嗯……我只不过是把心里想的随口说出来而已,并没有什么刻意奉承的意思。"

"但是至少我不知道那个牌子。因为你的一句话,客人的表情一下就柔和了许多。把收银台旁边的曲奇饼拿去给客人,也是个很不错的主意。"

谷山小声笑了出来:

"店长,您是不知道,女人一过中年,就会变得很现实。哪怕是很不起眼的东西,只要能不花一分钱拿到手,就会觉得很高兴。"

两个人一起小声笑了起来。

岸川又用很严肃的口吻说:

"谷山阿姨这半年工作非常努力。这不仅仅是对你今天晚上的表现给予的奖励——"

店长的语气让千晴猜出了他接下来会说些什么,因为有那么几次,店长也曾对千晴说过同样的话。

"从明天起,每个小时给你多算五十日元的工资,希望你在今后的工作中也能够再接再厉。"

千晴在心里暗自庆幸。谷山的孩子重病在身,哪怕是很小数目的加薪,对于做主妇的她来说,也是一件非常值得高兴的事。

半天没有听到谷山回话的声音。透过隔板,只能听到有人在小声地抽泣。就算一天打六个小时工,谷山也才不过能多拿三百日元,但是千晴也能充分理解这件事的意义。关键不在于加薪金额的多寡,而在于有人用心审视她的工作,并做出正确的

评价。这既会让人感到发自心底的喜悦,也会让人感受到工作的价值。这位已经年过四十的钟点工哭着说:

"太谢谢店长了!我自己也知道为这样的事哭哭啼啼,真的是很难为情。但是最近真的是什么都不顺,孩子做检查的结果也挺让人担心的……我真的是太高兴了。"

千晴在更衣室里感动得差点没和谷山一起哭出来。谷山把没法向人倾诉的苦恼埋在心里,强装笑脸奋力工作着。和她相比,除了找工作之外,并没有太多烦恼的千晴真的应该满足了。

"原来是这样。你一定要想开些,我们的餐厅也一样不能缺少你。希望你能一直在我们这里干下去。"

从店长的声音也能听出来,他在努力安慰谷山。千晴立在更衣室里发呆:人究竟为什么而工作?既有人会因为涨五十日元时薪而感动得流泪,也有人仅仅靠炒股炒汇就能得到几十亿的分红。工作的意义似乎不单是用酬劳的金额就能衡量的。

这不光是社会贫富差距的问题。比如在这家餐厅里,既有像谷山那样勤奋工作的人,也有像海老泽那样整天混日子的人。就算他们的工资没有太大差别,工作态度却存在着巨大的差距,这是在谁的眼里都看得明明白白的。

店长最后又说:

"谷山阿姨,你回大堂以后,让海老泽到面谈室来。"

千晴的好奇心一下子被吊了起来。店长会怎么教训海老泽呢?如果说听到店长和谷山的对话只是一个巧合,这次千晴则有意在更衣室里屏住了呼吸。那样的家伙,被店长狠狠地训一顿才好呢!又过了几分钟,传来面谈室薄薄的门被打开的声音。

"我来了。"

海老泽的声音没有任何感情色彩,估计脸上也没有一点愧疚的神情。

"请坐。"

折叠椅发出咯吱一声响。

"刚才出了事以后,水越让你去厨房把洒了的菜重新点一遍,没错吧?她刚才跟我说了。"

三十多岁的计时工很含糊地嗯了一声。

"你没有理会,所以谷山阿姨替你跑了一趟。海老泽,你在大堂工作的时候,怠工的问题非常严重。"

海老泽没有回话。窄小的面谈室里,空气的温度仿佛降到了冰点之下,即使隔着墙板,千晴也能感觉得到。

"我生气不是因为今天晚上出的事,而是因为你平时的工作态度就已经很成问题了。你面试的时候曾经说过,我们公司非常积极地让计时工转正,这一点很让你看重,对吧?"

这件事千晴还是第一次听说。虽然千晴也知道公司的这个制度,但是万万没想到海老泽竟然是冲着这个来这家餐厅打工的。如果真有此心,海老泽应该表现得更好一些才对吧?

这个已经不算年轻的计时工的回答仿佛是在叹息:

"对,我说过……"

"这一次出的事,那个小孩在那里吵闹、跑来跑去确实是一个客观原因,但是你作为一个大堂的工作人员,给别的客人添了麻烦,当然应该马上道歉。你的所作所为,只会让被汤泼到的客人和带小孩的客人都不愿意再来我们的餐厅。"

面谈室陷入沉寂,连千晴也僵在那里动弹不得。岸川店长不给海老泽喘息的机会,继续发难:

"在那样的情况下,你还一直摆出一副受害者的样子,站在那里一动不动。直到别人过来解围,你都没有想办法让事态有所缓和。你上班的时候始终都是一个旁观者,从来都不会想着主动去做点什么。"

即使在非当事者的千晴听来,店长所说的话也过于严厉,让人不寒而栗。千晴本来一心想看海老泽的热闹,但在这种情形下,就好像她自己也犯了什么错似的,不由自主地把身体缩作一团。千晴觉得自己不小心看到了工作严肃的一面。

"店长,我在这里上班已经超三个月了吧?"

千晴不明白海老泽到底想说什么。

岸川店长好像也没明白他的用意:

"对呀。"

"那为什么不给我加工资?招聘启事上不是写着吗?干满三个月就会加工资。"

店长的反应和千晴一样——这家伙不明白自己现在的处境吗?

"我说海老泽,我们正在谈什么,你搞清楚了没有?"

海老泽完全不以为然:

"我当然清楚,该反省的我反省,但是就事论事,工资的事跟这个应该是没关系的。刚才我听谷山阿姨说了,你给她加了五十日元工资。我搞不懂为什么没有我的份儿。"

海老泽原来是在为这个赌气。干同样的工作,工资却不一样——虽说海老泽总是偷懒,但同样是在大堂工作的千晴,也多少能理解他无法接受这个现实的心情。

"我提醒你,公司并没有保证给每个非正式员工都同等地加工资。加不加工资是由店长决定的,你还没到加工资的时候。"

海老泽也不甘示弱:

"那副店长呢?他迟到缺勤比我还多,但是从来没听说过他被扣工资。正式员工就算像他那样混日子也高枕无忧,计时工的工资却被压得低低的,这样谁能服气?"

当副店长的桃山确实像海老泽说的那样,才二十多岁,就失去了对工作的热情。连千晴也觉得,照他那样子,说不定什么时候就不干了。

店长无奈地说:

"我只能说,如果你是正式工,希望你不要像他那个样子。"

"如果我到了一个需要肩负责任的岗位,我会比那个人干得像样的。"

海老泽真的会像他说的那样吗?正在换衣服的千晴停下

手,陷入了沉思。成了正式工、当上了副店长、前途有了保障……这样一来,海老泽就会纠正自己的态度,好好工作了吗?像他那样掂量着自己的岗位和收入,来决定该不该努力工作的人,到头来也只会为了岗位和收入而工作。至少千晴在大堂奔忙的时候,考虑的就不是钱,而是怎样做才能让客人满意。

"拿别人和自己比,在别人身上找自己不需要认真工作的借口,如果你是店长,你会怎样看待这样的下属?"

海老泽没有一点儿觉得理亏的样子,还在强词夺理:

"我会按照合同给那个人加工资,就算需要批评教育,等到工资兑现了也不迟。开导不干活的人去干活,不是领导分内的工作吗?"

一直在试图讲道理的店长终于忍无可忍了,说话的音量大了几分:

"人不是机器,没有干劲儿的人,谁也不可能硬扳着让他拿出干劲儿来。让你觉得不服气的副店长,以后会得到相应的批评和处分,在这方面正式工和打工的人没有区别!"

三十多岁的计时工好像对这件事并不关心:

"是吗?"

"但是这件事和你现在的问题完全没关系。你需要认真面对的,不是别人的工作态度,而是你自己的工作态度。不管是在大堂的同事那里还是在厨房的同事那里,你都名声不佳:经常出错、喜欢偷懒、看着就有气无力。你知道别人给你起的外号是什么吗?"

海老泽的外号?这个千晴还是头一次听说。

"棍子!你知道吗?就因为你一天到晚倚在柜台上,一动也不动,简直就是一根靠在柜台上别无他用的棍子。"

海老泽没有说话。隔着薄薄的挡板,只能听到急促的喘气声。

岸川店长用不带感情色彩的声音平静地说:

"就目前的情况而言,不管是加工资的事,还是推荐你转正式工的事,短时间内我都不会考虑。今后该怎么办,你自己好好想想吧。"

就在这时,传来哐当一声响,好像是折叠椅倒在了地上。紧接着,是海老泽的喊叫声:

"你开什么玩笑!都说到这个分上了,还能在这个破地方呆下去吗!你要我认真工作?一天到晚把那么难吃的东西端来端去的,你也来干着试试啊!"

千晴能想象到海老泽怒瞪着双眼、气喘吁吁的样子。

"店长算个什么东西!到哪天你不也一样会被公司一脚踢开?别以为我不知道你拿多少工资!"

岸川店长一言不发。

"在这个公司里,想回到总部出人头地,你必须得是东部大学毕业的才行。这个公司就是这么过时,只认老同学学长学弟什么的,董事长兼的总经理也完全把公司当成他自家的,在那儿随着性子瞎折腾。这样的烂公司真让人恶心！"

喊声过去，在急促的呼吸声中，传来金属在地上磕碰的声音。大概是谁把折叠椅扶起来了。

店长的声音透着失落与无可奈何：

"你说得也许没错，我们公司确实还在按毕业的大学拉帮结派。老总很差劲儿，这也是事实。即便是业绩很不错的店长，能回到总公司管理部门的，五个人里大概也只有一个，但是……"

说到最后，岸川店长的声音低沉了下去，好像是在深呼吸，蓄势待发。千晴不由自主地竖起了耳朵。

店长发出异常洪亮的声音：

"那又怎么样呢！"

这次轮到海老泽无言以对了。

"一家餐厅有将近二十个人在工作，这就好像是一支球队。你不把心思放在踢球上，反而总嫌规则这里不好那里不好。你既然喜欢挑规则的毛病，是不是应该先当上某支球队的老板再说呢？"

店长激烈的口吻不知什么时候又恢复到了平常的语气。他用诉说般的口气说：

"即便不是什么像样的公司，即便没有什么升迁的机会，即便工资少得可怜，也还是应该尽全力把眼前的工作做好——我希望我的团队里，多的是这种乐于奉献的人。这一点谷山阿姨和水越同学都做到了，我想你也能做到。"

店长好像已经深思熟虑过,他又这样说道:

"如果现在让我马上推荐转正的人选,我会推荐水越,而不是你。她又年轻又肯干,对客人的服务也无微不至。谷山阿姨因为孩子的事,不太可能去别的分店工作,所以正式工的工作对她来说比较困难。"

店长的话深深打动了千晴的心,她真的像店长所说的那样勤勉吗?虽然她作为一个打工的学生,努力做了分内的工作,但是千晴觉得自己还没有做到从餐厅的全局来考虑问题,而且千晴希望在媒体工作。就算岸川真的推荐自己转正,大概也只能有礼貌地回绝了。命运就是这么爱作弄人。

海老泽自暴自弃地说:

"我听够了。这些对我来说已经无所谓了。店长你也挺想炒我的,对吧?不卖力工作,还对别人有不好的影响。我待在这里,对这家店也一点好处都没有。"

"海老泽……"

"而且对我来说,如果没有机会转正,在这里工作也就毫无意义了。"

岸川的声音显得很痛心:

"辞职当然是你的自由,但是像你这样隔三岔五地换工作,你到底要怎么样?像这样飘忽不定真的好吗?你已经不年轻了。"

三十多岁的计时工干笑着说:

"过了今天,我们就没关系了,你又何必替我操心呢?我自然会替自己想出路的。好啦,那我就告辞了。"

隔壁传来沙沙的响声,大概是海老泽把制服帽子摘下来了。

"我下个星期来拿剩下的工资。"

岸川叹了口气:

"我知道了。突然就辞职不干的人,今年你已经是第四个了,这下又得去招聘杂志登广告了。真想让你来替我当这个店长。花上好几十万日元,面试十几个人,好不容易有一个觉得还行的,上不了几天班,就又因为个人原因,突然就不干了。真正干不下去的,不是打工的大堂服务员,说不定倒是我这个店长呢。"

"你这些牢骚跟我说不也没用吗?那么讨厌这份工作的话,你也辞职不就行了?"

岸川的声音又低沉了下来:

"我已经结婚了,还有一个孩子,不可能像你那么自由自在。正式工也有正式工的难处。话说回来,真希望你的下一份工作能干长一点。我说的这句话你一定要听,快点进个什么公司找份固定工作吧。海老泽,难为你在我这里工作到现在。"

"应该我说给您添麻烦了才对。"

到了最后,两个人反而客气了起来。认真工作的店长岸川,竟然羡慕才干了三个月就辞职的海老泽。千晴对工作这件事越来越搞不懂了。

"就算以后被第一志愿的公司录用,有那么一天,我也会像店长那样,做梦都会梦见从公司辞职吗?我参加的那个求职攻关小组的成员们又会怎样呢?据说作为正式员工进入公司的应届毕业生,会有三分之一的人在三年之内自己辞掉工作。就算翻越了招聘考试这座高山,在它背后还有工作这座更险峻的山峰在等着他们去攀登。而这新一轮的登山,绝不会像找工作一样,只要坚持上几个月就会结束。如果一直工作到退休,那将是一条持续将近四十年、看不到山顶且让人头晕目眩的上坡路。"

千晴开始急急忙忙地接着换衣服。海老泽应该马上就会到这边来,千晴不想和已经辞了职、马上就要离开的人再打照面了。

外边传来休息室门打开的声音和脚步声。隔着帘子,千晴听到了海老泽的呻吟。他好像进了另一间更衣室。紧接着是拉帘子时金属互相摩擦的声音。千晴赶忙把长袖T恤套上,又把脚捅进紧身牛仔裤,粗粗地整了整头发,背上了单肩包。千晴提上挂着制服的衣架,蹑手蹑脚地拉开了帘子。

休息室里看不到一个人,海老泽去的那个更衣室里也没有一点声响。千晴把衣架挂在自己的衣帽柜里,也顾不上打招呼,逃也似的走出了休息室。千晴实在不知道对那个又回到了待业状态的三十多岁的男人说些什么。

千晴顺着目白大街向车站走去,中途顺便拐进了一家书店。最新一期的求职信息杂志应该已经出来了。虽然千晴很喜欢逛书店,但是每次去,都会觉得堆得像小山一样的新书,给人一种无从读起的压力。千晴在同龄人中算得上是喜爱读书的,但是偶尔也会觉得,书如果只有现在一半那么多也许正合适。希望在出版、广播电视行业就业的千晴说出这样的话未免会让人觉得奇怪,但是千晴仍然觉得毫无意义的信息实在太多了。

千晴边走边翻杂志,等她到达目白站的月台时,已经快十一点了。目白站的月台很清静,全然不像是山手线的车站,倒像是深山里某处观光景点专用的车站。这天晚上等电车的人也寥寥无几。千晴坐在长椅上,专心致志地看起了杂志上学长学姐的求职经验谈。

"可以坐在你旁边吗?"

千晴的头顶响起说话声,是在几分钟之后。首先进入千晴视线的,是男式运动鞋的鞋尖。千晴还没抬头,就知道是海老泽。

"请坐。"

这位三十多岁的前大堂服务员把手揣在夹克的口袋里,重重地坐在了椅子上,发出很大的声响。

"你在找工作啊?水越小姐应该是文学系社会学专业的吧?神田老师还好吗?"

千晴一时之间不知道该说什么。难道这个人……

"你也是鹫田大学毕业的吗?"

海老泽直直地盯着月台正面的体育用品广告牌。

"对,我是经济系经营专业毕业的。不过在大学里学的东西,到了社会上没派上一点儿用场。三十岁还在打工的人,说什么经营管理,听起来很滑稽吧?"

"没有没有,怎么会呢!"

月台上的指示灯在告诉人们下一班电车就要进站。千晴没想到海老泽和自己上的是同一所大学。

海老泽微微一笑,说:

"你一定觉得我应该是个更一无是处的人才对吧。不过我还真是那个大学毕业的。大学生活算是我人生中最辉煌的一段经历了。鹫田大学在开联谊会时,我很受其他女子大学学生欢迎的。可现在却落魄成这个样子。"

海老泽低头看了看自己身上脏脏的旧夹克。

千晴鼓起勇气问道:

"你毕业那年没找工作吗?"

海老泽苦涩地说:

"不是没找,是没找到。十年前应届毕业生的就业率只有百分之五十,我身边就有很多没能找到工作的人。"

"原来是这样……"

海老泽出乎意料的回答,让千晴有些不知所措。空空的电车缓缓驶进了站台,千晴却错过了上车的时机。

海老泽为了不让自己的声音被发车的信号声湮没,大声说:

"当时如果我不挑地方,应该也能在什么地方找到一份安定的工作,但是我有勇无谋地想在媒体找工作。我当时的目标是全国性报纸的记者。"

千晴仔细端详着这个坐在塑料长椅上的人。海老泽保持面朝前方的姿势，一动不动地说着话：

"运气这东西真的是说不准。在十年前，只有非常优秀的人，才能拿到一流企业的聘用名额。不过今年好像是泡沫经济之后最大的卖方市场，对吧？"

一个比千晴高一届的学姐曾经跟千晴说，五家东京证交所一部的上市公司都愿意要她。那位学姐性格不怎么样，在学弟学妹中也没有人缘。

"好像是这样。不过热门企业的情况并没有什么变化。"

"你说的是枢纽电视台、广告公司、出版社、报社那些地方吧？你想去哪儿？"

眼前这个海老泽，和在大堂里看到的那个没精打采的海老泽，简直判若两人。千晴第一次看到海老泽主动向别人提问题。千晴虽然觉得有点难说出口，但还是告诉了海老泽：

"虽然也许希望不大，但是我和你一样，也想去媒体工作。"

海老泽小声笑了出来：

"本来嘛，那个大学的文科生向来都是这样，一半想当老师，另一半想去媒体。"

千晴不知为什么觉得有些不服气，觉得海老泽是在嘲笑自己的梦想很幼稚，便对他说道：

"你说的没错啊。"

海老泽把身体转向千晴这边,直直地盯着千晴说:

"既然你明白,那我奉劝你一定要把应届毕业这张金色的入场券把握好。好高骛远,死抱着媒体工作不放的话,说不定会后悔。"

"不要重蹈你的覆辙,是吗?"千晴差点让这句话脱口而出,但最后还是忍住了。找工作是有运气的成分在里边的,有时候靠个人的努力根本起不了任何作用。海老泽在十年前泡沫经济崩溃得最惨烈的那段时间毕业,并不是他的错。他不过是在用他的教训告诫自己罢了。但那也不是对一个正准备向媒体发起挑战、需要鼓励的学妹该说的话。而且,他说这话颇有些故意让人难堪的意味。

"那学长毕业之后都做什么了呢?"

深夜的月台上,刚刚辞掉工作的海老泽凄凉地一笑,说:

"当了一年求职待业青年,又对媒体重新发起了冲击,但最后还是无功而返。那段时间我去了很多补习学校和补习班。你听说过横尾记者学习班吧?"

那是一个报社记者出身的人创办的补习学校,在求职学生的圈子里口碑很不错。

"我也挺想去看看的。"

海老泽耸耸肩:

"那个地方还是算了吧,讲的都是些关于传媒的莫名其妙的纸上空谈,根本就不教招聘考试时能用得上的东西。像那样的学习班,去了也是白去。"

"原来是这样。"

对那些地方来说,为求职急红了眼而又不谙世事的学生,简直就是每年自动送上门的待宰羔羊。千晴突然觉得有些可悲。

"之后就再没什么转机了。先是进了一个搞文案的小公司,工作时间长还不给加班费,月薪也是低得出奇。工作的内容基本上是大出版社的分包工作,而且就算有不错的策划也通不过。像这样换了很多打工的地方,不知不觉就过了三十岁这道坎。如今只要能在还算安定的公司干上正式工,是什么行业已经根本无所谓了。要想当上正式工,最迟也不能超过三十五岁。两三年之内我再不想想办法的话,估计我就只能打一辈子零工了。一想到将来的事情,我就害怕得睡不着觉。"

千晴对这种恐惧也深有体会。没有一个像样的身份、不被社会接纳地老下去,才真的是一种深不见底的恐惧。还没有找到工作就迎来了毕业典礼,千晴不知道把这样的噩梦做过多少次。每次从梦中惊醒都是一身冷汗,一直到天亮也无法入睡。

"有时候我也害怕得不得了,可是学长竟然忍受了整整十年。你以后准备怎么办呢?"

这位学长好像要把什么一吐为快似的,用力呼出一口气,笑了:

"该怎么样就怎么样。虽然我已经毕业十年了,但同样是你的竞争对手,除了继续奋斗在求职的最前线,别无选择。不过你准备应聘的一流媒体不怎么从社会上招聘,就算招也只会找有工作经验的人,所以我应该是没戏了。你好好努力吧。我也会在我自己的路上试着努力的。"

听了海老泽这番话,千晴只能默默地点了点头。将近午夜,位于居民区的月台被笼罩在寂静的夜色中。反方向的外环电车朝站台缓缓滑了过来,静得不可思议。海老泽轻轻地抬了抬右手,从长椅上站了起来。

"我已经把那家餐厅的工作辞掉了,所以这辈子应该都不会再碰到水越小姐了。如果有一天你在哪家媒体找到了工作,别忘了曾经有我这样一个人。"

千晴放开嗓子,好让自己的声音不被电车的噪音湮没:

"我会的!"

三十多岁的求职挑战者的背后,铝制的电车车身像冰冷的水流一样缓缓流过。海老泽挥起了说再见的手:

"不管什么考试,都会有几倍于成功者的失败者。实现了梦想的人,理应肩负没能实现梦想的人的嘱托,把工作做得更出色。祝愿你能在媒体好好工作,因为我已经做不到了。好啦,我走啦。"

海老泽一头钻进打开的车门。不知什么时候,千晴也已经从长椅上站了起来。电车开出,只一会儿,就已经看不到海老泽的脸了。千晴朝远去的电车深深鞠了一躬。她不知道自己是否能够不辜负海老泽的嘱托。但是如果通过招聘考试,自己一定会能干多久就干多久,能有多努力就有多努力。

千晴睁大了眼睛,仰望着梅雨季节前朗朗的夜空。

三 欢迎来到综合版块

"大家看起来都好优秀。"千晴小声说。

惠理子依旧是一脸处事不惊的微笑,很平静地对千晴说的话做出了回应。她那样子简直就像是公共电视台的播音员,淡然的表情看不出任何变化:

"是啊,大家看起来都很优秀,但也都显得很紧张。"

在不知不觉中,梅雨季节已经过去,太平洋高压稳稳地盘踞在日本列岛的上空。为了求职而度过的一天又一天,就像飞流直下的瀑布一样,迅速流逝。千晴觉得自己还什么都没干,暑假就已经过去三分之一了。

但千晴和惠理子还是很幸运的。在这个晴朗的星期一早上,他们两个人正站在位于台场的关东电视台[①]的入口大厅里。玻璃幕墙围成的大厅的内空足足有七层楼那么高,让人觉得这里仿佛是一座美术馆。三十多个大学生聚在一起,在叽叽喳喳地说着话。

[①] 指富士电视台。富士电视台所在的民营电视网中,有位于日本西部的关西电视台,东京又位于关东,所以文中用关东电视台借指富士电视台。下文中出现的简称"关视",本来也是关西电视台的简称。

"我很久没有穿过牛仔裤了,觉得自己好像成了一个干力气活的。"

大小姐出身的惠理子穿的是手工做旧的高档牛仔裤。

电视台事先通知过学生们,应聘时要穿便于活动的衣服而不是西装,因为从第一天起就需要学生们全力投入工作。千晴的生活靠的是父母的资助和自己打工,所以穿的牛仔裤也只是GAP的打折货。千晴并不是不爱漂亮,但硬要她和身穿外国名牌时装的惠理子攀比,那只能说是自不量力。如果非要比点什么的话,倒不如和求职攻关小组里那些没能来这里参加实习的同伴比一下,千晴觉得自己已经非常幸运了。

为了能参加关东电视台的这次实习,求职小组的七个人都报了名。只要名字在鹫田大学的邮件列表里,求职信息就会被自动发送至邮箱,网络使求职的形式发生了很大的改变。实习制度现在虽然已经相当普遍,但是热门企业的实习名额仍然非常抢手。七个人中被选上的只有惠理子和千晴。

如果能在这家枢纽电视台的实习中有出色的表现,那么在正式的招聘考试中也会有很大的优势。求职信息杂志上明明白白地这么写着。千晴的第一志愿虽然是大出版社,但在东京的枢纽电视台工作既体面工资又高,毫无疑问,这也是千晴非常向往的工作。

"请大家看这边!"

一个三十岁不到的电视台工作人员在扯着嗓子招呼大家。

他下半身穿的牛仔裤膝盖上破了个大洞,上身穿的T恤也是灰蓬蓬的。这个人好像没怎么好好洗脸,皮肤油得厉害。这群大三学生像参加运动会的小学生一样排成了队。

"从现在起,大家就要投入到电视节目制作的工作中去了。都拿到我们台的通行证了吧?大家现在就看一下带了没有。拿着这个才能进电视台。"

千晴也和大家一样,脖子上挂着一张带照片和IC芯片的卡片。这应该就是他说的那个通行证了。

"大家要去实习的地方就写在这张纸上,请大家自己找该去的楼层,按照台里前辈们的指示,好好干活。有一句话我要说在前头:工作中也许会有一些不近人情的命令,到时候大家不要扯什么大道理,利利索索地照做就好。节目制作一线是体力劳动,怎么做才能成为让编导称心的助理,这个还请大家自己好好地琢磨琢磨。好,现在开始发名单。"

学生们一哄而上,把年轻编导围在了中间。千晴唯恐落后,也挤了进去。她拿到的是一张A4的复印纸,学生的名字和他们要去的节目在上面排成了两列。

"我去的是独家报道的综合版块的周三制作组,小惠也是同一个部门的同一个制作组。"

"我们运气真好。两个人在一起,就没什么好怕的了。你看过独家报道综合版块的节目吗?"

千晴微微地耸耸肩。

"这话只能偷偷跟你说,我就没怎么看过那个节目。那样的版块节目,从星期一到星期五每天的内容好像都不一样吧。"

"我记得是各个栏目每天都会进行一些交替。除了那个节目的主持人是品川雄太郎之外,我也对那个节目没什么了解。"

品川雄太郎五十多岁,是一个不从属于任何一家电视台的自由主持人,原先是广播电台节目主持人。他现在每个星期在电视上露面的时间超过二十个小时,被誉为最忙碌的主持人。周刊杂志说他嗜酒如命,只要他不在电视台的演播厅,那就一定是在银座的夜总会喝酒。

学生们开始慢慢地挪动步子。电梯间的入口处有一道门,戴着白手套的门卫守在那里。电视台的保安工作看来做得很到位。

千晴把挂在脖子上的入门证贴近灰色的立柱,哔地一声,面前的自动门应声而开。千晴觉得自己好像真的成了电视台的工作人员,心里美滋滋的。电梯间富丽堂皇,墨绿色的大理石铺满了地面和墙壁,让人觉得仿佛是走进了高级宾馆。

"要是每天都能在这样的地方上班,一定幸福死了。"

电梯间里一共有八部电梯。这时,其中的一部在这个楼层停了下来。电梯门打开,年轻的工作人员一个接一个地走了出来。大家都穿得很休闲,没有哪个人穿的是西装加领带的正装。千晴和惠理子被其他人簇拥着走进了电梯。

电视台果然不同于一般的企业,电梯里也装着液晶屏幕,播放着自家的电视节目。千晴按下了综合版块制作部所在的十二楼的按钮。电梯看似单薄的玻璃门,大概也是考虑到安全的特殊设计。在暑假中的这样一个星期一,电梯载着闷不作声的学生,开始缓缓地上升。

在十二楼下电梯的只有千晴和惠理子两个人。电梯入口的左右两边堆满了纸箱,地上铺的灰色地毯看起来也脏脏的,和入口处豪华的大厅形成了鲜明的对照。

千晴和惠理子找来找去也没找到楼层的平面图,只好向正巧路过的工作人员问路。她们拦下的那个男员工,大概是彻夜都在工作,头发乱得像稻草,眼睛通红。他告诉千晴和惠理子一条非常复杂的路线。他说电视台的内部结构之所以设计得如此复杂,就是为了防范外人闯入。

两个人在迷宫般的楼道里不知转了多少道弯,终于来到了制作部的门口。楼道里摆着一大排最新式的彩色复印机。

正准备开门的千晴问道:

"小惠,准备好了吗?"

惠理子理了理自己烫成竖卷的头发:

"好了!这次的实习,我们一起努力!"

千晴攥紧了单肩包的带子,猛地推开了制作部被空调吹得冰凉的大门。

推开门的瞬间,办公室里嘈杂的声音便扑面而来。从正面的玻璃窗可以看到一眼望不到边的蔚蓝的东京湾。绝佳的海景能让每一个第一次看到这种景象的人都赞叹不已。从门到窗户的二十米见宽的室内,全都是办公桌拼在一起形成的大大小小的群落。从天花板上垂下来的牌子上,标着各个电视节目的名字。

"哦,《地球动物万岁》原来是在这儿做的!"

千晴的视线前方,是一张节目吉祥物堆成了小山的桌子。

"千晴,好像是这儿。"

千晴听到惠理子招呼自己,这才来到独家报道综合版块所在的一角。这里的办公桌被拼成了五大块,分别挂着星期一到星期五各个制作组的牌子。被紧张的空气所包围的,是今天下午两点就要开播的周一制作组。喊话声此起彼伏,让人觉得仿佛置身于闹市。那些小跑着来回穿梭的人,大概就是被称作编导助理的工作人员了。

千晴和惠理子顺着堆满纸箱和录像带、让人插不下脚的过道,来到了周三制作组。这里摆着十二张办公桌,却看不到一个人。

"小惠,怎么办?一个人都没有。"

惠理子绕过文件资料堆成的小山,看了看办公桌的另外一侧,小声说:

"千晴,你看。"

千晴探着头看了看桌子对面。三把转椅被排成一排,一个四十多岁的男人正躺在上面睡觉。他穿的纯棉西裤的裤腰大概是太紧了,解开的皮带耷拉在地上。

惠理子用唇语问千晴:

"怎么办?"

有什么可犹豫的呢?等这个男的自己起来肯定是不行的。千晴和惠理子的实习已经开始了。

"小惠,你把他叫起来,问问他我们该干什么。"

"这个我就免了。"在国外长大的大小姐若无其事地说道。

千晴一直梦想着有一天能够在这种令人困惑的场面抛出这句台词,哪怕只有那么一次也好。但是自己和惠理子天生就不是一个类型的人,再怎么奢望大概也没用。

"那好,我来。"

那个男人还在半张着嘴享受着他的午觉。千晴把手放在他的肩膀上,试着晃了晃。肉乎乎的肩膀让她觉得很不自在。

"对不起,您能起来一下吗?"

男的一边揉着眼睛一边坐了起来,没好气地问:

"怎么了?拍到像样的东西了?"

男人系好皮带,下垂的肚子上立刻出现了一道凹槽。千晴和惠理子在男人的面前站得笔直。

惠理子戳了戳千晴的肩膀,千晴这才开了口:

"很对不起,打扰您休息了。我们是来独家报道综合版块周三制作组实习的实习生,我是鹭田大学文学系三年级的水越千晴。请多关照。"

惠理子也轻轻鞠了一躬：

"我是鹫田大学社会学专业的佐佐木惠理子。"

"我叫本乡义美，是这里的制作人，算是这个节目的负责人吧。我们的制作组一共有三个采访小组，现在其他人都出去采访了，天黑之前应该会回来，到时候给你们介绍。"

说完，男的盯着千晴和惠理子看了一会儿，然后直接跳过千晴，对惠理子说：

"你长得挺漂亮的嘛，应该能进我们台。你想去哪个部门？"

两个人一上岗就听到了这种近乎性骚扰的话，给惠理子当了陪衬的千晴心情非常复杂。其实惠理子本来就是鹫田大学校园选美的亚军，是标准的美女。据说当时很多女生出于嫉妒而把票投给了最终成为冠军的那个人，才让惠理子最终屈居第二。如果单看来自男生的选票，惠理子的得票其实大大领先其他选手。

"我想去新闻编辑室，做政治、经济这些比较严肃的题材。"

制作人本乡摸着下巴，好像有些意外。

"哦……"本乡又顺便问了千晴一句，"这位小妹妹想去哪儿呀？"

千晴有点儿恼火，又有些犹豫该怎么回答。她不敢说自己真正想去的是大出版社，来电视台不过是为了检验一下自己的能力。

"我想做节目制作。"

本乡在转椅上伸了个懒腰:

"你没说想去事业部门,也就算不错啦。最近的学生满脑子都是什么宣传活动啦、节目周边商品啦,净想着赚些不需要下功夫的小钱。但是别忘了,电视台的本职工作,是做出像样的电视节目来。"

制作人说到这儿,才注意到两个人还一直站着:

"你们两个随便坐啊。等出去的人回来了,就没时间慢慢说了,趁现在我就给你们好好传授一下。"

本乡在千晴胸前的 IC 卡上找到她的名字。

"千晴,拜托拿三杯咖啡过来。我那杯要加糖和奶。咖啡机就在对面那根柱子背后。"

本乡很唐突地就把千晴的姓给省略掉了。这人真没礼貌——千晴撇下正满脸堆笑地和选美亚军搭话的制作人,朝咖啡机走去。千晴双手捧着纸杯回来的时候,制作人已经进入正题了。本乡一个谢字也没说,就把咖啡凑到嘴边喝了起来。咖啡泡好以后似乎已经放了很长时间,浑浊得好像泥汤。

"一提到综合版块,局外人都会觉得那是给闲着没事的主妇们看的半吊子节目,但是对你们这样的实习生来说,没有比综合版块更锻炼人的地方了。电视节目有三大支柱,你们觉得是什么呢?好,千晴,你来回答。"

千晴觉得自己好像突然被老师点名回答问题的学生,不用想得太认真,随便说点什么就可以了。这种时候表现得主动些

最重要了——千晴一边在心里盘算一边慌忙答道:

"是新闻、电视剧和搞笑节目吗?"因为心里没底,千晴的声音比平时小了很多。

制作人放声大笑:

"差不多吧。应该是报道、文化和娱乐。我们的工作就是把这三大要素恰到好处地编排到一起,做出每个星期都能获得高收视率的节目,而且还是整整两个小时的节目!从能够全方位地接触新闻素材这层意义上来讲,综合版块是内容最有广度且最有意思的。虽然不知道你们明年会不会来我这里,但是你们要给我好好干哦。"

"我们一定会努力的!"千晴和惠理子不约而同地答道。

惠理子又问:

"现在还是上午,在傍晚大家回来之前,我们两个应该做些什么?"

制作人打着哈欠说:

"其实也没有什么特别需要干的事。这样吧,你们从那边桌子上堆着的报纸和周刊杂志上把最近的热点事件找出来,分门别类整理好,复印出来。中老年离婚和平分退休工资的问题、内阁换班、歌星佳织和演员滨岛真二闹离婚的事,还有那个冈山县还是哪儿的宠物狗乐园的动物虐待案。我要接着睡觉了,你们好好干吧。"

制作人说完,就又在转椅拼成的"床"上躺下了。

实习的头一个下午,千晴和惠理子是在分头翻阅会议桌上堆积成山的周刊杂志和报纸中度过的。这里的报纸从全国性的大报到体育类报纸再到晚报,一应俱全。周刊杂志从女性杂志到综合杂志再到体育、演艺专门杂志,也多达几十种。虽然千晴和惠理子只是粗粗地翻看,然后在需要的内容上贴上记事贴,两三个小时的时间还是很快就过去了。

在蓝色热反射玻璃的外侧,东京湾上空的晚霞燃烧成了一片橙色。结束了采访活动的制作组成员陆续回到了电视台,综合版块周三制作组的办公桌周围逐渐热闹了起来。年轻的编导看到两个人整理的资料,大声称赞道:

"你们真是帮了大忙了。今天应该能坐上收班电车回家了。"

"这些资料是做什么用的?"

"给负责点评的嘉宾们用传真发过去。不过他们也只是随便翻翻而已,对他们的评论好像也起不了什么太大的作用。他们的工作真挺轻松的,我们花通宵工夫编辑的录像,他们看完以后想当然地随便说两句就行了。"

有件事千晴一直颇有疑问:

"为什么综合版块总要找嘉宾来点评呢?那些人也不是什么专家,有些人时不时还会说些驴唇不对马嘴的话。"

惠理子也在一旁点头表示同意。

编导随手翻着手里的资料说:

"这个呢,就和主妇们聚在一起开小会说闲话是一样的。有专业性比较强的新闻的时候,比如说空难、企业并购什么的,我们当然会找专家来评论。但是一般的新闻,还是那些嘉宾更合适。虽然我也不很清楚是为什么,据说日本人不管是在公司里还是学校里,在表明自己观点的时候,都有一个先看看周围人反应的习惯,也就是所谓的随大流。能让大家放心地随大流的,和各方面的专家相比,一般嘉宾好像要更有效一些。那些嘉宾虽然多少有些名气,但更重要的也许是因为他们都是所谓的普通人。"

原来如此,嘉宾的作用原来和屋顶上的风信鸡是一样的。千晴觉得心里的谜团解开,于是重新回到整理报纸和周刊杂志的工作中去了。

制作组的工作会议在五点过后才开始。到了这个普通公司下班的时间,星期三制作组的所有成员才总算到齐。会场是位于大楼一角的会议室,会议室朝外的两个方向从天花板到地板都是整面的玻璃墙,窗外台场的楼群和东京湾就好像电影中常会出现的背景画面。

制作人本乡首先做了开场白:

"先给大家介绍两位实习生。请站起来自我介绍一下。"

千晴和惠理子报上自己的姓名和所在的大学,然后又向众人鞠了一个躬。

本乡把会议室里的十几个人环视了一圈,说:

"千晴就交给大内编导的小组,惠理子就让金子编导的小组

91

带一下。好,大家汇报一下今天采访的情况,先从大内开始。"

千晴看了一眼那个叫大内的编导的脸。这人三十多岁,戴着一顶毛线帽,瘦瘦的,下巴上留着山羊胡,身上穿着磨得破破烂烂的牛仔裤和彪马牌的黄绿色运动服。

"我们这边跑的是在川越发生的交通事故的追踪报道。"

这件事千晴也有所耳闻。一辆旅行车冲进幼儿园小朋友上学的路队里,造成了三死多伤,是一起相当悲惨的事故。

"让人难以接受的是,警察那边的口风好像是很难把肇事者定成危险驾驶致死罪,因为驾驶员的过失并没有严重到那个程度,但是那个姓山下的驾驶员真的太差劲儿了。"

本乡把戒烟用的烟嘴叼好,继续聚精会神地听着大内的汇报。

"这已经是他第二次肇事了。以前他也惹出过一次死亡事故,在交通监狱关了一年半。放出来以后,竟然又若无其事地开起车来。"

制作人探出上半身:

"好,这个角度不错!在编排的时候就用缺德的驾驶员和受害者的家长进行对比好了。"

会议室里看起来最年长的那个男人举起了右手的食指。可以看到他手里拿着一支铅笔,是刚才做过自我介绍的文案编辑岸本。

"稿子就照这个思路去写:失去孩子悲痛欲绝的妈妈和不思

悔改反复肇事的马路杀手。那个男的好像是因为用导航仪看电视看得入神,所以才撞到了孩子——不过看的好像并不是我们台的节目——我觉得这应该能成为一个不错的情节。"

原来是这样。为了把案件和事故传达给更多的人,仅仅陈述事实是不够的,还需要整理出情节来。千晴虽然嘴上什么也没说,心里却在暗暗感叹。

"那么下一条,金子你那边呢?"

那个金子编导是一个身材魁梧得像熊一样的男人。他的胳膊实在太粗了,让人觉得他身上网球衫的袖口都要被撑破了。

"我们从知情人那里了解到关于佳织和滨岛真二离婚的新情况。听滨岛所在剧团的同事说,他们两个已经搬出了在代官山的公寓,开始分居了。"

紧接着金子发言的是富冈淳子,千晴知道这个人。富冈淳子现在的身份虽然是娱乐记者,但年轻时曾经做过青春偶像。她现在已经四十多岁了,可从她脸上还能看出当年可爱的模样。千晴发现和在电视上看到的时候相比,她的妆显得更浓。

"明天下午早些时候会有佳织的新歌新闻发布会,到时候我会直接向她提这个问题。不过她的经纪公司最近对这件事非常戒备,搞不好只能拍到她的面部表情。"

本乡制作人不禁喷了一声:

"怎么这么费事,反正也是要离婚,能不能明天就搞一个轰轰烈烈的新闻发布会?这样一来,周三综合版块的主打新闻也就不用愁了。"

千晴把眼睛睁得大大的,注视着会议室里发生的一切。对面前这些人来说,别人离婚也好,出交通事故也好,都不过是让电视节目更加吸引人的材料。所谓业内人士大概都这样吧。千晴觉得他们的做法有些浅薄,又显得很职业。这让她脑子里一片混乱。

这时,有人的手机响了。手机铃声是性手枪乐队的《联合王国的无政府主义》。

"不好意思,我接个电话,是新闻编辑室在警视厅那边蹲点的人打过来的。"

几秒钟之后,大内的神情已经迥然不同,显得无比严肃。所有的人都屏住了呼吸。发生了什么重大事件的预感,像电流一样渗透到了会议室的每一个角落。

年轻的编导大声说:

"在大塚发生了碎尸案。十九岁的复读生杀掉了读专修学校的十八岁的妹妹,还把被害者分了尸。我们的小组马上去现场。你姓水越对吧?你也跟我们一起过去。"

"好的!"

千晴还没搞明白自己的声音为什么发抖,就已经非常干脆地答应了下来。

一行人坐进了停在地下停车场的面包车。

车上一共坐了五个人:大内编导、摄像师、摄像师助理、录音师,还有千晴。本来应该负责案件播报的出镜记者因为别的采访任务去了外地,没能赶回来。

电视台的车驶过夕阳映照下的彩虹桥。因为正好赶上首都高速的下班高峰,采访小组花了差不多一个小时才赶到大塚。其间编导一直在用手机收集信息。

编导挂掉一个电话,把草草记下的内容念了出来:

"出事的那户人家就在JR大塚站南出站口附近,据说,在当地是小有名气的不动产商,做不动产生意已经好几代了,看来应该相当有钱。房子的一楼是公司的办公室,二楼再往上是住家。公司的名字叫清水不动产——这个在上电视的时候要隐去。"

一直在做笔记的千晴问道:

"这是为什么?"

大内把脸转向坐在三排座汽车最后一排的千晴,脸上的微笑显出几分对这件事的嘲讽。

"因为嫌疑人还是未成年人[①]。但这次就算不报道嫌疑人的名字也没什么意义了,因为被害者是嫌疑人的妹妹,所以他姓什么大家马上就会知道了。估计这事在当地早就无人不知无人不晓了。"

哥哥杀掉亲生妹妹这样的轰动性事件,媒体不会报道的各种小道消息大概已经满天飞了。

---

① 日本的法律规定年满二十岁为成年人。

大内又用强调的口吻低声说：

"更何况还是碎尸案。"

采访车里的气氛一直很微妙。大家的心里虽然不乏对被杀少女的同情，但也无法掩饰因重大案件发生而带来的兴奋。千晴有生以来第一次感受到了在新闻报道的最前沿才能体会到的特殊氛围。虽然千晴只是一个打杂的实习生，但同样是这个团队中的一员。如果可能，千晴也想为工作出一分力。

大内编导一边捻着山羊胡一边说：

"也许会有一些精神负担很大的工作摊到水越同学的头上，你能挺得住吗？"

千晴并没有多问那会是什么样的工作，立刻点了点头。

咖啡厅、便利店、书店、弹子房……大塚站南面出口外侧的环形马路上，排列着和其他车站的站前区域相似的各色商铺，只有一处和一般的商业街不同——事发现场的不动产公司被警察用警示胶带圈成了一个禁区。盛夏的夜晚，周围却好似有一股阴冷的风在那里盘旋。

现场周围满是媒体的工作人员和看热闹的人，还有六台电视摄像机——东京的六家枢纽电视台全都到齐了。不动产公司的大门和写有公司名称的招牌都被警察用蓝色的塑料篷布遮盖了起来。现场勘查人员穿着印有警视厅字样的夹克，在不停地进进出出。

大内扫了一眼其他电视台的摄像机，有些失望地喊道：

"真是的,就我们没有出镜记者。这么要紧的时刻,濑沼哪儿去了?没办法啦,把现场的气氛好好拍下来!"

摄像师正在操作架在三脚架上的专业级摄像机。听到大内的喊话,他并没有把眼睛从取景器移开,只是点了点头示意。周围已经一片昏黑,但如注的灯光却把不动产公司的门口照得宛如白昼。维持秩序的警察、与时俱增的围观者、排成长串的警用车、大塚站前的街景——大内编导不停地向摄像师发出指示,把需要的场面陆续拍了下来。

在来回忙碌的采访小组中,只有千晴一个人无所事事。对摄像器材一无所知的实习生完全没有动手的机会。在案发现场的一个半小时,千晴只不过到停在附近的采访车里拿了两次放在后备箱里的录像带和电池而已。

"好了,我们撤吧。"

听到大内这么说,千晴看了一眼手表,已经九点多了。第一天的实习就这么结束了吗?从这儿坐山手线回高田马场的住处,一会儿就能到家。这时,编导却说出了让千晴非常意外的话。

"我再给你派个活儿吧。这个任务比较艰巨,你可要有心理准备。"

千晴说了声好。

于是编导说:

"我们需要被害者的照片,你去想办法弄来。"

千晴的脑海里浮现出报纸上经常能看到的那种满是马赛克

的黑白照片。置身于事发现场的千晴此刻有些蒙了。

"就是所谓的大头照。我知道这件事让实习生来干有点难度,不过这应该是一个锻炼人的好机会。"

大内说完就要往采访车里钻,千晴赶忙问他:

"请问,要怎么才能弄到被害者的照片呢?"

大内若无其事地说:

"怎么才能弄到呢?这桩案子的被害者和凶手是一家人,所以就算找到被害者的家里人大概也没用。遇害的女孩在池袋的格雷丝美容专修学校上学,这个我们已经搞清楚了。"

千晴从没听说过这个学校。大内打开记事本:

"那个女孩好像和父母关系不太好。她爸爸妈妈好像不赞成女儿去搞美容美发,所以连学费都是女孩自己挣的。该怎么办,你自己好好琢磨一下吧,这次一定能让你学到不少东西。当然啦,我对初来乍到的实习生并不抱太大期望哦。"

大内很麻利地坐到采访车的副驾驶座上,他又对站在路边发呆的千晴说:

"好啦,回去以后还要开会、搞后期制作。你也上来。"

实习第一天带来的紧张和疲劳已使千晴筋疲力尽了,但她还是二话不说,坐进了采访车。汽车在交通高峰过后的首都高速上疾驰而去。池袋、新宿、六本木、汐留——市中心的高层建筑群已经灯火通明。时间已经是晚上九点,写字楼里的人应该都还在加班。工作,也许真的没有尽头。一想到这些,就让千晴有些恐惧。

在节目制作部所在的楼层开完会,已经十点半了。千晴和惠理子虽然一直坐在会议室的一角,但几乎完全没听懂那些人在说什么,行业特有的术语一个接着一个。对电视台的工作流程,她们也还缺乏起码的了解。

千晴和惠理子弯着腰向其他人一一打完招呼,走到了楼道上。

惠理子马上小声说:

"真没想到综合版块的工作这么辛苦。"

鹫田小姐亚军的脸颊好像在一天之内就瘦削了很多。千晴知道自己的脸肯定也强不到哪儿去。

两个人走在通往百合海鸥线台场站的路上。这块填海造地形成的土地夜晚异常冷清,宽阔的人行道上几乎看不到行人的身影。明晃晃的路灯把这片再开发区域的静寂反衬得更加明显。也许因为离海很近,夏夜的空气仿佛黏在人的身上,让人觉得沉重。

"到底怎么才能弄到受害人的照片呀!他们倒是说可以出钱给提供线索的人。"

听到千晴发牢骚,惠理子说:

"大内编导说并不抱太大的期待,我觉得他真是那么想的。你想,还有那么多专职的记者,他们肯定也在追踪这件事。大内编导大概是想让你从大学生特有的途径获得一点突破吧。"

千晴无法想象杀人案的被害者和自己有交集。

"怎么讲?"

惠理子显得很有耐心:

"你手机里存了多少人的联系方式?"

千晴虽然人脉并不广,但是手机里还是存了将近三百人的电话号码和电子邮件地址。到东京以后认识的人,已经占了其中的三分之二。

"对呀!我可以凭自己的关系去找一找。好!回头我就对认识的人来一个地毯式轰炸。惠理子你的任务是什么?"

惠理子把几本书举在胸前给千晴看:

"我的任务可不像你的那么有戏剧性。他们要我把这四本关于年金制度的书好好看一看,全部做成提纲,然后从这四本书的作者里,选一个最合适的作为采访的对象。这比在大学交学习报告压力大多了。"

实习工资并不是什么大不了的数目,而且一般的兼职,绝对不会有如此大的压力。但是这份工作让千晴切实感受到自己和社会联系在一起,使她感受到了肩上沉甸甸的重量。

千晴在山手线的中途和惠理子分了手。她在高田马场站附近的便利店买了处理减价的饭团和杯装速溶味噌汤,回到了住处。千晴草草地冲了个澡,坐到桌前,打开了手机。虽然已经很晚了,但千晴还是准备先给要好的朋友打电话,看能不能解决眼前的这个难题。

千晴按照打头字母的顺序,给在东京出生长大的朋友们一个挨一个地打了电话。大家听说千晴在关东电视台实习,又听到千晴说起在大塚发生的碎尸案,都显得非常感兴趣。但是一旦被问起被害者和她上学的专修学校,大家就都一无所知了。东京太大了,不计其数的人生活在这里,却只会一次又一次地擦肩而过。

电视里在播放这一天的最后一轮新闻,千晴看的自然是关东电视台的频道。千晴的采访小组拍到的不动产公司的录像也出现在了电视画面上。那和千晴亲眼看到的场面有着极其细微的不同:电视上映出的,是一个个没有气味和立体感的画面。

被害者的名字还没有出现在电视新闻中,被害者的照片当然也没有出现在电视画面上。被警方带走的是这家的哥哥,而被发现的尸体据推测是和嫌疑人一同生活的妹妹。播音员播报的内容仅限于此。警方正急于查明被害者的身份——表情端庄冷峻的漂亮女播音员直视着镜头,最后这样念道。千晴从大内那里听到一些关于案件更详细的情况,其中最让人不寒而栗的细节,是凶手为了隐藏被害者的身份,捣烂了自己妹妹的脸。

千晴这天晚上一直坚持到十二点半,一口气打了三十多个电话。她的神经亢奋异常,使她毫无睡意。但如果接着打电话,肯定会影响别人的休息。她只好停下手来。明天早上十点还要去电视台接着实习。

就在千晴刚刚躺下、在黑暗中仰望着天花板的时候,插在充电器上的手机突然响了。千晴的手机铃声还是出厂时的设置,从来没有换过。

"千晴,你还没睡呀?"是求职攻关小组菊田良弘的声音。

"怎么了?这么晚打电话。"

"没什么啦,我听惠理子公主说你正在找被害者的大头照。有眉目了吗?"

千晴叹了一口气:

"一点儿线索都没有。对了,良弘,你是本地人,有没有听说过池袋那边的格雷丝美容专修学校?"

"让我想想啊。这个名字我好像在哪儿听到过……"良弘慢吞吞地开始回忆,"对了!我有个在帝都大学上学的高中同学,他原来好像跟我说过,他妹妹在格雷丝什么专修学校上学。"

千晴一下子从床上跳了起来:

"你能联系到那个朋友吗?"

"可以呀。"

千晴跪坐在床垫上:

"能不能拜托你马上给那个朋友打个电话。"

"好啊,但是我该怎么说呢?"

房间里一团漆黑。千晴直到刚才都在为照片的事不停地打电话,这让她的表达异常顺畅:

"你跟他说,我现在在替关东电视台找被害者的照片。虽然不是什么很可观的数目,电视台会拿出一笔钱来酬谢提供线索的人。如果他妹妹手头就有照片的话,我希望明天早上能马上跟她见一面。"

良弘显得很是佩服:

"千晴,你好厉害,很有记者范儿呀!听公主说综合版块的工作挺辛苦的。"

"谁说不是呢!虽然看节目的人都是些闲着没事、歪歪倒倒地看电视的全职主妇,可做节目的人就完全没那股轻松愉快的劲儿了。不是采访,就是开会。才一天,我就觉得整个人都被榨干了。电视台真是个要命的地方。这话就不多说了,你快给你朋友打电话吧。我等你的回音!"

"OK!这事要是成了,你得请我吃饭!"

千晴挂掉电话,像祷告似的用双手把电话紧紧地握在胸前,然后就这么打起盹来。当电话铃声把她叫醒的时候,千晴以为自己一觉睡到了天亮,不禁惊出了一身冷汗。她赶紧看了看手机上显示的时间,才发现只过了十五分钟。

电话里良弘的声音因为兴奋而急促了许多:

"这下我可立功了!他妹妹好像有春天开迎新会时拍的照片。我替你跟她约了明天早上八点,就在池袋站东出口环形马路边的星巴克。"

"谢谢良弘!我要怎么才能认出她呢?"

"我朋友说他妹妹的头发颜色很特别,一眼就能认出来。还有,别忘了请我吃饭哦!"

千晴道了谢,挂掉了电话。她就像被什么东西砸中了一样,猛地倒在床上睡了过去。

第二天是一个阴郁的星期二。池袋站前边的十字路口,每当信号灯变红,停下等候的上班族就会像被阻断的潮水一样聚集起来。千晴坐在二楼靠窗的地方,一边看着这情景,一边等良弘那个朋友的妹妹。女孩的名字叫高田怜美奈。约定的时间已经过了五分钟,一个手里拿着冰拿铁的女孩顺着螺旋阶梯走了上来。

"一定就是这个女孩。"千晴的直觉这样告诉她。

女孩留着长发,发梢被故意修剪得蓬松而凌乱,颜色就像热带岛屿上的丛林,是鲜艳的绿色。下半身穿着短到大腿根的热裤和及膝的黑色长靴。上半身则是一件呈现铝箔般金属光泽的T恤。

千晴站起来向她点头示意:

"你好。"

怜美奈走过来,稍稍点了下头,就算是打了招呼。刚一坐下,她长长的腿就翘起了二郎腿。

"我是在鹫田大学上学的水越千晴。你现在能把照片给我看看吗?"

"这个没问题,不过,你真的给钱吗?"

千晴把装着三万日元的信封放到了桌子上,里面还装着千晴专为这件事买来的收据单。千晴昨天已经问过大内编导该怎么支付信息费了。

"钱在这里,你可以数一数。"

"那就不用了。"怜美奈这么说着,从银色的单肩包里掏出几张照片。

千晴急切地把照片接过来一阵端详。照片上好像是什么地方的卡拉OK店。

"这是春天新生欢迎会时拍的照片。三个人里面正中间那个就是朱美。不过她现在完全变了样子,已经不太看得出是她了。"

照片正中是一个正在笑着拍手的女孩,看上去简直像一个高中生。及肩的长发在闪光灯的映照下反射出黝黑的光泽。

"最近朱美整个人都变了,还有一些关于她的不太好的闲话,说她拍情色电影什么的。"

千晴战战兢兢地问:

"情色电影吗?"

"对。据说朱美为了挣学费,曾经去拍过情色电影。"

千晴从包里拿出记事本,做起了笔记。

"你知道她拍的片子是哪个公司的吗?"

怜美奈看都没看千晴一眼:

"这种事情我怎么会知道,但是班上的男生都在偷偷地传这件事,说情色电影的宣传语是什么'第一位九零后女孩'。"

千晴觉得自己好像是在沙堆里挖到了大堆的财宝。被亲生哥哥杀掉的被害者原来拍过情色电影,而且才十八岁。这些都是足以让全日本的周刊杂志都趋之若鹜的绝好素材。

"朱美在班上是个什么样的女孩?"

"也没有什么特别的地方,感觉性格不是很开朗,也没什么朋友。明天大家好像要在朱美的灵堂守夜。估计大家都会哭得像模像样的,虽然谁都跟她不熟。"

被害者的同学说得很淡然,语气中不带任何感情色彩。这样的情形也是绝不会通过媒体的报道传达给大众的。

"关于那个嫌疑人,也就是朱美的哥哥,你有没有听说过什么?"

怜美奈摇了摇头,亮绿色的头发也随之轻盈地晃动着:

"我跟她还没要好到互相说家里人的事情。而且如果和家里人处得不好,一般人也不会跟别人说,别人家里的倒霉事,谁爱听呀。学校里大家相处,只要表面上过得去也就行了。"怜美奈的表情显然是有些嫌千晴烦了。

千晴最后这样说道:

"以后也许还会有什么事情想跟你打听,能告诉我你的住址和电话号码吗?"

怜美奈很不耐烦地报出了自己的联系方式。她喝了口咖啡,又说:

"说句实话,你们这些搞媒体的,就喜欢把受害者的事情追究个没完。在哪儿上学、为人怎么样、和谁谈恋爱、干过些什么,还有将来的梦想、家庭情况什么的,像你们这样,被杀的人是不是有点太可怜了?不过我只要能拿到这个就好啦。"

怜美奈把钱抓在手里,就这么走了。

"你可立了大功了,水越同学。"

在周三制作组的会议上,大内编导正在夸奖千晴。桌子上放着千晴找来的照片,还有一盒DVD。朱美迎新会时乌黑的头发,在DVD的封面上已经全染成了金黄色,被烫成卷发的发梢非常夸张地翘着。强装欢笑的表情让人看了心里发酸。

"我们台新闻采编那边也搞到了这条关于九零后问题女孩的信息,今天一大早就弄来了这张DVD。"

木乡制作人一只手拿着DVD的包装,一只手拿着照片,在对比个不停。

"才不过几个月,就能有这么大的变化。女人太可怕了。"

真像他说的那样吗?千晴并不这么觉得。高中毕业之后最初的那几个月,什么样的女孩都会变得和以前大不一样。这并不能说明清水朱美有多么特别。

"把这两张照片一前一后地打出来,会有很不错的对比效果。我们的独家报道综合版块算是抢先一步了。平分退休工资和中老年离婚的内容就砍掉好了。演艺明星闹离婚的新闻也给弄短些。金子,他们反正也不是今天就离婚,对吧?"

金子编导点了点头。

"是的,只要把下午的新歌发布会播出来,女方的经纪公司应该就不会有意见了。"

本乡用响彻整个会议室的声音说道:

"好,所有的采访组都继续追踪大塚的碎尸案,不要放过任何蛛丝马迹!所有的电视台都攒足了劲儿在拼这条新闻,千万不要让我们台丢脸。"

被兴奋和紧张包围的办公室里,千晴却怎么也提不起精神,朱美的同班同学说的那些话久久萦绕在她心中。为什么被害者的一切都要被暴露在众目睽睽之下?

本乡从衣服内侧的口袋里抽出一个信封。

"来,千晴,这是发给你的制作人特别奖。这可是我自己掏的腰包,你就拿好吧。今天要去专修学校采访,你争取再来一条独家新闻。"

心中仍然充满疑惑的千晴收下了信封,自己已经算是媒体人了吗?

不管千晴如何困惑,时间并没有停下脚步来等她。

节目播放的前一天晚上九点,大家一边吃着夜宵一边开会。三个采访组一整天都在跑大塚的碎尸案,一共拍来了超过八个小时的录像。就算把综合版块里的两个栏目串起来,时长也只有四十二分钟。制作组一边对素材进行取舍,一边根据新掌握到的情况,一次又一次地对案子的"情节"进行重新编排。

虽然还不知道哥哥杀死妹妹的动机是什么,但是在那个守旧而又严格的商人家庭里,将美容美发作为自己理想的女儿一定相当的孤立。朱美的名字已经和"九零后问题女孩"一起,出现在了街头小报的头条。

制作人本乡今天显得底气特别足:

"好!明天的赢家肯定是我们!我们的目标是让收视率上两位数,达到百分之十五。"

收视率的一个百分点大约相当于一百万观众。这样算下来,百分之十五的收视率也就意味着将会有一千五百万人收看千晴参与制作的电视节目。

想到这里,千晴不禁觉得有些恐怖。她畏畏缩缩地举起了手:

"不好意思,可以提一个小小的问题吗?"

制作人今天的心情出奇地好:

"怎么了,千晴,又有独家消息入手吗?"

千晴已经习惯对方直呼自己千晴了。在这样的会议上,已经顾不上谁占谁便宜这样的问题了。

"杀了人的哥哥因为未满二十岁,还没有成年,所以没有什么关于他的报道,但是被杀的妹妹却连私生活都被媒体曝光了。在发生这种案件的时候,媒体不能对死者表示一下哀悼,或者自己注意一下报道的范围吗?"

制作人耸耸肩:

"你的心情可以理解。要是我的家人成了受害者,被媒体随心所欲地报道个没完,我肯定也会火冒三丈,骂媒体缺德。但是按照日本现在的社会规范,这都是些无可奈何的事。因为日本没有哪条法律是用来保护受害者隐私的。"

制作人的话让千晴无言以对。

"而且,越是离奇的案件,就越容易增加收视率。我并不认为电视作为媒体有什么特殊之处——找来观众想看的东西,播出来给大家看而已。只要看看收视率,就能明白这个道理。电视节目不过是反映观众诉求的一面镜子。如果非要说电视台的做法差劲儿的话,那只能说明观众很差劲儿。"

在电车眼看就要收班的时候,千晴和惠理子才从电视台出来。除了她们两个人,独家报道综合版块周三制作组的所有工作人员还都留在他们的工作岗位上。据说,在节目播放的前一天,所有人都会理所当然地在台里一直工作到第二天。

第二天,千晴和惠理子提前一个小时来到电视台。办公室和过道里到处都是睡得死死的制作组成员。此时的电视台,看起来更像是一个野战医院。

"早上好!"两个人齐声喊道。

千晴对垫着纸板箱席地而睡的大内编导大声说道:

"我们做了犒劳大家的饭团。现在已经九点了,快——起——床——吧!"

千晴和惠理子两个人各做了一打饭团。胡子拉碴的大内一

边隔着T恤挠肚皮,一边站了起来:

"已经这个点儿了?我们和那家人常去的西餐厅约好了,十点去采访。吃完饭团就出发,你也跟我们一起去。采访这就算告一段落了,剩下的就是节目播放之前争分夺秒的后期制作了。"

综合版块的播放时间是下午两点。千晴所在的小组上午结束采访后,马不停蹄地赶回电视台。西餐厅老板并不露脸的采访片段被天衣无缝地加进了已经完成得差不多的节目录像中。遇害的妹妹从小就可爱得让人会忍不住多看几眼,真没想到会出这样的事情——西餐厅的老板如是说。

千晴和惠理子在节目开始前的一个小时进了演播厅。演播厅的面积相当于一个中等规模的体育馆,而且天花板异常高。也许是因为冷气开得太大,明明是大夏天,这里却让人直发冷。

导播发话了:

"惠理子,你在那儿坐一下好吗?我们需要试一下机。"

在演播厅的一角,有一座仿照现在流行的咖啡书屋搭建出来的搭景,里面还放了好几盆观叶植物。演播厅的其他地方则堆放着很多器材和搭景用的大道具,看起来满是灰尘。只有搭景占据的那一角被映照在聚光灯下,向人们展示着综合版块节目光鲜气派的一面。

编导在专业级的大型摄像机后面发话了:

"不错不错,惠理子小姐挺上镜的。听说你是在国外长大的,会说英语吗?"

选美亚军胸前的饰片在闪闪发光——这件T恤是好几万日元一件的高级货。惠理子冲着摄像机微微一笑。这种时候只能说人长得漂亮就是好处多多。

"会,英语和简单的汉语都没问题。"

"是吗?你好厉害!"

导播把挂在脖子上的耳机凑到了耳朵上,好像在听来自导播室的指示。

"请你再试着念一下桌子上的稿子可以吗?"

稿子的内容是一则平平常常的新闻,北海道的动物园里刚刚诞生了北极熊宝宝。

导播喊道:

"卡!好啦,辛苦你了!"

一直到最后也没有人来找千晴试镜。直播之前也没有再发生什么特别的事。离开播还有二十分钟的时候,主持人品川雄太郎和关东电视台的女播音员神野沙也加出现在演播厅里。品川比在电视上看到时显得更加精明强干,仿佛周身都在放射着耀眼的光芒。

千晴没有参加直播之前的最后一次会议,所以还是第一次看到这两个人。神野沙也加的视线在惠理子身上微微停留了一下。

"你就是佐佐木同学吧?听说你也是鹫田大学的学生。我是鹫田大学法学部毕业的。你要加油哦！"

惠理子向神野鞠躬致意，千晴也赶忙跟着低下了头。神野没有和千晴搭话，只是微微点头示意了一下，就从千晴身旁走了过去。惠理子好像在坐镇导播室的高层那里得到了很高的评价。

在直播开始前的几分钟，嘉宾们走了进来。三位嘉宾分别是政治评论家增冈肇、服装设计师川上芳江和作家前田浩志。前田好像前一天晚上刚熬过通宵，眼睛肿得厉害。千晴和惠理子则站在演播厅的一角观摩直播的情形。

"直播开始前五秒，四，三……"

倒数计时的最后几个数字，编导不再出声，而仅仅是用手势来示意。

品川雄太郎大概用的是腹式呼吸，他的声音即使不通过麦克风仍然清晰通透。

"大家好，今天首先播报的是东京大塚发生的碎尸案的后续情况。犯罪嫌疑人的妹妹、被害者清水朱美曾经有过这样一段不为人知的经历。请看录像。"

导播大声喊道：

"录像长度十七分钟。十八分二十秒切回演播厅。"

千晴所在的小组拍来的录像已经配好了画外音。画外音在着力渲染这起案件是多么悲惨、多么离奇。

"喂！嘉宾老师的茶水呢？"品川雄太郎喊道。

导播马上做出了指示：

"那边的实习生,给嘉宾上茶!"

"是!"

千晴和惠理子在演播厅一角的桌子上,往玻璃杯里倒好了乌龙茶。惠理子负责给政治评论家和服装设计师端茶,千晴则给作家端了过去。搭景高出地面一截,搭景接缝的地方也略有起伏。千晴的脚尖在上面绊了一下,玻璃杯里的茶全都泼到了作家面前的桌子上。

"真对不起!"

"你在干吗!快把毛巾拿过来!"

导播话音刚落,演播厅里所有的人就仿佛一个有机的整体似的一起行动了起来。有人用抹布擦桌子,有人给作家递毛巾,有人把重新倒好的茶端了过来……而这一切都发生在千晴低头道歉的一瞬间。

"好啦好啦,没事了。"

这位在年轻读者中很有人气的作家嘴上虽然这么说,眼神却仍然带着怒气:他穿的夹克和牛仔裤好像溅上了茶水,桌子上的节目流程表湿透了,他用钢笔在上边打的草稿被茶水泡得面目全非。

"喂!实习的!别碍事,一边儿去!"

千晴垂头丧气地回到了演播厅昏暗的角落里。

显示屏上接连打出千晴弄来的被害者照片和情色电影的封面。

政治评论家慨叹道：

"最近的年轻女孩子随随便便地就去拍什么情色电影，她们就不会替自己的父母和兄弟姐妹想想吗？"

服装设计师戴上眼镜，盯着远处的显示屏看起来：

"是啊，那样的东西可是几十年都不会消失的污点。咦，这个女孩长得还蛮漂亮的。"

在播放录像的这段时间里，演播厅里一直进行的都是这种稀松平常的对话，连千晴听着都觉得哑然了。作家则在重新送过来的节目流程表上继续打草稿。

因为杀人的哥哥还是未成年人，大塚碎尸案的录像中来自警方的信息少之又少，其结果是录像的内容全都聚焦在了长得漂亮还拍过情色电影的妹妹身上。千晴现在已经成了节目的一分子，但仍然对被害者遭受的这种待遇抱有巨大的疑问。在演播厅和普通观众在同一时间看直播，让千晴的这种想法愈发强烈。这样下去，可怜的朱美岂不是要遭受两次彻底的伤害？先是被自己的亲生哥哥谋杀，然后又被媒体用彻底揭露隐私的形式再伤害一次。

在播完两段录像后，镜头切回到了演播厅。因为案件还处于调查阶段，评论员们也只说了些不会有什么大碍的话，诸如家里人太可怜了，兄妹之间是不是有什么他人都无法理解的纠葛，家长的教育有问题，等等。唯一打动千晴的，是那位作家说的一句话。前田浩志的夹克上还留着被茶打湿的痕迹。

"拍情色电影这件事确实引起了很多人的关注,但是这和她成为杀人案的被害者,并不存在任何直接的因果关系。我们是不是应该把被害者作为一个普普通通的十八岁女孩来看待呢?"

品川雄太郎不动声色地转到了下一个话题:

"接下来让我们看一下歌星佳织和演员滨岛真二的婚变。本台在今天上午进行了突击采访,已经分居的两个人现在关系究竟如何呢?"

在演艺明星离婚的新闻之后,是下午时段的一般新闻和一个新闻特辑。新闻特辑汇总了近期在世界各地的动物园动物小宝宝出生的消息。两个小时的直播给千晴的感觉是才不过短短的三十分钟。以秒为单位进行编排的节目流程在没有出现较大偏差的情况下圆满结束。

嘉宾的发言太长,在将要播报的新闻里,节目组会像魔法一样在同一时间将其加以精简。坐在电视机前的观众,绝对看不出哪个部分有延长、哪个部分被缩短。播音员神野开始播报节目的结束语。

"明天的综合版块将会播出中老年人离婚的理想与现实。和丈夫平分退休工资能否为主妇的将来提供保障?明天的节目将会对此进行彻底分析。请锁定我们的频道,明天的同一时间,我们再会。"

镜头里所有的人都低下了头。挂着摄像机的吊臂开始往后退,电视画面变成了远景。演播厅的显示屏上开始播放柔顺剂新产品的广告。

品川雄太郎招呼大家说：

"感谢各位，演播厅的工作人员也辛苦了！"

品川雄太郎的这句话如一声令下，所有出镜的人都走出了演播厅。

千晴对站在旁边的惠理子小声说：

"总算完了。现场直播真的会让人不由自主地紧张起来。"

惠理子面色潮红，心不在焉地说：

"我现在觉得这个工作真的好有魅力。虽然我的第一志愿是文字媒体，但是我应该认真考虑一下要不要在电视台工作了。"

"惠理子应该挺适合这个工作的。别的不说，你很上镜就是一个相当大的优势。话说回来，品川雄太郎虽然一把年纪了，还挺帅的。"

没有人让千晴去试镜这件事虽然让她有些不服气，但是她很坦然地接受了这个现实。只要看看电视台工作的现场，就很容易理解其中的道理。电视台里有无数能够让每个人不同的特长得到发挥的工作岗位，大家都在以自己的方式尽力干着自己的工作。有闲工夫去羡慕别人，还不如赶紧去做自己分内的工作。

"喂，实习生，把茶具收拾一下，这次可别再把玻璃杯打翻了。"

千晴和惠理子异口同声地大声答应着，从演播厅的一角跑向了综合版块灯光炫目的搭景。

直播结束后马上就是总结会。周三制作组所有的人都来到了节目制作部门的会议室。文案编辑、画外音播音员、出镜记者……再加上外围的工作人员,总共有将近二十个人。第一个说话的是制作人本乡。

"跟进大塚碎尸案这样的特大新闻,我们节目可以说是有保障了。虽然还不知道下个星期案件会有什么进展,大家只管加大采访的力度就好。特别是有关那个被杀掉的妹妹的事,再深挖一下,肯定还有什么蹊跷。我们是第一家把她拍情色电影这件事曝光出来的电视台,明天肯定会有理想的收视率反馈回来。喂!大内,你的小组从现在开始就全力负责这桩碎尸案。给我查彻底些!"

因为直播刚刚结束,会议室里的气氛显得既融洽又热烈。

大内编导回应道:

"好的,我想先挖一挖被害者的朋友这条线。如果能找到她的男朋友就更好了。哭着回忆被害的女友——把这个做成不露脸的访谈一定不错。"

大内瞥了一眼站在墙角的千晴。因为椅子不够用,比编导助理职位更低的人都站着。

"而且我们组里还有相当能干的生力军。水越同学,期待你的下一条独家新闻哦!"

两种截然相反的心情交织在千晴的心底。她既觉得自豪,同时也在反省。反省自己也参与了这种对受害者没有底线的报道。千晴虽然不过是个实习生，但是一旦置身其中，也就成了这个团队的一员，这没有任何辩解的余地。她自己真的是在朝着正确的方向努力吗？

"对不起，我想问一下，除了详细调查清水朱美的私生活之外，报道这个案子就没有什么别的切入点了吗？"

制作人意味深长地笑了：

"千晴好像还是很在意对受害者进行报道的方式。如果你有你自己的一套办法，当然也可以，但前提是你得拿出比曝光被害者拍情色电影更能获得收视率的策划。我们每天都在比拼收视率。你想说的我都明白，但是那一套不适合民营电视台，那些东西你还是去公共电视台搞吧。不过听说涩谷方面①最近也越来越看重收视率了。"

千晴不过是一个实习生，却大言不惭地说应该考虑对受害者进行报道时的分寸，这样做是不是有点太自以为是了？在开总结会的这段时间里，千晴一直在会议室的角落想这个问题。在会议的最后，本乡宣布：

"明后两天是我们周三节目制作组的休息日，除了有采访任务的小组之外，大家好好休息一下，养精蓄锐。好，散会！"

工作人员们一齐道了一声"大家辛苦了"，就从会议室三三

---

① 指日本的公共电视网 NHK，其总部位于涩谷。

两两地走了出去。虽然才刚过下午五点,但是因为前一天晚上大家大多在电视台彻夜工作,所以脸上满是疲倦。不过,现场直播顺利结束带来的兴奋劲儿,同时又让大家看起来红光满面。

千晴回办公室拿了包,准备和惠理子一起回家。两个人正在电梯间等电梯,大内编导走了过来。他还穿着昨天那件 T 恤,所以能闻到微微的汗臭。

这位三十出头的编导捻着胡子说:

"水越同学,能过来一下吗?一会儿就行。"

千晴撇下惠理子,和大内一起来到了走廊的另一头。透过窗户,可以看到台场长满杂草的空地。

"刚才你说起新闻报道中受害者的问题,我觉得水越小姐有疑问是很自然的事,有时候我也一样会觉得不对劲儿。把这种疑问说成是涉世不深、理想主义,然后不了了之,我觉得不好。不论在什么情况下都敢于去怀疑的人,我觉得肯定能成为好记者,但同时我们也必须接受电视台的现状。你能明白我的意思吧?想要改变报道的方式,必须从每天实际从事这项工作开始做起。算是一种很费事的两线作战吧。不好意思啊,说着说着都不知道自己想说什么了。"

千晴一直以为大内编导是一个冷眼看世界、除了工作什么都不顾的人,但他的这一席话深深打动了千晴的心。大内用力挠了挠头发,挠出来不少头皮屑。这也不能怪他,毕竟他昨天因为工作连澡都没洗。

"总而言之,就是不要放弃自己的想法。我们组明天也有大塚那桩案子的采访任务,你愿不愿意牺牲休息的时间跟我们一起去?"

千晴的眼神充满了期待,她用力点了点头:

"嗯!请一定把我带上!第一次参加直播和采访,让我学到了很多东西。"

沉不住气的千晴终于把没必要说出来的话也全说了出来:

"本来我的第一志愿是大出版社之类的文字传媒,但是我的想法改变了,现在我觉得电视台的工作也非常有意义。"

大内苦笑着说:

"哈哈,原来是这样,你这个人还挺有意思的。佐佐木同学还等着你呢。你快去吧。"

"那我就告辞了。"

千晴又向大内鞠了一个躬,迈着轻快的步子朝惠理子那边走去。大内则一边挠着屁股,一边往走廊的另一头走去。

惠理子一边目送着他的背影一边说:

"大内编导真是个好人。"

"是啊!不光是大内编导,这里所有的人都在努力地工作、认真地思考。今后我看综合版块的时候,一定要坐得端端正正的。"

电梯到达的提示音响过,千晴和惠理子闷不作声地和许多电视台工作人员一起下到了入口大厅所在的一楼。

走出电梯,千晴又对惠理子说:

"我在打工的时候,从来没有认真考虑过工作的事。什么是对的,什么是错的,这样的伦理观或者说基本准则,我想都没有想过。但是现在我知道了,劳动并不仅仅是做好自己手中的工作,劳动是一个让人认识自己的过程。"

惠理子一如往常地微笑着点了点头:

"是啊,正因为充满挫折,所以才更值得去挑战。劳动就好像是在测试我们每个人用自己的一份微小的力量,能够为这个世界做出怎样的贡献。虽然还是有很多不安,但是经过这次实习,我对找工作跃跃欲试了。"

在安全门旁站得笔直的保安在向两个人打招呼:

"您工作辛苦了!"

"辛苦了。"惠理子和千晴朝与她们年纪相仿的保安点了点头。

在入口大厅的玻璃幕墙外,站着很多追星的女粉丝。两个人穿过巨大的玻璃自动门,在夏日黄昏仿佛带着香气的空气中,昂首向前走去。

四　爱的简历

"单是看看这桌子,就能知道这里的档次有多高。"菊田良弘一边抚摸着面前的矮桌一边这样说。

矮桌的桌面用的是整块上好的木料,能看到上面密密层层的年轮。位于旧轻井泽的泰平庄,是佐佐木惠理子的父亲担任副总的那家大贸易公司的疗养所。

惠理子不以为然地说:

"听说这里本来是二战前贵族家的别墅。小时候只要放假,我就会被家里人带到这里来玩,所以我本来想去更时尚点的宾馆。"

千晴他们现在正坐在男生的房间里。这个房间由两间十五平方米大小的和式房间组成。房间里的两张矮桌被拼到了一起。求职攻关小组的七个人正汇聚一堂,围坐在矮桌的周围。

透过窗户,能看到经过人工修剪的白桦林。白色的树干透着高原特有的凉意。虽然已经到了这一年的秋天,但天气却还炎热得好像夏天,树木的叶子仍然葱郁茂盛。

九月底的这个三天的小长假,是千晴他们的求职小组在一开始就计划好进行集训的日子。

进入秋天,求职活动也开始具体实施了。近年来,学生们找工作时做的第一件事,就是写简历。比较热门的企业往往会收到堆积如山的应聘学生的简历。如果写不出能让人事主管感兴趣的简历,就会在最初的阶段被淘汰,根本进不了面试和笔试这些正式的选拔环节。

千晴的求职小组为此而策划了这次简历集训。大家利用这段时间写好简历,然后互相审查,以求尽善尽美。虽然简历不过是一两张薄薄的纸片,对求职的学生来说,却是至关重要的。一种紧张且尴尬的气氛占据了整个房间。

千晴看了一眼桌子上堆积成山的参考书:

"唉,真让人发愁。简历不就是推销自己的小作文吗?满纸都是'我如何有干劲儿、如何拼命努力、上学时如何用功'之类的套话。"

良弘叹了一口气,把话接了过去:

"还真是这么回事。然后就是什么成绩优异啦,在社团活动中有威望啦,靠勤工俭学积攒了很多社会经验啦。脸皮不够厚的人,肯定会羞得下不了笔。"

"算了算了,学会忍受这种荒唐和羞涩,不正是进入社会所必须的吗?社会上一些人一旦遇到关系切身利益的事,就会突然忘记羞耻,也不在乎别人怎么看了。"

喜欢冷嘲热讽又精于理论知识的仓本比吕氏此时所说的话,充分地表现出了他的直言的个性。

"我觉得简历就好像是情书,但特殊之处在于对方是大众情人,有不计其数的人可以任由其挑选。在这种情况下,我们也顾不上害臊了。如果简历不能被人事主管看上,我们就会立刻出局。听说有些企业单凭这一张纸就会砍掉九成的应聘者。"

因为求职的压力,犬山伸子好像又胖了一点儿,额头正中间还长了一个大大的青春痘。

"我觉得简历更像是相亲时递的帖子,向对方推销自己是个什么样的人,会干什么。虽然是个很蠢的做法,但也只能硬着头皮去办了。"

在经历了关东电视台的实习以后,佐佐木惠理子好像对自己更有自信了。即使是同为女性的千晴,也能感到她在经过磨砺后显得更加光彩照人。小组的带头人富塚圭随手翻了翻写简历用的速成参考书,又把书扔回到桌子上。

"我觉得大伸和惠理子说得都很有道理。简历首先要传达的是自己的心情,所以大伸说那就像是情书很对。企业完全不了解我们的情况,所以推销自己当然也是必要的。惠理子所说的简历像相亲时递的帖子也很贴切。因为我的时间还算充裕,所以看了大概十五本这类就职参考书。"

良弘长长地吹了一声口哨:

"圭把什么事都说得那么轻巧,我真是服了你了。有你这样的人在,真是我们的福分啊。"

被良弘夸奖的圭表情没有任何变化。千晴看着他,也觉得只要有这个人在,心里就会踏实很多。

圭没有接良弘的茬儿,继续说:

"但是简历也有别的作用。真一,你知道吗?"

小个子的柔道协会会员把双手交叉在胸前,使劲儿想了一会儿,说:

"如果用柔道比赛来打比方的话,也就是所谓的攻防一体。如果能够抢先一步,进入自己比较擅长的态势,占据主动,就可以避免吃对方的大招。大伸和惠理子都是从学生的角度出发,考虑怎么做才能让企业对自己满意。但是反正也要尽全力来写,不如想一想怎么利用简历来发起攻势。"

"哇!好厉害,不愧是真一!"小组的开心果良弘一个人鼓起掌来。

圭瞥了良弘一眼,笑着说:

"真一说得基本正确。其实想一想就能明白,负责招聘的人需要把数以百计的简历一份份地看完。为了交差,他们还得从里面挑出觉得还不错的交到上面去。而且他们还得一边应付其他日常工作,一边完成这项任务。这样的活儿,估计谁都会觉得厌倦。"

惠理子在一旁插话道:

"如果有一份简历能让他们在这样的苦差事中会心一笑或者点头称是,不光能给他们留下印象,在竞争中也会更有优势。"

"对,细想一下的话,企业那边也并不是仅仅靠简历来选拔人才,看的时候也不一定会十分认真,所以我们也不用太把它当回事。这样想的话,心里应该就能轻松多了吧。"

"就好像和女生的第一次约会,太紧张的话,肯定会搞砸。"

听到良弘说出这么缺乏紧迫感的感想,千晴马上打趣说:

"约会搞砸了,是因为紧张,还是因为某人的魅力不够? 这个是不是应该再好好斟酌一下?"

山庄里的这个房间响起了一片哄笑声。大家在下午的早些时候来到这里,刚刚把行李放好,就开始开会。一直紧绷绷的气氛,现在终于和缓了下来。

圭发话了:

"我们需要既乐在其中,又认真对待。只要能掌握人事主管的心理,让他们觉得我们比较有意思,简历的作用也就发挥到了。大家把自己的简历都复印好了吗?"

千晴条件反射地把手边的笔记本放到了大家看不到的地方。她昨天一直熬到深夜、痛苦挣扎着写出来的简历就夹在里边。

惠理子不慌不忙地问道:

"富塚同学,要怎样进行下一步呢?"

圭拿出裁成长条的复印纸,在大家面前展开,说:

"如果七个人都把简历先念完,大家会比较难于各自做自我总结。大家先按顺序把自己的简历念出来,然后向大家做一下自我评析,谈一谈对应聘企业的想法。最后大家再对简历的不足做一个彻底的补充。大家觉得这个方法怎么样？"

圭说的这个方法太可怕了！千晴绝对不想成为第一个被打的那只出头鸟。男生们提意见从来都毫不留情，自己肯定会被他们批得体无完肤。

圭用签字笔在纸条的下端写上数字，然后打乱纸条的顺序，把写着数字的那一头握在了手里。

"来，大家随便抽吧。"

"好，那我第一个来！"

不喜欢思前想后的良弘毫不犹豫地抽出一张纸条。

"第三。还行吧。"

"下一个我来吧。"

惠理子用指甲油涂得很漂亮的指尖抽出一张纸条，俏皮地朝大家晃了晃：

"你好像没怎么好好洗牌。我是第二个。"

千晴开始在心里盘算：肯定不会像倒数计时一样，连续出现三、二、一的。想到这里，千晴赶忙把手伸向了圭。她犹豫了半天，最后选了一张被稍稍折过的纸条。

千晴看了一眼上面的数字：

"哎呀！不会吧！"

千晴把纸条扔向一边，仰面朝天倒了下去。千晴抽到的正是对她来说如坠地狱的"一"。小组的其他六个人都捧腹大笑。

良弘把千晴扔掉的纸条捡起来：

"哦,还真是第一。打头阵确实挺让人难为情的,不过大家都会前赴后继的,所以没什么大不了。"

伸子也安慰她:

"说不定第一个反而更好呢。刚开始的时候,大家也会比较用心,再往后大家也就累了,开始瞎凑合了。千晴,'一'其实是最幸运的数字。"

剩下的四个人的顺序也很快定了下来。第一个是千晴,最后一个是圭。

圭若无其事地说:

"时间宝贵,那么就请千晴开始吧。"

不同的企业,简历的格式也各不相同。圭发给大家的,是某家大出版社使用的比较有代表性的简历模板。除了姓名、年龄、住址、学历之外,还有三栏:自荐文、关于大学生活的报告,以及进入公司后想从事的工作。每一栏都有四行的空间,按照一般的写法,最多也就能写下两百个字。

千晴往外拿简历的手在发抖。她一张口就摆了一堆借口:

"这个呢,是昨天晚上慌慌忙忙赶出来的,大家随便看看就行了。"

大概是为了报复千晴刚才嘲笑自己,良弘一边把简历传给伸子一边说:

"这人说的话好奇怪。她对公司管人事的也准备这么说吗?我觉得那些人可不管这些。"

千晴虽然懊恼，但心里知道良弘说得没错。千晴看到简历已经发到大家手里，就先把自荐文念了出来。

"我的长处是不管做什么事都不会轻易放弃，会一直努力坚持到最后。我现在一个人在东京生活，为了凑够生活费，从刚上大学的时候就开始在餐厅打工，现在已经工作三年了。虽然刚开始的时候也经常出错，但现在我已经可以在店长不在的时候在大堂独当一面了。店长也曾经表示想把我转成正式员工。我的这股韧劲儿，在出版行业也一定会有用武之地的。"

千晴的自荐文并没有把简历模板预留的空格全用完。千晴抬起头来看同伴们的反应。不知道为什么，大家全都一言不发。这让千晴心里完全没了底。

千晴对良弘说：

"这算怎么回事？不要一言不发地把我晾在这儿好吗？你倒是说点什么呀。现在这个情形太尴尬了。"

圭不动声色地说：

"那好，千晴钦点的良弘，说说你的感想。"

良弘一副很为难的样子，挠着脖子说：

"这个还真不好说，非要我说感想的话，那就是没啥感想。没有什么能打动人的地方，而且什么都写得含含糊糊的。"

伸子手里拿着红色的签字笔发言道：

"良弘说得对，怎么觉得没有千晴平时的那种冲劲儿呢？文章的重点也显得不够突出，里面提到的在餐厅打工那件事倒还不错。"

　　喜欢谈理论的比吕氏把桌子敲得咚咚响。

　　"也就是没对准焦距。"

　　焦距？比吕氏到底想说什么？这是一个千晴从没想到过的字眼儿。

　　"你连这个比喻也不明白？就是说你没有完全瞄准对方。如果想以在餐厅打工那件事为例,你必须着力说明那份工作的工作经历对在出版社工作能起到什么作用。不然这件事除了说明你很努力之外,就没有什么更大的意义了。"

　　原来如此！千晴连忙在简历上写下了"焦距"两个字。

　　惠理子又说：

　　"而且你这篇自荐文从头到尾都是密密麻麻的小字。对一天要看两百份简历的人来说,看着太累了。"

　　圭看了惠理子一眼：

　　"确实如此。不管什么企业,简历的写法都是自由发挥的,应该还可以再琢磨一下,怎样做才能更引人注目。真一,你说有什么好办法？"

　　圭的主持就好像是大学教授在上研讨课。真一郎仍旧把双手交叉在胸前,很简短地来了一句：

　　"加个标题。"

　　"不错,大伸,你说呢？"

　　"只要不是太夸张,可以自己配个插图什么的。"

圭没有点良弘的名,良弘却自己举手发言了:

"千晴打工的那家店的橘红色制服不是挺漂亮的嘛,你可以试着把那件制服画上去。如果管招聘的是个男的,看了肯定会眼睛一亮的。"

千晴一边做笔记一边反省。她一直觉得简历这东西既麻烦又让人难为情,所以就随随便便写了一篇。千晴倒是觉得已经尽了全力,但一拿出手才发现,那不过是一篇敷衍了事的东西。

圭的脸上露出了会心的微笑:

"大家都预习得很不错。听了刚才大家的发言,那些求职指南上写的东西好像都已经装进大家脑子里去了,但是我觉得最关键的还是比吕氏说的,对准焦距,这一点至关重要。"

自从上次和圭在分组讨论时合作过之后,惠理子越来越有助手的样子了:

"千晴的这份简历是要投给出版社的。出版社做的杂志,都是用文章、照片和插图编排出来的。如果能够通过简历展示自己对这些材料进行编排的才能,就能从两个不同的层面进行自我宣传了。"

"原来还有这么一手!"千晴毫不掩饰地发出了赞叹。

"大家的脑子都太好使了!能参加这个求职小组,真是太幸运了!我一个人绝对想不到这么多。"

"不要夸得这么直白嘛,搞得我都不好意思了。"良弘脸不红心不跳地说道。

"你这人还真招人烦,等到你念自荐文的时候,我一定拼命给你找碴儿。"

圭的眼睛充满笑意地看着他们两个:

"好啦好啦,人与人相亲相爱的情景是如此动人。"

"啊!这不是常识考试经常出的题吗?这是谁的名言来着?"

伸子刚一插话,比吕氏就脱口而出:

"作家。白桦派的巨擘。武者小路实笃。"

良弘好像一点都没把千晴刚才的恐吓放在心上:

"对对对,就是他,就是那个大叔嘛。我也记得的。"

惠理子非常认真地说:

"如果去出版社应聘,常识考试中与文化有关的考题会比其他企业更多一些,特别是文学史,必须作为重点来准备。"

真一郎说出了真心话:

"但是大家有没有觉得很滑稽?就算从来没有看过那个作家的书,也从来没有被他的作品打动过,只要把他的名字记住,就能得高分。这样在实际工作中应该起不了什么作用。"

比吕氏似乎觉得真一郎是在讽刺他,于是用比平时更加刻薄的口吻说:

"你说得不错,但是所谓考试,并不是为了选拔优秀人才,不过是为了把不中用的人刷下去而已。就好像是用尽各种阴险招式的陷阱,就等着人往里跳。"

良弘是一个彻头彻尾的乐天派,他微笑着开始打圆场,房间里气氛又缓和了下来:

"但是好好想一想的话,招聘考试应该是我们人生中的最后一次考试了。从小到大,我们一直都被考试追着跑。但是只要工作了,像招聘考试压力那么大的考试可能以后就不会再有了。人生剩下的六十年,我们就算是彻底摆脱考试了。大家不觉得这是件很惬意的事吗?有没有一种终于熬到头的感觉?"

千晴从来没有从这个角度考虑过求职这件事。确实如良弘所说,招聘考试可能是大家人生中最后也是最重要的一轮考试,和它相比,考大学都要显得轻松许多。

"人生最后的考试……"比吕氏小声嘟囔道,"大家不觉得挺压抑的吗?不光是一辈子的工作,连生活水平、平常打交道的人、生活的环境也统统取决于你进的是什么样的公司。而且日本企业的主流还是终身雇佣制,结果搞得找工作就跟选择你周围的整个世界似的。"

千晴也像这样想过。大学生活的最后这段时间,也许是能和不存在利益关系的朋友敞开心扉共处的最后的时光。一旦走入社会,怎么都会考虑自己的行为对自己的工作会有什么样的影响,满脑子的利害得失。千晴很不喜欢那样。在还是学生的千晴眼里,外面的社会就是这个样子。

"但是也不能一辈子当学生。不管有多不愿意,我们也还是得迈向人生的下一个阶段。"

惠理子嘴上虽然这么说,脸上的表情却有些失落。

千晴忍不住说出了大实话:

"我根本就不想找什么工作,就想把学生这么一直当下去。"

谁也没有接她的话,一直做学生是这七个人共同的愿望。如果能让时间停下来,一直在校园里学习,谈谈恋爱、打打工,整天和朋友们在一起有说有笑,那该有多好。千晴仅仅是这样想象一下,都会觉得浑身轻飘飘的。

良弘冷不丁来了一句:

"但是快乐时光总有结束的一天。"

惠理子微笑着点点头说:

"是啊,总会结束的。"

圭的表情没有任何变化:

"难得看到大家表现得这么感伤,我们继续吧。千晴,你把大学生活报告念一下吧。"

千晴把视线放低,看着手中的简历。三年的学生生活,怎么可能归纳到这区区的两百个字之中?这三年中有过太多快乐的事、悲伤的事,非要让人简单归纳简短汇报,这简直就是在作弄人。千晴在大家面前念了起来。

简历集训的第一天下午,算上中间休息的时间,大家在一起讨论了四个多小时。在这段时间里,大家对七个人的自荐文全都进行了详尽的探讨。千晴就好像是仇人一样,给良弘的简历提了特别多的意见。虽然大学研讨小组的旅行也曾有过这样热烈的讨论，但是这一次直接关系到自己的将来，大家的认真劲儿前所未有。因为用脑过度，七个人全都累得东倒西歪。

大家洗完澡准备开始吃晚饭的时候，已经晚上七点了。男生房间的矮桌上，摆满了各种的日本料理。这时，良弘提出要坐在惠理子的旁边。

"面前是好酒好菜，旁边是美女，我真是太幸福了！穿上浴衣的惠理子公主太迷人了！"

在餐厅打工的千晴已经养成了职业习惯，不自觉地就开始在桌子周围绕着圈给大家倒酒。

"给我也来一杯嘛！"

"你让我们的校园选美亚军给你倒就行了！"

千晴绕过良弘，准备给圭倒酒，却被惠理子挡了下来。

惠理子拿起酒瓶说：

"我来给富塚同学倒。"

千晴看了惠理子一眼。在两个人视线相碰的瞬间，千晴发现惠理子正用有些羞涩的眼神看着自己。原来是这么回事！千晴这时才恍然大悟。惠理子总是主动给圭当助手，不仅仅是因为小组讨论的时候和圭一起当过主考官。

迟钝的良弘根本没有注意到惠理子的神色：

"千晴，你就别跟公主抢活儿了，你给我倒就行了。拜托啦。"

良弘举起没拿杯子的那只手，用单手做了一个作揖的动作。

不过是区区的一杯啤酒而已,良弘还真会逗趣。千晴直想发笑:

"有我这么专业的人给你倒酒,你就知足吧!"

良弘呵呵地怪笑着:

"千晴也有像女人的地方嘛。平时怎么样就不说了。"

伸子在一旁插话了:

"像你这样就叫性骚扰了。良弘真是个不会讨女孩子喜欢的家伙。"

在众目睽睽之下宣读自己的简历,让大家放下了矜持,所以大家这会儿说话都口无遮拦了。圭放下惠理子给自己斟满的酒杯,又替惠理子倒满了酒。

良弘开始在一旁冷嘲热讽:

"你给我倒来我给你倒——那边的帅哥美女蛮滋润的嘛。千晴,我这么说也算是性骚扰吗?"

"你问我我问谁去?不过听说媒体内部也是彻头彻尾的男权社会,虽然报纸上整天在喊男女平等、机会均等,但是报社里女性员工数量还不到员工总人数的十分之一。"

惠理子的脸颊有些微微泛红。她刚刚泡完澡的皮肤,好像在琼脂中凝固的牛奶一样,白皙而透明。

"所以我们才要加油改变这样的状态。"

圭目不转睛地看着选美亚军。千晴平时就完全猜不透男生的心思,而这位极有头脑的小组领头人,尤其让她捉摸不透。这时圭稍稍提高了说话的音量,大家的目光很自然地聚集到了他的身上。

"大家的杯子里都有酒吗？那好,我们干杯。祝我们求职一帆风顺,所有人都找到工作,干杯!"

这天晚上的宴会十点就散了。虽然男生们好像都还没有喝够,但是圭一声令下,大家也就散了。毕竟大家来这儿不是为了玩,今天才不过是简历集训的第一天,第二天的时间从一大早开始就安排满了。如此宝贵的三天时间,绝不能因为贪玩而把它浪费掉。

直到夏天结束,千晴都还没有把找工作真正当回事,多少显得有些悠闲。但到了这个时候,千晴心里的紧迫感陡然上升。在日常生活中的每一个瞬间,千晴都能感到一种被什么东西在背后追赶的焦躁。不管是在大学上课,还是在餐厅打工,有时甚至是在梦中,求职带来的恐惧都会突然向她袭来。

在她梦中出现的,有时是答不上来的考卷,有时是没有面孔的考官,有时是不予聘用的通知书。如果没有闯过任何一家公司的招聘考试,直到大学毕业也没有找到自己的容身之所,那该怎么办?就这样被社会盖上无用之人的烙印,她会有多么失落!这一残酷的结果,无疑会被求职小组和大学的朋友们知道。这对千晴来说才是最大的恐惧。

女生的房间里已经铺好了三床被褥:中间是惠理子,靠门的是千晴,个子大却胆小的伸子则睡在房间内侧离窗户最近的地方。三个人都微微有些醉了,所以在很坦率地互相诉说着自己因求职而产生的压力。原来感觉快被求职压扁的,并不只有自己,这让千晴多少得到了一点儿安慰。向与自己有着相同烦恼的同龄人倾诉,原来会让人这么有安全感。

快到十一点的时候,千晴放在枕边的手机突然响了。闪烁的指示灯告诉千晴来短信了。千晴看了一眼手机屏幕,是良弘发过来的。

"良弘为什么这个时间发短信呢?"

千晴把短信点开,小小的液晶屏幕上只有这么短短的两句话:

>现在能说会儿话吗?
>我在门厅等你。

良弘平时总喜欢不紧不慢地说些冷笑话,这次却显得格外认真。短信里既没有表情文字,也没有开千晴的玩笑。这在千晴的记忆里是没有先例的。

"千晴,出什么事了?"

伸子一边说一边好奇地把头探了过来。千晴连忙把手机合上,连她自己都还没有想明白为什么要这么做,就说道:

"我得打个电话。我出去一下啊。"

伸子仍旧躺在床上,也不动弹。

"就在这儿打呗。"

惠理子一直背靠墙坐着,露在浴衣下摆外边的腿修长而美丽:

"大伸,你就让人家去好了。你还看不出来对方是男孩子吗?"

选美亚军的眼光果然犀利。

伸子像小女孩一样天真地说:

"千晴,不是说好有男朋友了要互相汇报的吗?你一个人抢先,这也太不够意思了吧?"

良弘……我的男朋友?这是千晴从来没有设想过的,但他是不是已经在门厅等我了?

"我去一下啊。"

千晴站起来,整理了一下浴衣,然后穿上拖鞋来到过道。长长的过道上摆放着一盏又一盏和纸做的灯笼,微微照亮着千晴脚下的路。千晴停下脚步,开始回信:

>你要跟我说什么?
>我马上去,但是只能待一会儿。

不知从何时起,即便是这么简短的内容,大家也依赖手机传达了。千晴看到信息已经发出去,这才又在有些凉意的过道上迈开步子。透过右手边的大窗户,可以看到在聚光灯的照射下,白桦树伸展着枝叶浮现在夜空中。

"这难道是……爱的表白?"

千晴已经有一年多没谈恋爱了。由于找工作的压力,她根本就没有心思考虑这些。可就是在这样的节骨眼儿上,偏偏会发生这种事情。千晴觉得很不可思议。

门厅的灯光在夜间被调得很暗。因为这里是公司的疗养所,所以前台也没有人值班。圆形的门厅错落有致地摆着几套沙发,全都朝向全景窗的方向。透过窗户,可以看到夜色笼罩下的树林。

千晴走出电梯间,稍稍停下脚步,开始在昏暗的门厅中寻找良弘的身影。她在观叶植物背后的沙发上,发现了良弘笔直的背影。平时总是显得很懒散的良弘,这时的姿势却异常端正。

千晴蹑手蹑脚地走近良弘,在背后跟他打了个招呼。千晴想让自己的声音听起来爽朗些,发出来的声音却是怪怪的:

"有事吗?为什么突然把我叫出来?"

听到千晴的声音,良弘就好像被电到了一样,猛地站了起来:

"对不起,有些事无论如何都想在今天晚上跟你说。"

周围的灯光很暗,但仍然能看到良弘的脸已经涨得通红。良弘刚才在酒会上一直在喝兑水的烧酒,可现在脸却比那时更红了。

看到对方如此慌乱,千晴反而镇定了下来。她在沙发上坐下,说:

"良弘,你也坐下吧。你要跟我说什么?"

良弘的视线游移不定,好像不知道该往哪儿看。他自言自语似的说:

"我参加了这个求职小组,然后也参加了这样那样的活动……然后呢……也看到了不少女孩子。"

这天下午开会的时候,千晴曾经把良弘的简历批得一无是处。现在的良弘就和那时一样,显得语无伦次。

千晴听得着急,说:

"你到底想说什么?我怎么听不明白?"

良弘仍然在努力地想表达些什么:

"惠理子那个人怎么说呢,太完美了,而且还有点酷酷的,所以从一开始我就没怎么太考虑。大伸有些胖,不太符合我的审美观,而且她人太古板,开不起玩笑……这么一来,剩下的就是千晴了。"

对良弘来说,这原来是一个三项选择题,而且还是一道异常简单的一般常识类的题目。

就在千晴觉得匪夷所思的时候,良弘又用更大的声音说:

"千晴不觉得一个人找工作挺累的吗?我们小组的口号虽然是共闯难关,但是彼此之间其实很难说出真心话。大家都硬撑着,装出一副'不就是找份工作嘛,对我来说很轻松'的样子。但如果成为男女朋友,不管是自吹自擂也好、诉苦也好,什么都可以毫不保留地向对方倾诉。这样既可以轻松很多,也能让自己更坚强一些。"

深夜的门厅沉浸在一片静谧之中,窗外高原的绿色被灯光照射得异常明艳。入秋之后,千晴的身边也一下子出现了很多速成的情侣。为什么大家都会在这个时候一窝蜂地谈起恋爱呢?那些人也都是为了释放求职带来的压力吗?一定是经受着同样苦难的两个人,产生了共鸣,孕育出了爱情。千晴也经受着和大家同样的压力,所以能够理解良弘所说的话。

千晴花了点时间好好想了想,用平时绝对不会用在良弘身上的温柔声音说:

"谢谢你。我已经差不多快一年没有男朋友了。听你这么说,我心里挺高兴的,原来像我这样的女生也有人喜欢。"

良弘连忙摆手道:

"你说什么呀,千晴真的挺可爱的。我觉得自己简直配不上呢。"

被同龄的男孩子这么一说,千晴很是高兴,感觉心里热乎乎的。千晴红着脸看着良弘:

"但是我觉得因为找工作找得辛苦而找人谈恋爱,这样不好。良弘虽然平时总喜欢插科打诨,但是到了关键时刻,还是挺像那么回事的。这个我很清楚。有时候你也挺有男子汉气概的,而且我知道你的学习成绩其实也很棒,真是人不可貌相。"

穿着浴衣的男生嘴里嘟囔着:

"最后那句话就有点多余了吧。"

也许因为只有两个人在,千晴显得非常坦率:

"但是很对不起,现在我不能当你的女朋友。虽然我也知道找工作既艰苦又乏味,但是这和喜欢一个人不是一回事。"

良弘的上半身好像泄了气的皮球一样瘫软了下去,同时挤出了一声微微的叹息,脸上却露出了放心的表情:

"也许突然从找工作的事开始说起,让你误会了。但是其实在求职小组开始活动之前,我就对千晴有好感。确切地说,这和找工作的压力其实没什么关系。"

是因为被千晴拒绝,所以放下了心里的担子吗?良弘又找回了平时说话的感觉。他把双手放在脑后,仰望着屋顶:

"唉,这么干脆就被拒绝啦。虽然我很不甘心,但也放心了。千晴要是答应下来的话,求职小组的氛围肯定会变得特别尴尬,而且一边找工作一边约会什么的,肯定也挺累的。"

千晴撅起了嘴,她也终于找到了平时说话的感觉:

"你这人怎么这样?把人叫出来表白,却说什么'真要成了也挺累的、被拒绝了也挺好的'。你是在耍我吗?"

"没有没有,我要是真那么游刃有余就好了。我上一次对女孩子表白,可还是在上高二的时候。"

"那次你成功了吗?"

良弘坏笑着说:

"当然啦,虽然两个人后来上了不同的大学,最后分手了,但也像模像样地谈了两年恋爱。话说回来,这么一来,大学生活也就只剩下找工作的事了。"

千晴端详着良弘的脸。虽然良弘并不很帅,但也长得很有味道,不是千晴讨厌的那种类型。千晴最讨厌的是像牛郎一样充满自我陶醉和自我意识的脸。哪怕那是一张很英俊的脸,千晴也绝对无法接受。

"哎,良弘。"

良弘把腿朝前伸着,没有穿鞋的脚耷拉在地毯上,就这么一直仰望着圆形的屋顶。听到千晴喊自己,良弘仍旧一动不动,只是把视线转向了她:

"怎么了?"

千晴刻意微微抬着头,用仰望的视线看着良弘。这样大概看起来会更可爱一些吧——千晴心想。

"如果我们顺利地找到了工作,到了大四那年的春天,你不想试着再向我表白一次吗?到时候我一定会好好考虑的。"

良弘一下子坐了起来,他略微敞开的衣襟之间露出的胸膛,映入了千晴的眼帘。千晴不觉一阵心跳,赶忙把视线避开。

"我再追你一次,你就会答应了吗?"

良弘的眼神简直像一只小狗。千晴觉得自己差点就要折服于良弘的热情了。但千晴并不丰富的恋爱经验告诉她,让男生太得意忘形肯定不会有什么好事情。

"那就说不准啦。前提条件是我们都必须闯过求职这道难关,而且到时候说不定有更让我心动的人出现了呢。"

良弘把刚刚洗过、清清爽爽的头发挠得一团乱。

"这算怎么回事呀？你是在逗我玩吗？"

逗良弘玩确实是一件其乐无穷的事。千晴心里涌上来一股奇妙的快感。良弘一定天生就是那种让人想逗他的类型的人。

千晴用很严肃的表情说：

"不是逗你，我是真这么想。到了明年春天，让我们重新再来好吗？"

良弘突然从沙发上站了起来。抡了抡胳膊，又做了个伸展运动，然后重重地坐回到沙发上，盘起腿来说道：

"好！虽然都不知道自己是被甩了还是算表白成功了，反正我是坐不住了，有一种想一边吼一边到处乱跑的冲动。"

千晴差点大声笑出来，同龄的男孩子真让人觉得可爱。她指着夜晚的庭院说：

"你跑去吧。只要不喊我的名字，你想喊什么都行。"

良弘呵呵地笑了：

"千晴不和我一起跑吗？"

"你觉得可能吗？"

两个人笑成了一片。夜色中的门厅仿佛都被他们的笑声照亮了几分。

千晴整了整浴衣的下摆，从沙发上站了起来：

"那我回去了，不然大伸她们该担心了。等到了明天，良弘还像原来的老样子就好了。"

"嗯,这个你放心!虽然很不想面对招聘考试,但是我现在有点儿希望明年春天快点到来了。有了盼头就是不一样!"

"条件是两个人都找到工作哦。"

千晴站了起来,可良弘仍旧坐在沙发上。

"我要走啦。你不走吗?"

"我觉得心情挺不错,想在这里再多待一会儿。说不定我们这辈子都不会再来这儿了,所以我要把今天晚上这庭院里的风景都印在脑海里。"

平时总是嬉皮笑脸的良弘竟然也有这么多愁善感的一面。男生真是不可思议。

"那晚安吧!"

"晚安!"

穿着拖鞋的千晴压着脚步声,穿过没有开灯的门厅,电梯间旁边的台阶进入了她的视线。在昏暗的楼梯拐角处,有人正坐在那里。是两个人。是惠理子和伸子。已经开始上楼梯的千晴停下了脚步。

伸子双手托着腮,低声说:

"您辛苦啦!原来是这么回事。良弘也是该出手时就出手啊!"

千晴回头看了一眼远处的沙发,良弘好像没有注意到这边。

惠理子平静地说:

"我们跟踪你过来,一半是因为担心,一半是觉得好玩。良弘怎么说？他跟你好好表白了吗？"

千晴走到楼梯的拐角处，和两个人并排坐在冰冷的台阶上。

"嗯。别看良弘平时那个样子，胆子还挺大。不过我把他给拒绝了。"

"啊？真的假的？多可惜呀！"先做出反应的是伸子。

"良弘君在低年级的学生里还很有人缘呢。学妹们都说他又体贴，又风趣。"

这个千晴还是第一次听说。

惠理子又说：

"但是良弘明明被拒绝了，还挥个什么拳呀。看上去还挺高兴。"

千晴决定让那个约定成为两个人之间的秘密。千晴现在有了一个连无话不说的惠理子、伸子都不知道的让人欣喜的秘密。单凭这件事，这一次的简历集训也可以算是大获成功了。

集训的第二天，大家分头行动，开始修改各自的简历。时间是从早上八点到中午十二点的四个小时。大家要在这段时间内，对昨天被指出的问题进行修改，同时让文章中原有的好的地方更加凸显。无论如何也不能让自己在简历审核的阶段被刷掉——在早餐时碰头的七个人表情都异常严肃。

伸子留在女生的房间里，翻开笔记本，开始写作文。惠理子则去了小时候就常去的一家位于旧轻井泽的咖啡厅。千晴则在考虑哪儿能找到可以独处的地方。千晴想尽可能地去一个视野开阔的地方。没有思路的时候，哪怕只是看着远处发呆，心情也能平静许多。千晴拿着资料和笔记本，向休息大厅走去。

千晴要了一杯咖啡，在靠窗的沙发上坐了下来。

从正面的窗户可以看到一眼望不到边的白桦林。千晴首先把自己的简历好好看了一遍，自荐文中虽然写了自己的优点是能够吃苦耐劳，但并没有和自己三年的勤工俭学联系在一起，就像昨天比吕氏说的那样，用两百字来同时写这两个内容，会让重点得不到突出，效果不佳。

千晴决定砍掉吃苦耐劳这种抽象的字眼儿。

千晴觉得应该把笔墨集中到在餐厅打工这件事上，然后再让遣词造句更有力一些。首先需要的是一个标题。标题、提要和正文——杂志的版面都是像这样用三种不同大小的文字组成。受两百字的篇幅所限，千晴只能把自荐文分成标题和正文，但仅仅是这样，也应该让文章的主次分明，比原先的文章更简明易懂。

○辛勤工作的三年
○永不言歇的女服务员
○工作中完美的团队协作
○经过三年的勤奋工作，成为大堂负责人

像这样归纳了几个小标题之后，千晴慢慢有了感觉。最后那一项虽然有点夸张，但是店长不在的时候，千晴确实被指派过照看整个大堂，所以也并不完全是虚构。千晴在这一条的前面重重地画了一个双圆圈。

千晴把两百字的自荐文修改了一遍又一遍，就好像是田径运动员在反复练习起跑。刚开始虽然觉得很枯燥，但慢慢也就找到了感觉。写文章真是一件很不可思议的事情，每修改一次，文章就显得更加紧凑，想表达的意思也更明确。花了大约一个小时的时间，千晴笔下的自荐文成了这个样子：

〇经过三年面带微笑的辛勤工作，成为大堂负责人

在东京租房生活的我为了凑够生活费，一直在餐厅努力地打工。敏锐地察觉客人的诉求，面带笑容地待人处事，还有站着工作锻炼出的体力——我在这些方面有着绝对不输给任何人的自信。到了第三年，我已经能够在店长不在的时候，作为大堂负责人管理可以容纳一百二十四位客人就餐的餐厅了。通过这份兼职工作，我领悟到了团队协作的重要性，培养了对工作的责任感。三年的勤工俭学成为我走向社会前最好的锻炼。

千晴又在这一栏的外面画上了获得大家高度评价的西餐厅

制服和帽子。为了让简历看起来更有活力,她还特意画上了几颗星星。千晴把自己写的自荐文又看了一遍。她看得专注,禁不住自言自语道:

"好!大功告成!"

千晴并不觉得凭这样的内容就能保证让自己过关,但是她通过勤工俭学,做到了什么、学到了什么,这些内容无疑都充分地表达了出来。而列举出的体贴他人、善于沟通、富有责任心这些优点,在出版工作中是否有用,她仍然无从判断。

如果负责招聘的人对刚刚毕业的学生期待的是什么别的东西的话,自己也没有办法了。毕竟只有两百个字的空间,不可能把什么都塞进去,千晴能做的也只有用自己身上现有的东西来一决胜负了。这样想来,写简历还是有好处的:一直到写这篇自荐文为止,千晴从来都没有认真考虑过在餐厅打工会对自己的求职起到什么样的作用。

千晴乘胜追击,把大学生活报告和进公司以后希望从事的工作也写了出来。千晴在大学参加的是户外旅行方面的社团,因为打工太忙,并没有积极地参加社团活动。但是千晴酷爱读书,在两年半的时间里一直在毫不间断地读小说。千晴把自己读过的小说的数量也写进了文章里。千晴以每周一本以上的速度,一共读了一百五十本小说。年轻作家写的比较热门的作品,她几乎一本不落地全看过。千晴为此很自豪。虽然看书在大学生中并不是什么很时兴的兴趣爱好,但如果招聘方是出版社,应该会看重自己这一点。

千晴举出了两项进公司后希望从事的工作：可以涉猎各方面新闻的综合周刊杂志和负责辅助作家的文学类编辑。千晴对流行服饰和恋爱并不怎么感兴趣，所以女性杂志的编辑工作对她来说有些勉强。而相比漫画，千晴更喜欢小说。如果可能的话，千晴更想成为小说杂志的编辑，而不是去做漫画杂志。当然，如果能够让千晴负责单行本或者文库本图书的工作，她一定也会很高兴。

千晴写完这三篇文章，把简历收好，看了看手表，才刚刚十点半。离吃午饭还有一段时间。第二天的时间也安排得满满的——吃完午饭以后，马上就会进入关于简历的第二轮讨论。按照计划，在傍晚之前，所有人都必须完成应聘用的简历最终版本。

这次的集训，只安排了第三天上午作为自由活动的时间，但还没有具体的安排。

千晴收拾好文具纸张，走出了山庄的休息大厅。她回到女生房间放东西，看到伸子笑嘻嘻的。

"千晴也写完了？"

千晴点点头，伸子圆圆的脸笑得更灿烂了。

"我觉得我能够写出像样的简历来，真是多亏了咱们的求职小组。我一个人绝对不可能写出这么出彩的东西。"

千晴用力点了点头：

"我也一样。既然大伸也写完了,我们就出去散散步吧。"

"好啊,一大早就用脑过度,搞得我肚子都饿了。"

千晴禁不住笑出来:

"伸子总有各种各样的理由喊饿。"

伸子拍了拍圆滚滚的肚子说:

"虽然我知道为了找工作也应该减肥,但是实行起来就……而且求职的压力也需要靠吃东西来缓解。"

说到饿,千晴其实也一样。换在平时,千晴绝不会在早上的这个时间段认认真真地写什么文章。

"好不容易来一次轻井泽,我们趁着散步,去咖啡厅坐坐吧,顺便吃点可丽饼或者蛋糕。"

伸子一听到甜点的名字,顿时两眼放光,急匆匆地做起了出门的准备。千晴则在一旁微笑地看着这位立志成为女性杂志编辑的朋友。

跨出山庄的门厅,便走进了秋季的轻井泽。虽然阳光还让人感觉像是夏天,但风却像裹着玻璃碎末似的,干燥而冰冷。两个人在从门厅拿来的地图指引下,顺着旧轻井泽的国道一路走下去。九月最后的三天长假果然不同于往常,马路上车辆拥挤的程度丝毫不亚于东京。

伸子看着旧轻井泽的地图说:

"再走大约五百米就到万平饭店了,我们去那儿的露天咖啡厅喝咖啡好了。"

"好主意！我们这样的穷学生就算住不起那样的高档饭店，去喝杯咖啡还是没问题的。我早就想去那儿看看了。"

两个人在高原的风中继续前行，来到了饭店的门廊。千晴和伸子还是学生，走进这样的度假饭店让她们颇有些紧张。饭店的正门虽然不像东京的宾馆那样高高耸立，但是造型古朴，让人感受到历史带来的厚重。用白色石灰涂抹的墙壁和深褐色的梁柱使其看起来就好像异国童话中出现的小屋。

伸子和千晴努力不让自己看上去有怯生生的感觉，挺着胸穿过门厅，向咖啡厅走去。咖啡厅的落地窗前，整整齐齐地摆放着一排藤椅。

这时，伸子突然压低声音说：

"喂，你看那边！"

千晴顺着伸子手指的方向看过去。在几乎座无虚席的咖啡厅的远端，靠窗的桌子旁边，惠理子正面朝这边坐在那儿。她好像和谁在面对面地坐着，并且在用很严肃的表情说着些什么。

伸子又说：

"那个背影难道是……"

那是一个穿着藏青色亚麻学生装的背影。那人的头发稍稍盖过脖子，还有一点自来卷。

千晴和伸子异口同声地脱口而出：

"那不是圭吗？"

千晴想起了昨天晚饭时的情景。在千晴准备给圭倒酒的时候,惠理子却让千晴把那份差事留给了自己。平时总显得稳重的选美亚军,那时却完全是一副女孩子的表情。

千晴下意识地说道:

"哦,原来是这么回事。"

伸子有些无趣地说:

"昨天的千晴也好,今天的惠理子也好,我们明明是为了找工作过来集训的,可你们却卿卿我我、好不自在。为什么就没有人来找我呢?"

虽然没有写进简历里,但懂得体谅别人,也是千晴的优点之一:

"我也是好久才碰上那么一次。惠理子是大学的选美亚军,也就不多说了。我根本就没什么好羡慕的嘛,对方可是那个良弘。"

饭店的服务生向两个人微微点头示意,走了过来。

千晴用手指戳了戳伸子的肩膀,说:

"怎么办?他们两个在这儿,我们还在这儿喝咖啡吗?"

伸子好像很犹豫:

"不知道为什么,觉得像圭和惠理子这样的情侣,不能随随便便地偷看。"

"你说什么呢!搞得好像我和良弘就可以被放开了偷看一样。"

伸子调皮地笑着说:

"偷看千晴和良弘,就算被抓住,靠插科打诨就能对付过去了。"

穿着白衬衣的服务生夹着酒水单,微笑着问道:

"请问是两位客人吗?"

千晴连忙摆摆手:

"我们突然想起来还有点事要办,待会儿再来。"

就在千晴和伸子缩着脖子准备溜出咖啡厅的时候,咖啡厅的尽头有了动静。惠理子用力拍了一下桌子。

拍桌子的声音响彻宽敞的咖啡厅。千晴大吃一惊,因为她从来没有见过那位大小姐这个样子。

伸子发话了:

"我们是不是看到了不该看的东西?这是要分手吗?"

惠理子好像很生气,但是圭的背影并没有什么变化,很平静地在说着什么。

"话说回来,大伸怎么知道那两人好上了?"

年轻的服务生微笑着,耐心地看着在咖啡厅门口窃窃私语的千晴和伸子。

伸子小声地说:

"我还奇怪你为什么知道呢。我是现在看到圭和惠理子两个人在一起,所以才明白的啊。不过那两个人一直就挺暧昧的。"

一个人带着孩子走进了咖啡厅。他站在千晴的背后问服务员:

"这两位是先到的客人吗？我们一共四个人，需要等多长时间？"

千晴微微低下头，说：

"不好意思，我们正要出去呢。您请。"

服务生把一家人领进了咖啡厅，脸上的表情没有发生任何变化。千晴自己也干过餐厅服务员，知道那个服务员现在肯定有些不高兴。服务行业有时候就是比较考验人的耐心。看上去还在上小学低年级的孩子亮出V字形的手势，跟进了咖啡厅。

伸子叹息道：

"只要有钱，小屁孩也能理所当然地踱进这样的高档饭店，还真让人五味杂陈呢。我们要是在一般的公司拼命工作，有朝一日也能把自己的孩子带到这样的地方来吗？"

千晴没能回答伸子的问题。她不知道一般的公司职员在日本这个贫富差距巨大的社会中，到底处在什么样的位置。就在这个时候，惠理子的视线转向了这边。两个人的视线差点儿碰到一起。

"不好！大伸，快躲起来！"

千晴拉着伸子的手，躲到了种着观叶植物的大花盆后边。两个人透过黄绿色的细长叶子的缝隙，继续观察着咖啡厅里边的情况。

"啊，完了完了！"

千晴再看时，惠理子已经把手提包搭在肩膀上，开始往这边走了。她的手里并没有拿账单,看情形她应该很快就会直接走过收银台。

"这下我们跑不了了。算上昨天晚上,我已经连着两次偷窥被人逮到了。我运气太差了。"

千晴和伸子把身体缩成一团,想藏在花盆的背后。就在两个人刚刚背过身去的时候,传来了惠理子的声音:

"这么巧啊。"

千晴战战兢兢地扭过头。惠理子已经不是刚才那个拍桌子发脾气的惠理子了,她又变回了平时那个稳重的大小姐。但是惠理子挂在嘴角的微笑,却让千晴恐怖得禁不住发抖。千晴的直觉告诉她,千万不能惹怒这个人。

千晴开始支支吾吾地辩解:

"我提前写完了简历,就和大伸一起出来了。我们就想喝个咖啡,绝对没有跟踪惠理子哦。"

伸子也摆着双手附和道:

"对对对,想想就知道嘛,我们怎么会知道惠理子究竟去了哪家咖啡厅。"

千晴把头摇得呼呼地响,看来人和人所具备的气质和威严就是不一样。伸子和惠理子在偷看自己的时候,都是一副非常轻松愉快的样子。可当事人一旦换成了惠理子,两人简直就像干了坏事被抓住的小学生。

那位大小姐好像也放松了一些,扑哧一声笑了出来:

"你们不用那么紧张。我不会在意的。"

千晴看到对方的笑容,马上就开始得寸进尺:

"惠理子和圭谈恋爱这事,我们一点都没看出来。你们两个人谈得真隐蔽。"

惠理子稍稍回头看了看身后。圭的背影仍然没有变化。他好像在望着窗外发呆。

"我们走吧。这儿不方便细聊。"

惠理子说完,就从咖啡厅走了出去。穿过宽阔的大厅和门廊,大家又回到了秋风吹拂的户外。

"现在离吃午饭也没多少时间了,我们回山庄吧。"惠理子这样提议道。

千晴和伸子点了点头。虽然三个人可以就近再找一家咖啡厅,但已经没多少时间了。三个人走出饭店的庭院,开始顺着树影斑驳的人行道往回走。

伸子直截了当地问惠理子:

"你和圭什么时候开始的?"

惠理子轮番看着两个人的脸:

"告诉你们可以,但是绝对要对男生们保密呀。他们都还不知道我们俩的事。"

千晴的心里充满了好奇带来的紧张和兴奋,她自己的恋爱时而充满束缚,时而让人觉得揪心,为什么别人的恋爱总是显得充满刺激而有情趣呢?

"暑假的时候,我们一起查了一些报社、出版社的相关资料,虽然之前也对圭有些好感,可一旦两个人一起共事,才发现这个人真的是出奇聪明。我一下子就被他吸引了。"

女孩子喜欢的男孩子一般不是运动健将类型,就是文质彬彬的书生类型。惠理子喜欢的一定是才思敏捷的书生类型。这和千晴一样。

"惠理子刚才使劲儿拍桌子,是吵架了吗?"

惠理子看了千晴一眼:

"倒不是吵架,人有的时候真是太难捉摸了,如果太过聪明的话,就会为一些一般人根本不会在意的事情烦恼。也不能跟你们说得太具体了,反正圭的烦恼是有点太超凡脱俗了。"

轻井泽秋季的风从人行道的对面吹了过来,干燥得像粉末,在皮肤的表面轻轻地蹭过。千晴想起了良弘。那个男生大概不会像圭那样考虑什么太难的事情。人也许还是不要太聪明比较好。

"听惠理子这么一说,我反而放心了。"伸子的圆脸绽放出了笑容,"大家张口闭口都是找工作的事,搞得好像找工作就是大学生活的全部似的。但事实并不是这样。我们还有学习、有日常生活、有恋爱,还有像这样可以无话不说的朋友!"

三个人迈着一样的步伐,走在铺着地砖的人行道上。千晴庆幸自己的身边有这样和自己相同目标、相同烦恼的朋友。时不时有人骑着租来的自行车,按着车铃从后面超过她们三个。

在轻井泽,即使是这样的声音,听起来也让人觉得悦耳。秋天特有的淡淡的云,高高地飘浮在天空的顶端,慢慢地远去。

"大伸的心情我能理解。虽然整天嚷着找工作找工作,但只要活在这个世上,恋爱是要谈的,架也是会吵的,饭也是要吃的,电视也是要看的。"

惠理子听了直发笑:

"千晴说得对,别忘了还要多看点书哦。不管多重要的事,如果被一件事占据了自己心里所有的空间,人生也就算不上丰富多彩了。"

千晴也有同感。各种各样的事情交织在一起构成了人的一生,人生不应该被一种单一的颜色涂满。因为日本人生性认真,所以把全身心地投入某一件事作为一种美德。但是色彩单调、了无趣味的生活,绝对没有真正的幸福可言。

千晴对在身旁走着的两个人说:

"明天上午自由活动的时间,我们三个人和男生分头行动,搞一个女生的小聚会吧。去轻井泽的品牌折扣店买东西,再吃上一大堆好吃的东西,给我们的简历集训来一个完美的收尾!"

惠理子脸上露出了这一天第一次发自内心的笑容:

"这个提议太棒了!那家购物中心有很多不错的品牌店,漂亮衣服多得让人挑花眼。反正男生们也不懂其中的乐趣,更没有耐性陪我们。"

伸子把挂在肩膀上的单肩包一把抓在手里,用力抢了一个

圈,爽朗地说:

"只有我一个人没得到爱情的滋润,所以明天我要把好吃的东西吃个够。现在心里一盘算这事,突然就觉得肚子饿了。"

三个人一起大声笑了起来。笑声响彻人行道旁的白桦林,最后消失在了树林的深处。

伸子压低声音对惠理子说:

"惠理子,你和圭之间到底出什么事了?能不能给我们透露一下?我们一定保密。拜托啦!"

千晴最喜欢听朋友的恋爱故事,她和伸子一起做起了双手合十的动作。但是惠理子似乎早已习惯了被人央求以及拒绝别人的央求,淡淡地回绝道:

"这不行,要是我自己一个人的事就算了,但是涉及圭就不一样了。"

千晴还不愿意放弃:

"听你这口气,你们吵架并不是因为你们的关系出了问题?"

选美亚军的表情显得有些失落:

"是啊,说起来我还真帮不上他的忙。男生真是太难捉摸了,特别是聪明又善良的男生。"

"还真是!"

伸子和千晴的声音偶然重叠在了一起。细细想来,千晴虽然没有和圭那样优秀的男生谈过恋爱,但也知道男生有多么让人费解。男性和女性的遗传基因只不过有百分之几的不同,为什么异性之间会如此难以互相理解？这比招聘考试里的一般常识问题难太多了。

"对了,在明天的女生聚会之前,还得先把简历做好才行。"

听到惠理子这么说,千晴用力点了点头:

"大伸和我的简历都没问题了。虽然一个人写起来感觉痛苦得要命,但是有了大家的帮助,那么难下笔的自荐文也一下子就写出来了。朋友真的是太伟大了！"

惠理子也朝千晴点点头说:

"是啊,毕业以后我们会去不同的地方,但是一定要保持联系,时常聚会。就算工作了、结婚了或者有孩子了,我们也要永远在一起。"

高原的风吹来,弄乱了惠理子的刘海。

"这个世界上确实有很多让人不愿面对的事情在等待着我们,但是无论什么时候,我们都要快乐地在一起。"千晴仰望着掠过天空的浮云,这样对自己说。

五　学长您好

千晴跪坐在自己的房间里，盯着面前的手机。她保持这个姿势已经将近三十分钟了，小小的液晶屏幕早就自动变黑了。即使在向意中人表白恋情的时候，千晴也没有这么紧张过。千晴看了一眼挂在墙上的钟，那是一个并不昂贵却很洋气的北欧式挂钟。

"十一点过多少能算'十一点左右'？"

石英钟的秒针在缓缓移动，不知不觉间分针已经走到了十一点十五分的位置。

"糟了，再这么下去，第一次和别人约见就要迟到了。"

千晴颤抖的手开始慢慢伸向打开的手机。就在这个时候，电话铃声响了，是《玛丽有只小羊羔》的旋律。这是一首过了版权有效期的免费曲子，千晴正是冲着这个才选了这首曲子来当电话铃声。千晴赶紧拿起了手机。

"喂？"

"我是良弘啊。"

自从在轻井泽表白以后，良弘开始时不时给千晴打电话，好像有点得陇望蜀。

"找我干吗？我现在正忙着呢！"

良弘被千晴的口气吓住了：

"也没什么特别的事,就想看看千晴给学长打电话了没有。"

这件事还要追溯到三天前。求职攻关小组的成员在那天下课以后,集合到大学图书馆,一起写起了明信片。那些明信片会寄给在各家企业工作的学长。

求职信息杂志上说,不能贸然给学长打电话。各种书面的联系方式中,明信片能让人直接看到上面的内容,所以更为有效。千晴在明信片上写了很客气地问候,并且说明自己的第一志愿就是学长现在工作的地方,最后说在三天后的上午十一点,会给学长打电话。

第一次接触想要应聘的企业,让千晴感到了巨大的心理压力。十一点已经过了,千晴还没能打出一个电话,急得快哭了。

"我太没用了,连电话都打不好。"

"这很正常啊,给从没打过交道的陌生人打电话,本来就是件很需要勇气的事。"

千晴一边怯怯地看着墙上的钟,一边说：

"你倒是说得头头是道,你自己打了吗？"

电话那头的慢性子有点害羞地呵呵笑了起来：

"就是因为一个电话都没打出去,所以才像这样给千晴打电话呀。算是热身吧。"

虽然良弘说的话很让人来气,但现在不是像往常那样跟他打嘴仗的时候：

"你跟对方说的几点？"

"今天上午十一点和下午两点。"

千晴不禁咬住了自己的嘴唇：

"是吗？原来你把打电话的时间分散了。早知道我也这么办就好了。"

千晴觉得打电话很麻烦，就想一鼓作气把这件事办完，所以把所有的电话都安排到了同一个时间。

"你约的是几点？"

千晴觉得很难说出口，马上就要到十一点二十了。

"时间早就过了，我约的是十一点。"

"不会吧？紧张成这个样子，可真不像你。你一直不都是直来直去、没心没肺、胆大包天的嘛。"

良弘说的话点着了千晴心里的无名之火。这人又不是我的男朋友，怎么敢用这样的口气跟我说话？！

"你少来！你有什么资格对我指手画脚！打电话有什么可怕的！我马上就把这事搞定。挂了啊。"

千晴刚一说完，就猛地挂掉了电话。这下可算解气了。千晴这时才发现自己已经不像刚才那么紧张了，僵硬的肩膀也松弛了下来。和良弘说话好像让她放松了许多。

"好，就趁现在把电话一口气全打完！"

千晴给三家大出版社和两家电视台寄去了明信片。千晴第一个按下的是自己的第一志愿、出版业最大规模的交读社的电话号码。那里有一个学长曾经在千晴现在所在的研讨小组学习,那个人已经在出版社工作五年了。千晴把脊背挺得笔直,听着听筒里的等待音。

"你好,这里是《周刊TODAY》编辑部。"

千晴的电话突然就打到了交读社招牌杂志的编辑部。即使在出版业不景气的今天,这本综合性周刊杂志仍然保持着五十万册的发行量。

千晴紧张得有点儿喘不上气。她顿了顿,说:

"我是鹫田大学三年级的水越千晴。请问能麻烦您找一下泽野先生吗?"

"好的,请稍等。"

电话被切换成了广告的录音,宣传的是这年秋天刚刚创刊的妇女杂志。那是一本面向四十岁以上女性的杂志,广告里说,成熟的女性必须雍容华贵。这对还是大学生的千晴来说,是一个太遥远的命题。

"喂,我是泽野。"

广告录音戛然而止,传来的是男人冷冰冰的声音。

"我是给您寄去明信片的水越千晴。"

泽野的声音立刻柔和了下来。

"是你啊,你是细川老师研讨小组的学生,对吧?老师他还好吗?"

听到自己导师的名字,千晴感觉一下子放松了许多,同时也对泽野产生了亲近感。

"嗯,老师挺好的。我想向您请教一下交读社的情况,哪怕只有五分钟十分钟也行。不知道您有没有时间?"

千晴把之前不知道练习了多少遍的客套话很顺畅地说了出来。有什么嘛,约见面的电话原来也没多吓人。泽野很爽快地答应了下来。

"你什么时候方便呢?"

千晴看了看预先放在面前的十一月的月历。为了和学长见面,十一月的第三周、第四周的时间都已经全空出来了。

"学长工作一定很忙,您说时间好了。"

"这样的话,反正拖久了也麻烦,明天上午后半段的时间怎么样?你要是能十一点来我们出版社的话,我会比较方便。地方你知道吧?"

交读社的总部在东池袋,千晴已经从网上下载好了地图。

"好的,那么明天还请您多关照。"

千晴正要挂电话,泽野又说:

"不好意思,明天可以让我反过来采访一下你吗?在当下的女大学生中都流行什么,到时候还想请教你一下。"

对方突然这么一说,千晴有点吃惊。本来是去听学长说话,却要反过来接受学长的采访,这是千晴之前完全没有预料到的。

"您是在找什么新闻素材吗?"

泽野有些困惑地说:

"嗯。周刊编辑部的工作挺累人的,我们这儿每个星期都得交五个策划上去。这个星期还没有关于女性的好题材,所以希望能从你那儿得到点启示。"

泽野在出版社已经工作五年了,每个星期他都得找五个题材。当这些题材被做成标题出现在广告中的时候,还必须对读者有足够的吸引力,而那些版面可能会直接影响杂志的销量。这可比在大学写学习报告要累多了。

千晴紧紧地握着手机,用力点了点头:

"好的,明天去之前我一定跟朋友们打听打听。"

"太好了!你姓水越,对吧?水越同学真是帮了我的大忙了。那我们明天见。"

听筒里编辑部嘈杂的背景音忽地消失了。千晴觉得自己感受到了出版社里最前沿的氛围,心里禁不住高兴。她在面前纸上写着的"交读社"三个字上打了一个大大的叉。第一家公司总算是联系好了。

千晴准备乘胜追击,把电话都打完。刚才那个不错的开局让千晴情绪高涨。现在看来,刚才的紧张和沮丧也许并不是一件坏事,如果毫无波澜地就把电话全打完的话,千晴也许就没有这样的成就感了。

千晴还给自己觉得比较理想的四个公司也寄去了明信片。一个是以漫画和妇女杂志为强项的英俊馆,那家出版社是交读社最大的竞争对手。出版行业的另一家公司是以小说和美术类出版为传统强项的文化秋冬。

最后两个地方是电视台。一个是千晴在暑假时参加过实习的关东电视台。另一个是在众多电视台中,招聘规模最为庞大的公共电视网——日本广播中心,简称JBC。千晴觉得这五个单位中的一个,就可以高呼万岁了。

"好,下一个是英俊馆。"

千晴开始拨女性月刊杂志编辑部的电话号码。

第二天早上,千晴在约定时间的三个小时前,就开始做出门的准备。虽然千晴对化妆并不在行,但考虑到对方是整天和职业女性打交道的人,所以最基本的修饰还是有必要的。因为紧张,千晴花了比平时多一倍的时间,用了整整三十分钟才把妆化好。

千晴在犹豫了很长时间之后,选择了中规中矩的深蓝色短西装和紧身西装裙。如果不是为了找工作,千晴是绝对不会像这样搭配衣服的。现在已经是十一月中旬了,所以还需要一件外套。为了平时也能穿,千晴买过一件和牛仔裤比较配、设计也比较可爱的米色外套。千晴决定穿着它出门。

千晴穿上前一天晚上擦好的皮鞋,整理了一下头发,在上午十点走出了高田马场的公寓。冰冷的北风一阵又一阵地掠过千晴穿着丝袜的腿。虽然千晴自己也觉得俗不可耐,但还是按照求职指南上说的,在车站旁的商店买了些土特产作为见面礼。千晴买的是装着各式各样曲奇饼的小礼包,一个六百日元。书上说见面礼虽然不是必需的,但五百到一千日元价位的小礼物应该能给对方留下良好的印象。

千晴在池袋站从JR线换到了有乐町线。池袋站的地下通道四通八达,很容易让人迷路。在上大学之前没有在东京生活过的千晴,现在虽然已经在东京住了三年,仍然没能习惯这里的地铁。池袋、涩谷、新宿这样的所谓第二市中心也全都让千晴难以适应。像一面墙壁一样从对面涌来的人群总让千晴感到一种无形的压力。为什么东京总是那么人潮汹涌?

从池袋坐地铁到东池袋只有一站路,穿过检票口,就能看到通向地面崭新的手扶电梯。交读社就在地铁出口的正对面。在有着白色石头外墙、看起来就像是古老的议会大厅或者法院的旧总部大楼旁边,是交读社高约三十层的新总部大楼。两座建筑物都沐浴在上午清新的阳光中。抬头看去,有一种光辉四射的感觉。

"要是能每天在这样的地方上班,该是一件多么美好的事!"

大门的两侧站着保安。千晴朝保安点了点头,走进了玻璃幕墙环绕的大厅。和大饭店一般无二的敞亮大厅中,很大气地摆着几套沙发。千晴在前台的登记卡上填好住址、姓名和联系方式,对妆化得堪称完美的前台小姐尽可能平静地说道:

"麻烦找一下《周刊TODAY》的泽野先生。"

前台小姐看来果真都是凭脸蛋找来的,千晴面前的这两位就都是模特一样的美女。前台小姐拨通了内线电话,马上微笑着说:

"请您戴上这个徽章,在那边沙发上稍候片刻。泽野马上就到。"

前台小姐客气的语气让千晴诚惶诚恐。大厅里的沙发是千晴在家居杂志上看到过的意大利货,仅仅是坐在上面就让她觉得紧张。千晴拘谨地坐在沙发的边缘。

出版社的员工和客户在大厅里穿梭往来。不远处的沙发上,某位颇有人气的年轻作家穿着和这里紧张严肃的气氛很不相称的牛仔裤和皮夹克,翘着二郎腿坐在那里。

向上打通的中庭的内空大约有十米那么高,中庭里还摆放着很多观叶植物的盆栽,让人觉得这里好像是一个异常整洁的热带植物园。

大约过了五分钟,一个看起来二十多岁、穿着浅蓝色纽扣领衬衣和纯棉西裤的男人走了过来。让千晴向往不已的工作证在他的胸前摆动着。

"鹭田大学的水越同学在吗?"泽野大声说完,开始环视四周。

千晴好像身体里装了弹簧,猛地跳了起来,对着远处的学长大声喊道:

"请多多关照!我就是水越千晴!"

周围的来访者都用奇怪的眼神看着千晴，但是她根本无暇顾及别人的目光。

"你还挺生龙活虎的。我就是《周刊TODAY》编辑部的泽野，应该我请你多关照才对。这里说话不方便，我们到上边的咖啡厅去吧。"

泽野径直朝大厅的里边走去。千晴拿上叠好的外套，忙不迭地跟了上去。电梯间里也有保安，日本最大的出版社果然戒备森严。

这里的电梯间就像是顶级宾馆的电梯间，铺满了大理石。四部电梯的前面，穿着休闲的出版社员工在一边等电梯，一边抬头看着显示楼层的液晶显示屏。马上就要进入交读社总部的内部了，千晴的心脏在猛烈地跳动。

电梯停在了二十八层。穿过短短的过道，东京耀眼的天空和街景突然就出现在了眼前。总部的顶楼好像是食堂兼咖啡厅，大约三成的座位坐着人。挂着工作证的男女员工的身前都放着咖啡杯，不知是在聊天还是在谈工作。泽野把千晴带到了靠窗的座位上。千晴觉得应该先把礼物交给对方，于是趁着还没坐下，先鞠了个躬，把一个不大的纸袋递给了泽野。

"这是给您带的曲奇饼小礼包。学长上班累了，可以吃一个解解乏。"

泽野接过礼物，不经意地看了一眼包装袋上的徽章。

"多谢。看到这个还挺让人怀念的。当年我找工作的时候，也给学长捎过这样的见面礼。水越同学,你喝点什么?"

"我要一杯热的欧蕾咖啡。"

泽野向食堂中央的柜台走去。千晴把视线投向了窗外,她的心脏还在怦怦直跳。窗外的阳光六零大厦①仿佛伸手可及,第二市中心的建筑群好像白色的沙粒一样在视线的下方铺开。不愧是交读社这样的大出版社,总部大楼就已经给人一种鹤立鸡群的感觉。

但即使是交读社这样顶级规模的出版社,员工总数也不过一千两百人出头。日本总共有四千多家出版社,其中半数都是从业人员不到十个人的小出版社。出版业本来就是只需要办公桌和电话就能起家的行当,很难和超大型企业云集的汽车制造业或者金融业相提并论。

"让你久等了。"

泽野把杯子放到千晴面前,咖啡散发出诱人的香味。

"有什么想问的你就尽管问吧,我一定会让你把曲奇饼的成本赚回去的。"

那袋曲奇饼才不过六百日元。千晴扑哧一声笑了出来,心情也不再那么紧张了。

"请问学长在出版社工作是什么感觉?"

---

①池袋的标志性建筑之一。因楼高六十层而得名。在1978年竣工时,曾是亚洲最高的大厦。

求职参考书上说提问应该尽可能地具体,可千晴却想当然地问了一个非常抽象的问题。

泽野把手臂抱在胸前,脸上露出为难的表情:

"这个还真说不上来。我们公司的业务范围你知道吧?"

千晴用力点点头:

"我知道,是文学、杂志和漫画。"

"你说得对,但是如果按照为出版社的营业额做出的贡献来排序的话,顺序正好相反,是漫画、杂志和文学。就算是在同一年进同一家出版社,如果被分配去的岗位不同,工作的内容也会完全不同,有时就好像在两个完全不同的公司工作一样。所以,我们的工作也不是一两句话就能归纳得了的。有的人被分配到周刊杂志,花整宿时间盯梢青春偶像、偷拍他们约会;有的人被分配到文学那边,帮忙编词典——那些人可是整天坐在桌子前边做摘录卡片。"

还有做摘录卡片这样的工作?这大大超出了千晴的想象。千晴觉得那样的工作自己肯定做不来。

"应届毕业生去各个部门的比例是多少?"

"漫画、杂志、文学差不多四比四比二吧。"

"尊重个人的意愿吗?"

千晴喜欢看小说,但不怎么看漫画。她不想被分配到负责少女漫画和词典的部门。

"原则上会征求个人的意见。表格上从第一志愿到第三志愿都可以自己填,人力资源那边对谁适合什么样的工作作出一定的判断。但是公司这样的地方,外人看起来挺像那么回事,真要进来看一看就能知道,很多事其实挺随便的。就像分配这件事,冷不丁给你派一个人过来,到最后谁都奇怪为什么这个人会到我们这儿来。所以分配这事有时候就只能凭运气。水越同学想去哪个部门?"

"文学或者杂志。漫画我不太在行。"

"是这样啊。但是漫画编辑部那边也挺需要年轻的人才,面试的时候你就说喜欢漫画好了。笔试的时候可能也会出跟漫画有关的题,你可以事先把我们出的比较畅销的漫画看一看。"

为了准备考试,学长竟然在劝自己看漫画。考大学和找工作真是截然相反。

"泽野学长是在周刊杂志编辑部工作吧?是不是很辛苦?"

泽野很从容地微笑着:

"在第一线工作当然辛苦。截稿之前总得熬夜,所以每次交了稿都会累得晕乎乎的。"

泽野喝了一口咖啡,把眼睛眯了起来。窗外是十一月灿烂的晴空。

"我一般都是十二点以后来上班,所以上午这个时间还真挺困的。我们编辑部是个挺大的部门,周刊杂志是分成两套班子轮换着做,所以实际的工作周期是两个星期。但是在这段时间里,你首先得构思选材,如果想做的内容在会议上通过了,接下来就需要把采访做到位。每次真正开始写稿子的时候,时间基本上已经所剩无几了。在我们那儿工作,加班到深夜也好,通宵达旦也好,大家早就习以为常了。"

出版社的招牌杂志,原来是这么做出来的。这真不是一份任何人都能胜任的工作。

"学长刚刚被分配到那儿的时候,是怎么掌握业务的?"

泽野的表情就好像是在追忆过去:

"出版社会选派老员工来带新人,但是负责带我的那个是个什么都不管的人,在一起吃吃饭、喝喝酒什么的就算完事了。刚进出版社那会儿,先是学着别的编辑的样子往上交策划,开会的时候也只能坐在角落里。像这样交上去的策划基本上也都被枪毙掉了。从新人到成为真正做出点像样东西的成熟编辑,这个过程大概有一年多。那段时间感觉自己就好像被出版社白白养活着一样,所以我还是挺感谢我们出版社的。"

千晴去网上查过交读社的工资水平,知道这里的待遇即使在大出版社中也属于顶尖水平。对出版社来说,人才是最大的资本,所以和其他企业相比,出版社虽然规模有限,但工资水平都相对较高。

"休假什么的有保障吗?"

泽野露出会心的一笑:

"元旦、暑假的时候,周刊杂志都要出隔周的合并号,那些时候都可以好好休息。另外还有五月的黄金周。我还是大学生的时候,也和你一样,满脑子想的都是休假和工资的事情。"

千晴知道自己想的事情全被学长看穿了,脸有些发烧。

"刚进出版社的时候,也曾经被派去突击采访大牌政客、影视明星什么的,还都是事先不打招呼半夜直接跑去按人家门铃那种。即使这样,也还是有人正儿八经地接受像我这样的愣头青的采访。我还在首都高速上追过偶像乘坐的保时捷。当时对方突然就在路中间停了下来,我没法子,只好也停下来和对方对峙,还正好是在弯道的中间,说不定什么时候后面就会有车撞上来。当时真的是冒着生命危险在工作。"

泽野说起了他在周刊杂志工作的各种光辉事迹,连在一旁听的千晴都觉得心动不已:

"招聘考试的情况呢?现在和泽野学长那个时候有没有什么不一样的?"

泽野把曲奇饼的包装袋打开,放了一块到嘴里:

"水越同学不来一块吗?挺好吃的。总体上应该没有什么变化。你应该已经知道我们这里的一些考题了吧?"

千晴点点头。网上充斥着各种关于求职的信息,各个公司招聘考试的大体情况和应试技巧差不多都有。

"我知道的考题是给自己喜欢的作家策划新书,还有给《周刊TODAY》写五个策划什么的。"

"没错。应对这些考题的时候,最好不要自作聪明。为了拿好成绩而去找什么最佳答案。与其那样,还不如把自己觉得有意思的策划就这么交上去,考官反而会觉得更好。考虑得太多的话,做出来的策划也就没有生动鲜活的感觉了。"

千晴用力点了点头。

闯过了招聘考试这道难关的人说出来的话果然很有说服力。和那些参考书相比,学长的解答更有深度,更有人情味,听了让人心里踏实。找工作和做其他事情一样,正确的路并非只有一条。

"我觉得成败的关键,并不在于你有多聪明能干,而在于你的为人。比方说,你给人的感觉很不错,或者让别人觉得你很率真很实在,人身上特有的气质在这种时候会显得很重要。"

千晴不禁想,那其实才是最难办的。人的气质不是刻意想改变就能够改变得了的。别的不说,自己到底是一个什么样的人,对一个才经历了二十年人生的年轻人来说,并不是轻易就能弄明白的。

"我还想说的是,水越同学是女孩子,所以应聘的过程会更艰苦一些。如果招人的时候只看招聘考试的成绩,那每年招上来的可能差不多全是女生。男生都是找理由各种加分,才硬给招上来的,所以女生成绩好是理所当然的,必须还得有什么额外的值得加分的地方才行。比如体力超群,在大学得过奖什么的。"

千晴不禁陷入了沉思。她对自己的成绩能不能排在前面本来就没有什么把握,如果还要求有体力或者得过奖的话,能考上的概率似乎就更低了。

"不用这样阴沉着脸嘛。在招聘考试的过程中,能够一直保持开朗的态度也能给人留下好印象。要让人觉得你这个人能够经得起挫折。"

千晴明白这个道理。她既没有惠理子那么漂亮,也不是能成为校园小姐候选人的类型,如果去掉了开朗这个优点,自己就什么都不剩了。

千晴打起精神回答说:

"嗯!我会一直面带微笑去挑战的!"

泽野点点头:

"我们这儿产假之类的待遇也很不错,就算是结婚生子,也能继续工作下去。工资待遇方面,也没有男女差异。我觉得是个很适合女性工作的地方。一边照料小宝宝,一边起劲儿工作的女员工也多得是。"

"如果有机会我也想在这里工作一辈子!"

虽然招聘考试的竞争肯定会很激烈,但千晴希望在这里工作的心情更加强烈了。

泽野又拿起一块曲奇饼:

"对了,昨天拜托你的事怎么样了?现在女孩子中间流行什么?"

千晴昨天晚上把各种女性杂志翻了个遍,又给好多朋友打了电话。

"今年流行的是金属色。亮闪闪的包包、宇航服一样的装束现在好像挺火的。"

"哦……"泽野似乎并不怎么感兴趣。

"我们周刊杂志最主要的读者层是三十五岁到四十岁的工薪族。有没有什么能让男人更感兴趣的素材?不是很严肃的那种。那方面的素材是我的弱项,总让我犯愁。"

泽野负责的是面向成年人的周刊杂志,所以他想知道的,自然不是女性中流行的时尚方面的信息。

"那短信里用的表情文字怎么样?现在女孩子们都在用,里面还专门有性感类的表情文字。"

"这个不错!'在女大学生中蔚为时尚!超级性感的短信表情文字'——可以直接拿来当宣传语了。"

泽野的胃口一下子被吊了起来:

"发短信用的表情包应该是从手机网站上下载的,对吧?"

千晴马上把自己的手机掏出来,点开了网页。自然、动物、人物、年节、交通工具……大量的表情文字被分成各种类别。其中的一个分类,就是性感类表情文字。

千晴按下手机按钮,小小的手机画面上显示出了一大堆表情文字。穿着泳装、扭动着屁股的雷鬼舞者、今晚有约的巨大美术字、床上的被单被掀开的小动画……千晴把页面不停地往下拉,各种构思巧妙的表情文字轮番出现在屏幕上。

泽野探着头,专注地看着千晴的手机:

"原来是这个样子。一个表情包大约是两百到三百日元,是吧?这个在工薪族里面肯定也会流行起来。"

"是啊,我问过那些爱玩的朋友,她们在那种联谊派对上交换社交软件号码以后,就会把那些表情文字发给对方。"

"嗯,这个有点儿意思。"

"按照那些人的说法,发文字短信都已经嫌麻烦了,直接把刚才那些表情文字发过去,就算是在试探对方了。"

泽野好像看到了希望,眼睛炯炯有神。

"主编肯定也会对这个感兴趣。下次你能把你那些爱玩的朋友介绍给我吗?水越同学很有搞策划的才能,采访能力应该也不错。今天本来是你来找我,结果让你这个优秀的学妹帮了我的大忙。"

被泽野这么一夸,千晴颇有些得意。千晴又和泽野交换了社交软件号码和电话号码。

"我得开会去了,我们再联络吧。你加油找工作啊!"

千晴深深地鞠了一躬,在咖啡厅和大学的学长告了别。照这个样子,和已经工作的学长学姐见面似乎也没有什么可怕的。千晴从自己所向往的这家出版社的顶楼,再次把视线投向了窗外的第二市中心。她要把眼前的这风景牢牢地印在自己的心里。

千晴第二天去的是英俊馆。这家出版社的营业额在出版行业排名第二,总部位于饭田桥靠近皇居护城河一侧。英俊馆同时也是饭田桥阵营的中轴企业,对抗以交读社为中心的东池袋阵营。

千晴在午饭时间过后的下午一点多,来到了学长在电话里指定的车站大厦的咖啡厅。千晴并没有很多套求职用的西装,所以把上次穿的西装用刷子刷了一遍继续穿,外套和黑色的平底鞋也是同一套行头。从咖啡厅的窗户可以看见放着寒光的铅灰色的护城河和河边的游艇码头。十一月中旬的这个时候,虽然天气晴好,但仍然看不到游客的身影。千晴就这样坐在凉掉的咖啡前,等了十五分钟。那位学长进出版社才不过半年。

饭塚慎吾是鹫田大学法律系的毕业生。在鹫田大学这样的超大规模的私立大学上学,有一个好处就是,无论在什么样的企业都能找到几个它的毕业生,约见学长也没什么太大的难度。

千晴又看了一眼手表:

"饭塚学长不会把今天见面的事给忘了吧?"

还是他突然有了采访任务,没法从编辑部抽身?往更坏的地方想,说不定是在打电话的时候惹学长不高兴了,所以被他直接放了鸽子。虽然千晴并没有喜欢妄想的毛病,但也能想象出无数糟糕的可能性来。在找工作的时候,人总是很容易把事情往坏处想。

一个个子不高的男人小跑着进了咖啡厅。他穿着牛仔裤和褐色的绒面革夹克,脚上穿着篮球鞋,给人的感觉和在大学校园里看到的男生并没有什么不同。

"对不起对不起,让你等了这么长时间。你就是水越同学吧?

我是饭塚。多关照啊。"

对方好像属于那种很容易打交道的类型。饭塚把名片递给千晴,千晴站起身来,双手接过。这种好像是在接受什么宝物似的做派,让千晴觉得很别扭。名片上赫然写着"《茶花女》编辑部"。那是一本面向二十五岁到三十岁女性的畅销女性杂志,早先的封面模特是某位刚刚和搞笑艺人结婚的女演员。

"学长原来在《茶花女》编辑部工作,您太厉害了!"千晴说这话完全是发自内心,没有一点奉承的意思。

"有什么厉害的……"这位男编辑好像不怎么开心,"我现在因为这件事感觉非常困扰。你知道的,我们大学就没有什么讲究流行时尚的人。"

鹫田大学的男生在着装方面从来都是不修边幅的,也根本不去追求什么流行时尚。

千晴小心翼翼地轻轻点头回应,声音也小了很多:

"确实像您说的那样。"

"你看看这个。"饭塚抬起双臂,把身上穿的夹克亮给千晴看,"我对时尚什么的本来也都是无所谓的,可现在每天都被主编和编辑部的前辈们数落。今天说你外套的尺码选得失败,明天说你衣服颜色搭配得糟糕。"

千晴仔细看了看,发现饭塚的夹克是稍微大了一点儿,袖子和肩膀周围都显得松松垮垮。

"这件皮夹克花了我十万日元,可还是被说得一无是处。时尚杂志这样的工作我真是干不下去了,而且编辑部是女人的天下,女同事强势无比。虽然主编是男的,但又害怕被下属的女编辑们抱团架空了,工作没法开展,所以总是小心翼翼地看着她们的脸色办事。"

饭塚好像积怨颇深,一个劲儿地数落公司的不是,根本就不给千晴搭话的机会。千晴本来是来向学长了解公司的情况,可现在觉得自己简直成了听他发牢骚的辅导员。

千晴好不容易插上了嘴:

"饭塚学长本来想去的是什么部门?"

饭塚把桌子上的冰水一饮而尽。他好像是从公司一路跑过来的,额头上沁出汗珠:

"你听好啊,第一志愿是综合性评论杂志《未来》,第二志愿是男性杂志《MISTER!》,第三志愿是男性漫画杂志《YOUNG SATURDAY》。这得有错得多离谱,才能把我弄到《茶花女》编辑部去?我到现在都是一头雾水。"

最一头雾水的其实是千晴。她来这里本来是为了了解出版社的内部情况,现在听到的却是学长对职场的不满,而她不过是个学生。

饭塚还在滔滔不绝地发牢骚:

"我们公司在出版社里是属于调动工作比较少的,今后短则五年,长则十年,都得一直在这个编辑部工作。一天到晚净做些我毫无兴趣的时装、美容之类的内容。水越同学,你也知道的,女性杂志上几乎就没有什么关于文化和社会问题的版面,这最让我失望了。真正经得起一读的,也只有杂志最后那两组黑白页。可就连黑白页,也有一半都是美容院的广告。"

一组页码通常是十六页,杂志中的黑白页集中了书评、影评和时事新闻等内容。千晴并不在《茶花女》所针对的年龄层之内,而且杂志的档次对她来说也太过豪奢了,所以没怎么翻过,但是她对杂志大致的编排还是有所了解的。

这位新人编辑深深地叹了一口气:

"为什么年轻女人只对时尚、化妆和结婚感兴趣呢?想起来就让人觉得腻味。"

千晴设身处地想象了一下年轻编辑的境遇。如果她自己被分配到了根本不感兴趣的体育杂志编辑部,而且还必须在那里干到三十岁,又会是一个什么样子?是不是也会像饭塚那样鸣不平?看来就算越过了求职这道难关,进入自己喜欢的出版社,还是会有很多问题出现。

"但是对出版社来说,女性杂志绝对是一棵摇钱树吧?"

千晴每次去书店都会注意到,因为最近经济比较景气,满是高档名牌广告的女性杂志的厚度每个月都在增加。

饭塚一副不胜其烦的样子:

"这才最让我来气呢。杂志内容的好坏已经不重要了,只要登上一大堆名牌的广告,杂志就能大把大把地赚钱。卖广告赚的钱比卖杂志本身赚的钱还要多得多。"

这样自然会让人产生"到底是在做杂志还是在做广告媒体"这样的疑问。饭塚自嘲道：

"我现在觉得自己就好像是诈骗团伙里的一个喽啰。杂志上的广告都是些上百万日元的手表、三十万日元的西装、十万日元的平底鞋,可我们杂志的读者全都是二十多岁的公司女职员呀。"

还是大学生的千晴并不是很理解什么景气不景气,所以并不太明白饭塚所说那些价位意味着什么：

"报纸上现在经常说什么微泡沫经济,现在真的已经进入那样的时代了吗？"

饭塚像孩子似的苦着脸说：

"怎么说呢？我觉得现在还没有很明确地变成你说的那个样子,但是世界上财富的分配确实是越来越不均衡了。虽然不知道是什么样的人在进行那样的消费,但据说上百万日元的时装表非常畅销。而另一方面,百元店也仍然生意兴隆。这明显是两极分化嘛。"

上百万日元的手表！千晴在餐厅打那么多工,每个月也才只能拿到七万日元。千晴不禁有些丧气：

"您说的这些,对大学生来说,简直就是在另一个世界发生的故事。"

"对一般的工薪族来说,同样是天方夜谭！"

刚进公司半年的人的心理,也许和上学时没有太大的变化。

千晴觉得和饭塚交谈，就好像是在大学校园里和男生说话。

"我去公司的书库里查了一下，在上一次进入泡沫经济前的几年间，也有过和现在一样的情况，时尚杂志上的商品价格也有过突然的上扬。那个时候还是国产品牌大行其道，可现在世界的知名品牌都瞄准了日本。就算现在还不算是微泡沫经济，不远的将来，肯定也会到来的。"

"是这样……"

饭塚确实不像是时尚杂志的编辑，他更像是经济系的高年级学生。

"我该不该把这种就知道卖广告的杂志一直做下去呢？我到底该怎么办才好？"初次见面的学长这样说道。

千晴既不太了解对方的性格，也不知道他的家庭环境如何，所以觉得无言以对。最重要的是，她希望了解的英俊馆内部的情况，饭塚一个字都没提。

"水越同学，你觉得我是不是辞职比较好？"

"学长你在说什么呀！"千晴在心里发出了这样的惨叫。

和饭塚刚刚见面还没有多久，千晴自己又还是个学生，对方突然让她就辞职这种重大的问题发表意见。不知所措的千晴把嘴巴无声地张开又合上，合上又张开，好不容易才挤出这样一句话：

"我……我觉得……辞职这样的事，是不是应该再考虑考虑……"

说到这儿,千晴发现自己根本就不知道该用什么样的理由来说服对方。

饭塚郁闷地说:

"还是应该再考虑考虑吗?"

千晴觉得自己必须得凑合着说点什么,把这个场面对付过去才行。她不希望自己的到访成了学长辞职的导火索——千晴仅仅是这样想象一下就觉得无比郁闷。

"对呀!学长应该是战胜了好几百人,好不容易才考进出版社的吧?学长那一年一共有多少人应聘?"

饭塚歪着头想了想,说:

"我记得好像是六千多一点。"

"最后招了多少人呢?"

"编辑部招了十八个,校对招了两个。"

校对是检查文章是否存在问题的专家,需要非比寻常的知识和文字功底。千晴从一开始就没有挑战这个职位的胆量。

"这么说的话,学长不是从那三百比一的竞争比率中闯过来的吗?而且,英俊馆的待遇应该也很不错吧?"

饭塚把双臂抱在胸前沉思不语:

"同事们确实三十多岁就都买了房子,但是这和工作的内容并不是一回事。不管条件多好,总干些那样的工作实在太让人憋屈了。工作本身有意义,干起来觉得有意思,水越同学也是出于这样的原因才会想到要在媒体应聘的吧?"

千晴觉得饭塚说得也有道理。如果单单追求待遇和终身收入，也有很多比出版社、电视台条件更好的地方。

"人并没有坚强到可以仅仅为了钱而工作。"

"但是如果没有钱的话，也没法生活下去呀！"

只身一人在东京生活的千晴深知生活的艰辛，哪怕是晚上睡觉、早上起床洗脸，也都是需要花钱的。千晴觉得在面对社会的成熟度方面，自己是饭塚的学长。

千晴不知道该怎么办才好，无奈地把这间车站大厦里的咖啡厅扫视了一圈。店里既有主妇、学生，也有白领。白领以中老年居多，他们看起来有些懒散，不知道是在工作还是在小憩。

千晴把脑子里突然浮现出来的话说了出来：

"饭塚学长的一辈子只有三十年吗？"

这位新人愣住了：

"不，不是啊。"

"饭塚学长现在的情况虽然并不理想，但是在公司工作不是一辈子的事吗？工作到退休的话，需要干将近四十年。就算在不喜欢的部门工作十年，也还有三十年的时间。人生漫长，到那个时候再重新开始应该也不算晚。那时学长也才不过三十岁嘛。"

饭塚呻吟了一声说道：

"十年以后我也不一定会被调到自己想去的部门啊。而且到那个时候再跳槽的话，会比还能算半个应届毕业生的现在困难得多。"

确实像饭塚说得那样,不管是留在公司还是离开公司,都会有相应的风险。获得成功和让自己满足,这两者的概率也许不相上下。

"如果您辞掉现在的工作,会去别的行业吗?"

饭塚回答得很干脆:

"不,我还是想做出版、编辑方面的工作。"

"如果是这样的话,我觉得辞掉现在的工作肯定会比较吃亏。"

千晴连自己会在哪儿工作都还不知道,而已经在每一个想在媒体找工作的学生都梦寐以求的地方工作的饭塚,却在这里不停地抱怨。千晴开始厌倦在这里和他磨嘴皮子了。因为对方是专门抽时间接受自己的访问,而且英俊馆确实也是自己向往的企业之一,所以千晴才一直忍耐着,但她最终还是忍不住问了一句:

"完全掌握杂志的编辑业务一般要多长时间?"

饭塚好像没明白千晴为什么问这个,也没有多想,就直截了当地回答道:

"把工作的流程全记住大概需要半年左右。做出有反响的策划,捕捉到好的题材,应该需要两三年时间。"

已经有些厌烦的千晴也顾不得思前想后,马上又说:

"如果是这样的话,学长不才刚刚学会业务的皮毛吗?如果现在就辞职,您的同事会不会想:'这个人到底来编辑部做什么来了?'"

饭塚把头埋了下去,好像在很苦恼地考虑着什么。

"我很羡慕饭塚学长,没能考进公司的那好几千人一定也很羡慕您。辞职是学长的自由,我当然不会反对,但是如果能在杂志上留下点什么东西,然后再辞职,不是更好吗?留下一个能为之自豪的成果,就算辞职,在干下一份工作的时候,一定也会让您更有自信。"

千晴也查过一些出版行业的内幕。在这个行业,只要有一定的人际关系,摆一张桌子,放一部电话就能开张营业。从这一点就可以看出,出版业的企业之间在规模上能存在多大的差别,而工作的内容和待遇也可以说是天壤之别。如果学长从现在这样的大出版社辞职,大概只能去规模更小一些的公司。

饭塚就好像是在自言自语:

"嗯,你说的也对。"

饭塚举起双手,使劲儿挠了挠头。

"虽然我已经从公司那里拿到了《茶花女》的名片,但是我其实还没有成为一个真正的编辑。既没有努力去寻找工作中有意义的地方,也从来没有积极主动地工作过。"

"这就对了嘛!饭塚学长,我有好多朋友都是你们杂志的热心读者,您可一定要加油啊!"

饭塚的表情稍微开朗了一些。他看了一眼手表,说:

"谢谢你,水越同学。很对不起光顾着说我自己的事了。今天没时间了,下次见面的时候我再跟你说公司的事吧。"

饭塚伸手拿了账单,准备起身。千晴这才想起还没有把见面礼交给他。这次她带来的还是上次那种颇受好评的曲奇饼小礼包。

饭塚接过千晴递过来的小纸包。

"编辑部有一张专门放零食的桌子,上面总是放着各种各样的零食。到了截稿日那天,大家会用整个晚上把那些库存吃完。"

千晴跟在饭塚背后,离开了咖啡桌。

饭塚向收银台走去,他背对着千晴说:

"水越同学的意见对我很有帮助,但我还是在考虑到底该不该辞职。虽然现在也勉勉强强地做了一些工作,但还是觉得干得不起劲儿。"

饭塚到底是一个什么样的人?千晴不知道应该怎么评价他。他能从三百个人中脱颖而出,无疑非常优秀,但又让人觉得捉摸不透。如果对方是一个和她年龄差不多的男生,比如说良弘,她肯定会把他训斥到求饶为止。在编辑部里,别人是不是也正在为应该怎么对待这位年轻人而发愁呢?千晴心里不免产生了这样有些滑稽的想象。

在收银台前站定,饭塚轻轻瞥了一眼账单:

"水越同学的是四百五十日元。"

"不会吧?这个也要 AA 制吗?"千晴差点儿把这句话喊

出来。

虽然千晴出于礼貌已经把钱包拿在了手里,但是她满心以为饭塚作为前辈会掏这份钱。对方让她这个学生听了那么多牢骚,却连一杯咖啡的钱都不愿意出。

"好的……"

千晴用零钱付了咖啡钱,在心里暗暗下了决心,绝不再和这位学长来往。英俊馆无疑是家不错的公司,但是因为饭塚,千晴对自己的第二志愿的印象都变糟了。

千晴脸上挂着面具般僵硬的笑容,在饭田桥站和大学的学长告了别。这次对学长的访问完全没有达到预期的目的。对求职的学生来说,不光是与企业之间,和学长也同样存在着一个合不合得来的问题。

千晴憋着一肚子气,板着脸走向了检票口。

十一月的咖啡厅里,穿着并不得体的求职西装的学生明显多了起来。三个人坐在靠玻璃外墙的座位上。隔着马路,可以看到一座红砖修筑的礼堂。

"那个学长也太差劲儿了。"伸子嘟着嘴说。

她本来就是一张圆脸,这么一来更显得可爱。

"连喝杯咖啡都不愿意请客。"

良弘穿在身上的深蓝色西装,好像是千晴不知道的什么男装品牌。收紧的腰围和衣襟的形状似乎都有什么特别的讲究。

但是在千晴看来，和量贩店里便宜卖的大路货没什么两样。

"说来说去，最让你不满的，不是他抱怨工作的事，而是喝咖啡没请客呀。"

伸子微微瞪了一眼良弘，说：

"我这么说并不是心疼那四百日元。良弘你最好也记住了，小气的男人最不讨人喜欢了。已经工作的人，又是大学的学长，还收了别人的曲奇饼，一个大男人一个劲儿地抱怨工作这不好那不好，到最后连咖啡钱都不掏。小肚鸡肠成这个样子，你不觉得这人很可悲吗？换成是我，肯定也会和千晴一样生气的。那个人肯定不会有出息！"

"话都说到这个分上了，我以后和学妹吃饭一定主动请客！"

伸子调皮地笑了：

"你也可以请跟你一起努力找工作的同级女生一起吃饭呀。"

"你饶了我吧。"

三个人一起呵呵地笑了起来。

千晴又继续刚才的话题：

"但是英俊馆的那位其实也是个工作认真的人，而且给人的感觉也没有多糟糕。不过交读社的那位工作起来驾轻就熟的学长给人的印象更好一些。拜访学长就好像是反过来面试公司一样，或者说是在刺探那到底是一个什么样的公司。"

"你说的我也有同感。就是那种双方互相试探，但是完全捉摸不透对方的感觉。找工作和第一次跟喜欢的女孩子约会挺像的。"

良弘系的丝绸领带在微微反光,让他看起来比平时成熟了许多。

"看你系了领带,是今天也要去和学长见面吗?"

良弘挠了挠头:

"不是,还挺说不出口的。其实今天下午马上就要去某个公司面试。"

"是吗?哪儿呀?"伸子把整个上半身都探了出来。

良弘叹了口气:

"这件事只跟你们两个人说,你们一定要替我保密啊。我们的求职小组不是专攻媒体公司吗?但是媒体公司在学生里那么有人气,竞争那么激烈,所以我想去别的地方应聘试试……"

千晴也在为同样的事犹豫,但是到目前为止,还没有安排和别的行业的学长见面。

两位女大学生异口同声地追问:

"你快说,是哪儿呀?"

良弘很不情愿地说出了某个总部在品川的综合性家电公司的名字。

"那儿不是挺好的吗?据说公司内的氛围非常自由。"

伸子也说:

"感觉去国外工作的机会比较多,畅销产品也挺多的。我也觉得不错。"

良弘却并不是很高兴：

"但是我们小组的成员不都是一条路直奔媒体公司嘛，只有我一个人把标准放低了，所以没什么可高兴的。"

穿着西装弓着背的这个男生看起来十分惹人怜爱。千晴用手指轻轻戳了戳良弘的肩膀：

"这样的事就不用再去想了，我们小组的目标不就是找一份自己不觉得后悔的工作嘛。良弘又不是个多聪明的人，这么想来想去的也没用。你就去一心一意地去应聘吧。"

"也不知道你是在鼓励我，还是在趁机说我坏话。"

"话说回来，小组其他的人都在做什么？"

千晴最近忙于约见学长和打工，和求职小组的其他成员有些若即若离。眼看就要进入求职最关键的阶段了，大家都在做什么呢？

"圭和真一还在马不停蹄地走访报社和通讯社，他们两个呢……"伸子斜眼看了一下穿着求职西装的良弘，"和某位不一样，很让人放心。他们应该没什么问题的。"

"喂，某位就免了吧。那我也直言不讳了，关东电视台好像跟惠理子公主打好招呼了。"

千晴还是第一次听说这件事，她正好也准备去那家在台场的电视台和学长见面。

"惠理子太厉害了，不愧是校园选美的亚军，国外长大的归国子女。"

伸子毫不掩饰地在替朋友高兴,而同样准备在电视台应聘的千晴,心情却很复杂。千晴觉得自己被惠理子甩下了,有些无话可说。

良弘完全没有想到要去顾及千晴的心情:

"具体地说,就是惠理子公主虽然想去的是新闻报道部门,但是播音部门直接向她发出了邀请,让惠理子公主去他们那里应聘。大家不觉得很厉害吗?我们的小组诞生女播音员了!"

这次轮到良弘斜着眼睛看千晴和伸子了,他坏笑着说:

"和某些人还真是大不相同呢。"

"你说什么呢!真没礼貌!"

千晴的声音充满了怒气。她知道自己简直就是在嫉妒惠理子在求职中的幸运。千晴把视线投向窗外,竭力让自己的心情平静下来。

"不管怎么说,女播音员也是全日本的女大学生最向往的职业之一,而且还是招聘单位主动过来请她。这待遇简直就像是演员或者青春偶像。看来长得漂亮就是占便宜。"

虽然千晴竭力不去听伸子说的这些话,可伸子的话音还是钻进了她的耳朵里。家境好,人聪明,而且还会日语、英语、汉语三种语言。应该说,想和惠理子一较高下这个想法本身也许就是个错误。但是越是试图这样说服自己,千晴就越觉得自己可悲。这让千晴的心情黯淡。惠理子在找工作这件事上也一帆风顺地跑在了自己的前面。这个世界上真的存在幸运到能够同时拥有一切的人。

"如果是播音部门主动邀请的话,应聘的过程应该也会容易得多吧。"

伸子说的话千晴根本就没有好好听。现在想来,当时在关东电视台实习的时候,只有惠理子去试了镜。大概是她长得美这个消息在工作人员里不胫而走,让高层也注意到了她。虽然千晴也在综合版块参加了实习,但是并没有谁向她发出任何邀请。

"我也不太清楚,但是应该会很轻松吧。除了最后的高层面试,说不定都可以免试呢。"

"惠理子好棒啊!"

伸子朝着千晴望过来,仿佛是在征求她的同意。为考播音员的人开设的学校和培训班林林总总,为了当播音员而一年又一年地反复应聘主播的也大有人在。数以千计的女学生为了这个目标,都在拼命地训练朗读广播稿,练习标准的语音语调。

而本来没想当播音员的惠理子,却仿佛坐上了直通车,轻松入围最终面试。这样的不公已经不是仅靠幸运就能说明的了。因为这件事,千晴突然觉得自己进关东电视台已经没有希望了。那个地方的竞争概率轻而易举地就会超过几千比一。从同一所大学去实习的学生同时考上的概率,大概需要拿天文数字来做分母了。

看到千晴阴沉的脸，伸子赶忙说：

"千晴，对不起，我忘了你也去关东电视台实习过。"

说这话的伸子其实更是在报名的阶段就被刷了下来，千晴又觉得自己不该为这件事耿耿于怀：

"我没事的，你们不用那么在意我。这么难得的机会，真希望惠理子能成为一个优秀的女播音员。"

迟钝的良弘也总算察觉到了千晴的心情，开始大口大口地喝桌子上的冰咖啡，显得非常滑稽。

"好啦好啦，惠理子公主的事就不多说啦。另外还有一件让人担心的事。最近大家没在学校看到比吕氏吧？"

"比吕氏同学？"

千晴想起了那个戴眼镜、喜欢讲大道理的男生。千晴虽然性格活泼，但同时也是不太善于理性思考的感性派，所以不管是在分组讨论时还是在简历集训时，都没少被比吕氏数落。

这时伸子说：

"听你这么一说我才想起来，我也把他的事忘得干干净净了。约学长见面那些事，他弄得怎么样了？"

良弘把双臂交叉在胸前，平时很少在他脸上看到如此为难的表情。

"你算问到点子上了。那个家伙好像最近既不来学校，也没有在找工作。"

"是吗？为什么？他之前对找工作不是挺有自信的吗？"

在求职小组的七个人中,比吕氏最擅长列出统计数据,有理有据地进行分析。那个比吕氏竟然不来学校了,这让千晴觉得很诧异。她一直觉得第一个经受不住求职煎熬的人肯定会是自己。

"原因我也不太清楚,大概是他想得太多了吧。那家伙有点聪明过头了,心又比较细。"

"原来是这样。"

千晴没再说什么。吕氏感受到的压力,千晴也深有体会。因为她自己也会为担心找不到工作而失眠,如果她想去的公司全都去不成,进了一个谁都不知道的公司怎么办?她也做过噩梦,梦见求职小组的其他人都拿到了招聘名额,只有她还穿着求职西装四处奔波。每次从这样的噩梦中醒来,她的睡衣总会被浑身的冷汗打湿。

"我给他打过手机,但总是自动应答,他根本就不接电话。往他家里打电话,总算跟他妈妈说上了话。"

千晴皱着眉头说:

"比吕氏同学真让人担心。不过良弘能够为朋友做这么多,还挺让我刮目相看的。他妈妈怎么说?"

良弘把交叉在胸前的双手又垫在了脑后,抬头望着咖啡厅高高的天花板:

"他妈妈说,他窝在自己的房间里根本不出来。这样下去,不要说找工作,连毕业都悬了。"

在迎来新的一年后,招聘会陆续开始。大三的学生们此时面临着比以前更大的压力。校园里好像有看不见摸不着的暴风在肆虐。千晴也会在校园的各处,听到各种不好的消息。

哪个研讨小组的谁躲在家里闭门不出了,谁休学了,谁去看心理医生了……两年前还发生过一个男生因苦于找不到工作而自杀未遂的事。所幸今年还没有类似的事情发生。听说那个男生虽然勉强毕业了,但至今仍然没有工作,一直赋闲在家。

如果说考大学凭的是智力,那么找工作就完全不同了。一个学生的人品会被拿来进行整体的衡量,而一个人职业发展方向此时也会确定下来。因此,找工作的压力之大,不是考大学能够比拟的。

良弘忧心忡忡地说:

"千晴和大伸也给比吕氏打电话试试吧,那个家伙产生了对外界的恐惧,变得像刺猬一样,不敢跟同类接近。大家不向他伸出援手的话,他的情况肯定会越来越糟。"

求职小组是在春天成立的,一共只有七个人,而在秋天将要过去的时候,眼看就要出现第一个落伍者了。

"好的,下次我给他打电话,但是光打电话也不一定有效果。"

伸子双手抱头,紧紧捂住自己的耳朵:

"好害怕听到这样的事情呀。感觉自己的情绪都低落下来了。我每天连自己的事都忙不过来。虽然我很想帮助比吕氏同学,但是我也希望有人帮我。"

坐在伸子旁边的千晴把手搭在了她的肩膀上。咖啡厅里满是学生叽叽喳喳的说话声。上午的阳光穿过玻璃墙,洒满了整间咖啡厅,只有这张桌子的周围让人感觉有些阴暗。

千晴慢慢地抚摸着伸子的肩膀:

"大伸,你不用想太多。将来的事会是什么样子,谁都无法预料。比吕氏同学肯定只是因为太聪明,所以想得太多了而已。"

良弘马上插嘴说:

"等到真的碰壁了,再停下细想也不迟。我们只要做到这个,也许就足够了。反正应聘的时候根本没法预测对方会怎么出招,事前想这想那、考虑得太多的话,估计我的胃都要穿孔了。"

伸子很吃惊地说:

"真的吗?良弘同学也这样?"

不管出多大的事,良弘也总是一脸平静。也许这不过得益于他的迟钝,但这也恰恰是他坚强的地方。千晴这样想。

今天打着领带的良弘表情却出奇严肃:

"那是当然。我这个人相当脆弱,经常会吃不下饭,睡不着觉。"

良弘说完,偷偷朝千晴眨了下眼睛。他说的那些话好像是为了让伸子打起精神而说的玩笑话。

伸子没有察觉良弘的小动作,又说:

"你说的是真的吗?"

良弘发出呵呵的笑声：

"逗你玩的啦。倒没有睡不着觉。我对自己根本无能为力的事情，从来都是抱着一种放任自流的态度。要我为那些事一直烦恼下去，我实在是没那个耐性。"

"你还真是个活宝。"

千晴趁机挖苦良弘，内心却非常羡慕良弘那种洒脱的性格。如果她也能像他那么想得开，找工作这事也许就能轻松许多。前阵子良弘向她表白，也许不应该那么轻易就回绝。良弘很有可能是一个出乎大家意料、能成大器的人。

但是千晴还做不到在求职的同时，开始一段新的恋情。千晴的这一想法现在仍然没有改变。

良弘好像根本不在乎千晴挖苦自己，拍了拍插着钢笔的胸口说：

"实际上我也有点被逼到绝境了。下个月就是十二月了，不管多慢条斯理的家伙，这个时候大概也会如坐针毡了吧。"

伸子把低垂着的头抬了起来：

"太好了，看来不光我是这个样子。"

千晴虽然没说话，心里想的事情却是一样的。如果一个人孤零零地面对求职，她脆弱的心也许早就崩溃了。

"好啦，我也差不多该朝着品川出发了。"

良弘把冰咖啡一饮而尽，又把杯子里的冰块倒进嘴里，嘎吱嘎吱地嚼了个粉碎。求职小组还是第一次有人去应聘从事制造业的公司。

千晴对良弘说：

"面试完别忘了跟我们通报一下情况。"

良弘强打精神，坐在椅子上做了一个向上挥拳的动作。

伸子觉得好笑，问：

"你怎么了，良弘同学？"

"没什么，就是觉得不像这样给自己鼓鼓劲儿的话，提不起精神来。去自己根本就不熟的公司登门拜访，还真不是件轻松的事。你约的下一个地方是哪儿？"

"我明天要去女性之友出版社。那儿是我最想去的地方，所以明天一定得弄得像模像样的。"

那是一家中等规模的出版社。虽然并不是什么大出版社，但它把十岁以上、六十岁以下的女性，每十岁划分为一个年龄层，针对每一个年龄层都发行了一本杂志。对希望成为女性月刊杂志编辑的伸子来说，那里是一个求之不得的去处。

"大伸、良弘，你们两个加油哦！"

伸子额头上的青春痘更多了，求职的精神压力仿佛全都写在她的脸上。

"千晴你老问别人，你下一个要去的地方是哪儿？"

"星期六去JBC。"

良弘捏着下巴说：

"哦，去了民营的关东电视台之后，又要去日本广播中心那种公共电视台吗？最近那里因为员工总出事，闹得声誉受损。还有很多人拒付收视费，好像问题多多呢。"

"你说得没错，但是我是从地方上来的。一说起电视台，大家想到的都还是JBC。"

而且JBC招聘的规模不是民营电视网的枢纽台能够比拟的。民营电视台每年充其量招二三十人，但是JBC每年会聘用十倍于此的应届毕业生。当然，应聘学生的总数也会呈正比例增加，所以竞争的激烈程度也并不一定就会缓和多少。但和民营电视台相比，机会还是要更多一些。

"我觉得和风光花哨的东京枢纽台相比，JBC虽然略显古板，但是更适合千晴。千晴本来就不是和台场、赤坂、六本木那样的地段热闹的公司嘛。"

"又说这种损人的话，良弘你胆子越来越大了。"

伸子在一旁笑着不说话。那些时尚的地方确实能让千晴完全找不着北。能否融入公司周围的环境，其实也很重要。说完这些话，三个人一起离开了热热闹闹的咖啡厅。

星期六的下午，千晴来到了位于涩谷的JBC。千晴没有去面向游客的正门，而是来到工作人员出入的西门。在开阔的停车场远端的门廊下，停着一辆银灰色的德国车。一个大牌明星坐进车里，几个工作人员仿佛像用尺子量过一样，把身体弯成同一个角度，毕恭毕敬地鞠着躬。

千晴从他们身旁走过,穿过了玻璃自动门。进门右手便是前台,这里的两位前台小姐也都非常漂亮。

千晴向她们微微鞠了一躬:

"我是鹫田大学三年级的学生,姓水越。能麻烦您找一下制作部第一制作中心的西山编导吗?"

千晴好不容易才把这句话一口气说了出来。

"好的,请在那边稍候片刻。"

在前台对面的过道上,靠墙放着好几组沙发。沙发被挡板互相隔开,大约占据了七八平方米的空间。千晴挺直了背,坐在其中一张沙发上。今天大概是要录制什么儿童节目,来了很多带着孩子的家长,显得很是热闹。

年轻的搞笑艺人脸上挂着反派角色一样的吓人表情走了过去。近来成为大众情人的天气预报主持人手里拿着一个钱包,也和同事谈笑风生地走了过去。电视台里果然是众星云集,给人一种喜气洋洋的感觉。

"水越小姐。"

听到叫自己的名字,千晴又来到前台。

"你戴上这个名牌,顺着走廊一直往里走,就是会客间。西山马上就到。"

千晴说了声谢谢,把名牌挂到了脖子上。从保安的身边走过的时候,千晴不知道为什么觉得一阵心跳。说是走廊,其实也有十米多宽,就好像是宽敞大厅的一部分。

走廊的尽头是面向中央庭院的玻璃墙,被隔成一段一段的会客间一直排向走廊的尽头。

千晴差点忍不住叹气:

"一看就知道这里真的是要招两百个学生,准备应聘的学生果然很多。"

半数以上的会客间,都被来拜访学长的学生占据着。

千晴正在左顾右盼,突然听到后面有人喊她:

"是鹫田的水越同学吗?"

千晴吓得在原地微微地跳了起来,她立刻把身体转了过来。

站在千晴身后的是一位个子娇小的女性。虽然千晴并不算高,但那人比千晴还要矮上半个头。她留着男孩一样的短发,穿着花灰色的运动装和紧身牛仔裤。

千晴鞠了一躬。对方自我介绍道:

"我就是编导西山,我们到那边去吧。"

千晴被带到空着的沙发上坐下。千晴做完自我介绍,又讲起了夏天实习的事情。

西山问道:

"你去关东电视台实习过?那里的氛围怎么样?你照实说,没事的。"

在电视台工作的人,也许都对别的电视台很感兴趣。西山看起来是一个直来直去的人,千晴觉得和这样的人更容易交流。

"那边台里显得更花哨光鲜一些,感觉更有演艺圈的感觉。

JBC感觉更像医院或者政府机关。"

西山放声大笑，拍着膝盖说：

"哈哈，你还真是实话实说，我喜欢你这一点。不过你来面试的时候，最好别这么说。那我们言归正传，你不在乎到处调动工作吗？"

JBC是公共电视网，在全国各地都有分支台站。和东京的枢纽台不同，被调动到各个地方去的可能性很大。

"我又不是在东京出生长大的，哪儿我都愿意去。"

"回答得好干脆，你男朋友愿意吗？"

西山的语气亲近得像邻家的大姐姐，千晴也渐渐放松下来：

"我现在没有男朋友。我做不到兼顾各个方面，所以现在只能专心找工作。这么说来，西山学姐，您结婚了？"

根据学生科的资料，西山比千晴正好大十岁，现在应该三十一岁了。

西山很豪爽地笑了：

"哈哈哈，我才没结婚呢。跟我同一届的女员工也还有一半都没有结婚。会来媒体工作的人，本来就都是自恋狂加工作狂，结婚不知道什么时候才会被提上议事日程呢。"

千晴觉得西山这人很有意思，跟她说话很来劲儿。

"你想去哪个部门呢？"

刚开始的时候千晴把背挺得笔直，放松下来以后，上半身也就自然而然地开始向前倾了。年轻的女编导和千晴真的就是在围着中间的小桌促膝谈心。在她们的身旁,电视台的工作人员和参加节目录制的人在来回穿梭。

"我还是想干节目制作这份工作。"

西山把自己的鼻子凑到运动衫的肩膀附近:

"是吗?你有没有觉得我臭臭的?我已经两天没回家了。虽然台里也有可以淋浴的地方,但是实在是没有洗澡的工夫。节目制作这项工作太艰苦了,年轻人刚开始的时候简直就像奴隶一样被使唤。"

和综合版块的工作人员接触过的千晴对此深有体会:

"没关系,我挺得住。"

西山坏笑道:

"是啊,以你来应聘的身份,也只能这么说了。那你想做什么样的节目呢?"

这个问题,千晴已经预先想好怎么回答了:

"因为我老家在长野——"

"长野市内吗?"

"对,是的。因为是小地方,所以大家只要打开电视,一般都会调到JBC的频道上。这家电视台的节目节奏不快,但是很踏实,不像民营电视台那样添油加醋,净想着吸引观众的眼球。我希望自己做的节目能成为普通老百姓生活的一部分。"

西山微微点了点头:

"我猜你去关东电视台面试的时候,会说完全相反的话。但是你说得很好,那么更具体一点讲呢?"

千晴直视着西山的眼睛,现在是抒发己见的重要时刻:

"东京并不能代表整个日本,但是新闻节目总是偏重于东京。我想做一些地方性较强的新闻和纪行节目,来介绍各个地方特有的魅力。再就是想做一些纪录片,不像民营电视台那样总让演艺圈明星来当主角,而是找那些有一技之长,但并不很出名的人来做主角,听听他们说些什么。这样的节目肯定会很有意思。"

"你要像现在这样一直满怀希望,作为助理在第一线被使唤将近十年,才能做一些你自己想做的策划。工作真可以说是长路漫漫。"西山好像深有感触。

"您说的那个十年是一个什么样的情况呢?"

"最初的两三年就是在拼命把握电视台的工作到底是怎么回事:做节目的流程、台里的权力结构、如何招待上节目的人。电视节目这东西躺着看时觉得简单,其实里面满是各种经验诀窍。十年其实都算不了什么,转眼就会过去的。"

千晴觉得自己终于找到了一位真正像前辈的学姐。交读社的泽野和英俊馆的饭塚都只不过是处在漫长培训阶段中的新手。

对时间的感觉,也许才是学生和已经走上工作岗位的人最大的不同。高中不过三年,大学也才短短的四年,而一旦走上了社会,就必须以五年十年为单位来对自己一生的工作进行展望。

现在的千晴因为迫在眉睫的招聘考试,早已急红了眼,根本无法想象十年后的自己会是个什么样子。

"到了那个时候,你又会站在另一个十字路口。因为你的理想和来自观众的反应很可能又会背道而驰。作为一个学生,你也许还不太理解这一点。"

西山说的话让千晴感到说不出的兴奋与好奇,她把身体又往前凑了凑:

"您讲出来让我学习一下,好吗?"

西山把双手交叉在胸前,目光投向玻璃墙外的庭园。十一月已经过了大半,光秃秃的树多了起来。

"自己想做的节目、电视台希望你做的节目、观众对节目内容的反应、收视率——这四个相互独立的因素,经常是没有什么关联的。特别是我工作的第一制作中心,专门做文化和社会福利方面的节目,所以不可能像电视剧或者娱乐节目那样有百分之二十的收视率。就算我们两个人现在在聊天,我也还是在拼命地想下一期节目该怎么做。像我们这样的公共电视台,领导也开始越来越多地要求提高收视率了。"

千晴觉得自己有些崇拜这位学姐了,她想为坐在对面沙发上的女编导喝彩鼓劲儿。

"公共电视台和民营电视台差别那么大吗?"

千晴这个问题问得很天真。西山笑了:

"那是当然啦。民营电视台的收视率每提高一个百分点,都会直接反映到它的广告收入上。那些谁都不会注意去看的电视广告,即使只有短短的十几秒,广告客户也要花好几千万日元的。"

千晴虽然打算在电视台找工作,但是对电视台的收入模式并不了解,对出版社和报社也是一样。各家媒体到底在靠什么吃饭,不实际工作一下的话,大概是搞不清楚的。

"每期节目都被拿去用收视率进行衡量,这不是和考试一样嘛。是不是挺痛苦的?"

"即使是我们这样的地方,每个星期也会因为收视率的事而时喜时忧。有时候不明白为什么,收视率就上去了。但是真正有意义的,不是仅仅把收视率提上去,而是寻求各个因素之间的均衡。"

千晴让自己坐得端正些,好更加仔细地倾听学姐的经验之谈。这位女编导虽然穿着皱巴巴的运动衫和满是污渍的牛仔裤,但是那双没有进行任何修饰的眼睛却炯炯有神。

"不管是收视率还是节目的内容,如果单单只追求其中一个方面的话,我觉得其实很简单。但是这样未免太没有挑战性了,怎么说我们也是做节目的行家里手。把握住这两个方面的平衡,做出自己理想中的节目来,这才是这份工作最有意思的地方。"

在电视台的内部,肯定有着千晴并不知晓的现实和无法改变的制度。在这样那样的制约下,让自己的理想一点一点地实现——千晴的心里好像有一团火焰在熊熊燃烧,浑身充满了干劲儿。

"这里的工作好像非常有意思,我真想从明天开始就干一下试试。"

西山朝比自己小十岁的大学生调皮地笑了笑:

"但不管是谁,都必须拿出最低限度的成果来才行。大的失误如果只有一次的话还能被原谅,如果连着犯两次错,就不会再有什么活儿来找你了。"

"这么严酷……"

但是西山的声音却显得很乐观:

"正因为严酷,才有乐趣啊。工作不就是这样的吗?"

正因为严酷所以有乐趣。千晴把视线从西山身上移开,扫视了一下周围。和民营电视台的枢纽台相比,这里的工作人员虽然穿着休闲,但并不给人个性过于强烈的感觉。如果是在这里工作,不善修饰的自己应该也能待得比较舒坦。

"JBC 的招聘考试有什么应该注意的地方吗?"

西山耸了耸肩:

"我觉得,不要大堆大堆地看那些招聘信息杂志,然后研究什么应试的对策。其实企业方面想找的并不是成绩优秀的乖学生,特别是像我们这样总要追求崭新策划的工作。"

在这方面,千晴就完全是西山所说的乖学生了。千晴既会在网上检索关于求职的信息,也会去翻成堆的招聘信息杂志,可以说是把纸上谈兵做到了极致。

"面试时露马脚的学生及搞应试对策搞过了头的学生居多。把真正的自我展现出来,就算失误了,表现得开朗一些的话,也会给人比较好的印象。"

千晴想起了上次和饭塚学长见面时,对方就辞职征求自己意见的事。正如西山所说,找工作的过程中总会有出乎意料的事情发生,而且往往是求职杂志上没有提到的棘手问题。

"一旦实际工作起来,你就能知道,每天都会有未知的问题接二连三地发生,只能见招拆招地把问题一个一个地解决掉,来让团队朝着自己理想中的方向前进。在这个圈子里,没有现成的教科书或说明书可以让你参考。"

千晴劲头很足地点了点头:

"谢谢您的指点!"

女编导脸上浮现出狡黠的微笑:

"我这么说是不是有些唱高调了?我们这儿的面试也有一些需要注意的地方,你还是记住比较好。这些话我们只能小声说。我们电视台的员工最近不是老出事嘛,这方面的问题,还有拒付收视费之类的事,对这些事情进行太尖锐的批评,电视台方面还是会比较忌讳的。不管是谁都不希望自己工作的公司被学生居高临下地批判,而且那些问题其实我们心里最清楚。"

不欢迎别人对自己所从属的组织进行批判,对日本的组织,特别是比较官僚的组织来说,似乎是理所当然的事情。对还是学生的千晴来说,无法理解为什么对那些事情这么敏感。传媒行业的内部也存在着不同媒体之间的对立，电视和出版好像一直就很合不来。各种周刊杂志总喜欢把JBC内部发生的问题添油加醋地报道个不停。

西山脸上又露出了厌恶的表情：

"其中最不好的就是把不知道从哪里听来的大道理，当成自己的东西来卖弄。不了解实际工作的大学生的那种东拼西凑的正义感，很让人不舒服。"

"这件事面试的时候得小心。"千晴在心里想。西山编导好像看透了她的心思。

"但是一个劲儿地对点头赞许对方说的话也不行，必须要让对方看到自己有骨气的一面。去年就有一个男生，一针见血地指出了台里组织方面的问题。"

"还真有那样的人。那个人现在怎么样了？"

西山调皮地笑了：

"考上我们电视台啦。现在应该在九州什么地方的电视台被使劲儿锤炼呢。很想知道再过几年他会有什么样的成长。"

千晴在想，这个时候如果换成自己该怎么办。底气十足地提出改善公共电视台的对策，自己大概没有那样的头脑，也缺乏相关的知识。不，不是大概，是肯定没有。

"你看你，马上就想复制别人的成功经验。他是他，你是你，干不来的事就是干不来，不知道的事就是不知道，谁也不可能全知全能。自身的不足同样是自己个性的一部分。"

做不到、搞不懂也是自己个性的一部分？虽然这句话作为理论千晴能够接受，但是对长这么大，从来都是只有做到些什么才会得到认可的她来说，不能百分之百地赞同。和做不到相比，做得到当然更好——在千晴过去的人生中，考试时取得的成绩才是唯一的判断标准，所以千晴无法接受这句话也是理所当然的事。

"对了，也有和刚才那个聪明的学生相反类型的学生考进我们电视台的先例。你可以参考一下。"

千晴的大学规模庞大，是私立大学中公认的一流大学。校园里的学生却是形形色色，有些学生明显具有异于学习能力的聪明才智。而那种聪明才智好像并不会反映在学习成绩上。千晴和多数女大学生一样，学习非常认真，所以在大学的学习成绩很不错，但是要提起那另外一个层面上的聪明，千晴则非常缺乏自信。

千晴紧紧咬住西山刚才的话题不放：

"脑子不聪明但是考上的人是怎么应试的？"

"呵呵，你们现在的这些大学生总是迫不及待地想知道答案。"

千晴知道自己有些贪心，老老实实地低下了头：

"对不起。"

西山笑了：

"大家找工作也都蛮拼的，所以无所谓啦。那个学生一直笑容满面，说对自己的笑脸很有自信，不管做节目有多艰苦，自己都能一直保持微笑。不管前辈怎么说自己没用，也绝不气馁。"

原来还有这么一招！千晴对自己的体力和微笑还有那么一点点自信。

"电视台方面当然也会试探那个学生说的是不是真的,所以搞了强度很高的高压式面试。但是那个学生不管对方怎么凶,都始终保持着笑脸。"

千晴的眼睛里充满了希望:

"那个人就靠这个进了电视台?"

"虽然不是什么顶尖的成绩,但是也顺利地进来了。"

"是吗?原来找工作也有各种各样的策略,表现出真我原来是这个意思!"

西山大声笑了起来。千晴一头雾水,莫名其妙地看着对方。女编导又说:

"你可千万不要学啊。十年前好用的招数,我不知道现在还好不好用。"

"你说的那个全靠笑脸的学生原来是……"

"对,就是我。虽然我什么特长都没有,但是无论如何都想做跟电视有关的工作,所以才想出了这个点子。"

千晴一边和西山编导一起笑一边想:这个学长果然很了不起。一想到从心底尊敬的学长在这里工作,千晴对这家电视台的好感也直线上升。这种感觉让千晴觉得很不可思议。而一位有胆识的考官,会因为学长的微笑而决定聘用她,这不也是难能可贵的吗?

"你也加油应聘吧!虽然可能会耽误结婚,但是电视台的工作很有干头,而且会很有意思。"

"好的!"千晴精神饱满地回答。

千晴环视周围,虽然电视台的内部有些陈旧,和新建不久、现代感十足的关东电视台相比,千晴曾经觉得有些寒酸,但现在也渐渐觉得这样其实很有韵味了。中央的庭园模仿枯山水园林的做法,铺着白色的小石子,还按照日本庭园的样式栽种着树木。有些磨损的地砖和带着些灰尘的墙壁,也能让人感受到这里的历史。

"然后呢?你对自己的头脑好像有些自卑,或者说过于在意了。但是我觉得那其实是很微不足道的事情。"

千晴看着西山的眼睛,她的眼神很认真:

"看电视的都是些普普通通的人。干上了这一行,我领悟到的一点就是,平平常常才是最大的优势。每次有了什么让我困扰的事情,我都会去找我那两个最好的参谋。"

电视台节目编导的参谋会是什么样的人?千晴想到的是大学教授、台里的文案编辑或者广告公司里市场营销方面的专家。

"我最好的参谋是在我家附近开店卖鸡肉串的一对夫妻。他们替我鼓劲儿加油,我做的所有节目他们都会一点不落地看个遍。那一对叔叔阿姨才是最完美的观众。他们虽然讲不出什么大道理,但只要是他们说好,让他们感动得流泪的节目,就肯定能获得很高的评价。"

"还有这样的事情!"

千晴只是一个劲儿地点头。

"他们觉得好的节目,有的收视率不错,有的在台里的评价很高,有的在过了几个月之后,会突然得一个业内的什么奖。我都猜不到最后的成果会以什么样的形式反映出来。在电视这个行业,能用普通人的视点看问题才是最大的强项。"

西山讲出了她在第一线工作了十年后的经验之谈。和学长见面原来还有这样的好处。鼓吹可以让你在媒体找到工作的补习学校和补习班多如牛毛,而且无一例外地都会收相当高的学费。千晴没有钱,所以没有去那样的地方,但是参加过的朋友都说没什么用。和那样的地方相比,一个能推心置腹向自己传授经验的学长要管用得多。千晴甚至决定下次看电视的时候,一定要先把频道调到 JBC。

"忘了把这个给您了!"

千晴把放在沙发旁边的纸袋拿了起来,还是在高田马场的那家店里买的曲奇饼。要是早知道和学姐谈得这么投机,千晴一定会去买一个更贵的礼包。她这次带来的,还是那种六百日元的小礼包,和送给英俊馆的那位学长的一样。

西山接过纸袋,马上看了看里面是什么,然后顺手就拿出来撕开包装袋,拿出一块说:

"从早上到现在我就喝了一杯咖啡。这个味道还真不错。"

西山把小礼包递给千晴。千晴很高兴能和学姐分享这包小点心，虽然她知道这样未免有些失礼，但还是伸出手来。曲奇饼里放了很多肉桂，是那种并不很甜，但很合大人口味的味道。

千晴不禁问西山：

"学姐，你为什么愿意跟我说这么多呢？"

女编导呵呵地笑了：

"我也不知道为什么，通宵加班多少有点亢奋吧。不过可能还是因为水越同学跟上大学时的我很像。"

千晴又把对方的服装审视了一番。满是污渍的牛仔裤和皱巴巴的运动衫，完全看不到一点想打扮自己的意思。

"你也是从地方上来的，肯定也很羡慕东京那些会打扮的女孩子，但是你应该也察觉了，自己就算拿出吃奶的劲儿，也学不来她们那个样子。但是等到了我这个年龄，那些根本就无所谓了。不管是求职还是工作，自由自在地活出自己样子的人，才是真正的赢家。"

千晴低头看了看自己身上的求职西装。看来，即使在这位编导的眼里，这一身衣服也没有什么可圈可点之处。如果被别人这么说，千晴肯定会很受打击，但是被西山学长点破，她却莫名地高兴。

"您说的是真的吗？我和学长您很像？"

"对。你这个人好说话，还有点毛毛躁躁的感觉，这些都跟我挺像的。招聘考试这样的事，谁知道哪块云彩有雨？不试一试谁都不知道结果。你就多加努力吧！我看好你哦！"

千晴高兴得差点蹦起来。她朝学姐深深地鞠了一个躬,额头几乎碰到沙发前的桌子上。

"非常感谢!没有什么比这个更能鼓舞我的了!"

关东电视台让惠理子参加了试镜,还邀请惠理子去播音部门,这件事在千晴的内心深处留下了一片阴影。千晴心里明白,自己比不上既是校园选美亚军,又通三国语的惠理子,但是那件事仍然让她觉得和惠理子一起去参加过实习的自己,是被人当作不适合在电视台工作的人而被排除掉了。

不过千晴现在知道了,还有像西山这样站在自己这一边的人。眼泪湿润了千晴的双眼,她赶紧用手指擦了擦眼睛:

"咦?看来你是在哪儿被不友好的学长给欺负了。"

"您说的不全对。我就是觉得像我这样的人也会被人看好,实在是太高兴了!"

西山伸出手臂,在千晴的肩膀上用力拍了拍,露出非常轻巧的一笑:

"找工作呢,就好像男人和女人的关系一样。"

千晴擦擦眼泪,抬起头看着西山。

"就算最后没能走到一起,也并不是你的错,最多是性格不合或者运气不好罢了,没什么需要反省的。跌倒了再爬起来,直到碰见那个和自己最般配的人为止。"

千晴终于忍不住站了起来,再次深深地鞠了一躬:

"太谢谢您了!我一定会尽全力坚持到最后的。"

西山大口嚼着曲奇饼：

"像我这么好的人，竟然没有男朋友。怎么看都是这世道和男人的问题。"

千晴含着泪笑了出来。这么让人敬佩的学姐竟然没有男朋友，只能说世上的男人没有发现好女人的眼光。有句话说得好，男人这种生物和公司很像，都不喜欢冒险。

西山看了看手表：

"好啦，我得去忙下一个活儿了。"

千晴站得直直的，低下头说：

"非常感谢您在百忙之中抽出时间来！"

编导轻轻摆摆手，仿佛是在制止千晴。她沉下脸来说：

"你这种依样画葫芦的客套话，是从求职指南之类的书上学来的吗？"

千晴这才注意到自己在无意中把参考书上写的客套话一字不落地背了出来。千晴从来没有觉得自己是一个只会照搬书本的人。这让她觉得多少有点儿受打击：

"对不起，好像就是从什么地方看来的。"

"如果是在一般的企业，这么说也许能给人好感。要想在媒体工作的话，还得再有点儿独创性才行。"

西山又换上了一副孩子般调皮的表情：

"好！和学姐见面，告别的场面，第一次拍，三、二、一、Action！"

真正的电视台编导在电视台里弯着手指向自己做出了倒数计时的手势。千晴连手忙脚乱的时间都没有,电视直播已经开始了。一锤定音的时刻到了。

"今天来这里之前,我都一直在为自己究竟适不适合电视台的工作而烦恼。听了西山学姐的一席话,我得到了很大的勇气。"

编导很夸张地做出一个觉得意外的表情给千晴看。

"现在我知道了,自己可以像学姐那样活得自由自在,不需要为了工作而改变自己、委屈自己。虽然最近有很多关于JBC不好的消息,但是学姐既让我深深地喜欢上了JBC,又给了我很大的动力。真的太感谢学姐了!"

西山调皮地为千晴送上了没有掌声的拍手。千晴这才发现自己正在深深地鞠着躬。

千晴结束了第三次访问,向宽敞的走廊走去。西山向她摆摆手,径直去参加新节目的筹备会议了。通宵达旦的她,脸上的表情却一直显得很愉快,这给千晴留下了深刻的印象。千晴夹着单肩包,迈开大步。走廊的墙上,密密麻麻地贴着热门电视节目的海报。

脖子上挂着名牌的工作人员精神抖擞地和千晴擦肩而过。一大群大人和孩子,为了参加傍晚开始的《妈妈陪我玩》节目的录制,正聚集在走廊的一角,就好像是要去郊游一样。

"两年后的春天,我会在这儿工作吗?这家电视台的应聘入选概率,同样是好几百分之一。"

下午耀眼的阳光和铺满天花板的日光灯,把走廊照射得好像正在直播中的演播室。

"都走到这一步了,我还有什么可畏首畏尾的呢?"

穿着肥大牛仔裤的说唱乐组合和他们的助理一起从千晴身旁走了过去。从他们的耳机里传来镲片咔嚓咔嚓的响声。千晴的脑海里浮现出西山的笑脸。

"求职过程中,不管发生什么事,西山学长都用笑脸战胜了困难,我一定也能做到!"

正前方的前台进入了千晴的视线。千晴向双手背在背后的保安点头示意。千晴心想:要论干劲儿,我是不会输给任何人的!

"您工作辛苦了!"千晴又向坐在前台的两位漂亮小姐同样精神饱满地打了招呼,"我告辞了!"

前台小姐也许是觉得这位应聘者漫无目标的冲劲儿有些可笑,陪上一个微笑,也点了下头表示回应。巨大的玻璃自动门在千晴的面前打开了。

走出开着暖气的电视台,十一月的北风猛地从正面扑了过来。

不管是北风还是招聘考试,我都不会输给你们的!我一定会找到能够为之奋斗一生的工作!

千晴竖起大衣的衣领,迎着寒风,穿过宽阔的停车场,朝着工作人员专用的侧门走去。

六　求职前线起战事

"你元旦为什么不回家呢？"

千晴的单间公寓里满是煮年糕的香味。除了从便利店买来的日式新年盒饭之外，千晴还什么都没有吃。看到好吃的东西，她的肚子马上咕咕叫了起来。

"元旦过完，马上就是找工作的决定性阶段。回老家的话，人一下子就懒散下来了。"

千晴的母亲静江在过完初三[①]之后，就从长野来到了东京。在当地的中学教英语的静江，即便是戴着围裙站在小小的灶台前，姿势仍然异常端正。

"做好啦！我们吃吧！"

静江用托盘把千晴日思夜想的煮年糕端了过来。烤过的方形年糕沉在盐渍青甘鱼煮出的清汤里，还放了一根口感绵软的松本特产大葱。煮年糕的旁边，放着从老家拿来的杂烩，已经用微波炉热好了。

"我最想吃的就是这个了！加了鸡肉的东京风味的煮年糕

[①] 日本以元旦为新年，把元月初三作为过年告一段落的标志。

怎么都提不起我的胃口。新年的煮年糕还是得用青甘鱼调味。"

千晴咬住一块年糕,用筷子拉拽着。年糕被拉得长长的,吃着很有嚼头。农家手工打出来的年糕跟盒装的大路货就是不一样。

静江在千晴的对面坐下:

"不用吃得这么拼命嘛。爸爸挺担心你的。他说,那丫头大过年的在东京干什么呢?不是找了不三不四的男朋友吧?"

千晴把香喷喷的年糕吃进肚里:

"说什么呢!哪儿来的男朋友!我现在找工作忙得不可开交,哪有时间做那种闲事!"

静江喝了口汤,说:

"妈妈已经吃腻这个了。好不容易来一次东京,本来想去吃意大利面和热三明治的。"

面对这么好吃的煮年糕,妈妈竟然表现得如此冷淡。千晴觉得妈妈简直就是身在福中不知福:

"要是妈妈一日三餐都吃便利店里卖的盒饭,就说不出这种话了。再说,我也没时间陪妈妈出门,我的时间都要用来学习。"

房间中央的小桌旁,是堆积成山的求职参考书。每天必看的报纸专栏和社论,以前从来没有看过的评论杂志,名为SPI的检测综合能力的习题集,还有对常识问题进行自测的检查表。

可爱的是倖田来未①,写《五重塔》②的是倖田露伴。诸如此类的考题不计其数,出题范围大约是高考的几十倍。对像千晴这样应聘媒体行业的人来说,演艺圈以及时事方面的知识尤其重要。

"看来你学习还挺下功夫的。"

早在三十年前就完成了求职这项使命的静江显得很淡然。

"当然得下功夫啦,现在的招聘考试不像妈妈那个时候那么简单啦,需要准备的东西太多,很要命的。"

妈妈在用筷子夹自己做的杂烩,给人的感觉就好像是在拨弄什么很难吃的东西。

"千晴说的也许没错,但是你也别太拼命了。你从小就容易紧张,总是在关键时刻出问题。"

妈妈让千晴想起了她不愿意回忆的事情。千晴放下筷子:

"我自己也很担心这个,妈妈就不要再说了。不管笔试还是面试,都是一锤子买卖,搞砸了连补救的机会都没有。"

静江好像对女儿的不安并不在意,仍旧慢悠悠地吃着煮年糕。静江很会给自己开绿灯,对自己身边的人却很严格。不知道这是不是当老师的人的职业病。

刚刚迎来新年的房间里暖烘烘的。

静江笑眯眯地说:

---

① 日本歌星。以其性感与可爱而闻名。
② 日本的近现代作家。以江户时代为背景的《五重塔》是其代表作之一。

"就算真像你说的那样,但怎么说你也是我们家的孩子,所以肯定能挺过去的。"

"妈妈安慰的话语完全缺乏根据。要是在小论文里写上这样没根没据的内容,肯定会被判不及格的。"千晴不禁在心里想。

这时,母亲突然露出很认真的眼神,说:

"要是在东京没找到工作,你就回长野来吧。也许不像这边有媒体那样风光的工作,但是最近长野就业的情况也有了很大好转。就算你一份工作都没有找到,也还是有地方可去的。还有一家人等着你回来呢。"

千晴觉得心里暖暖的,最让人感到亲切的终归是家人。千晴想起了能够从自己家的窗户里望见的连绵群山,那些山冬日清朗,夏天苍郁。不像东京,四面八方都是高楼大厦刺眼的轮廓,根本看不到山。回长野也许是一个不错的选择。

千晴陶醉在对故乡的回忆中,但紧接而来的是严厉的自省。像这样净想着给自己找退路,怎么可能经受得住残酷的招聘考试?

"您这么说我很高兴,但是我绝对不想走那条路。"

妈妈用手托着腮,盯着千晴:

"老家虽然没有什么不好的,但是我不回去。因为这里的世界才更广阔。在长野和家人一起幸福地过一生,虽然这听起来很不错,但是我不希望我的人生就这样被一笔带过。好不容易在东京上了大学,我要在时代的大舞台上,把自己想干的事情尽情干个够。在老家根本就没有这样的机会。"

对一边当老师一边带大了独生女儿的妈妈来说,千晴的话未免有些尖刻,但是静江仍旧笑眯眯的:

"我刚才还担心你吃不消呢。现在看来你挺有精神的嘛。这下我就放心了。千晴虽然容易怯场,经常在关键时刻出错,但摔倒了总能坚强地爬起来。你那个时候经常是模拟考试没考好,一边哭一边接着准备大考。最后你还是顺利地考上了第一志愿鹭田大学。你就照原来那个样子努力就行了。"

一切都尽在母亲的掌握之中。也许她知道千晴会不服气,所以才故意使了激将法。

"对了,"静江起身打开放在房间一角的旅行包,从外层的口袋里拿出一个信封来,上面用漂亮的毛笔字写着"水越千晴小姐"几个字,"给,这是爸爸给你的慰问品。"

千晴接过信封,里面是一叠崭新的钞票,一共十万日元。

"你爸爸每年冬天都会去登山旅行。不过今年不去了。他说要用这个方法来为你许愿。亏他想得出来。"

千晴的父亲信一爱好登山,既会去南阿尔卑斯山脉[①]进行专业的冬季登山,也会去市外的小山远足。不管什么样的登山活动,他都非常热衷。千晴的父亲是那种只要能呼吸到山上的空气,就会觉得无比幸福的人。那么喜欢登山的爸爸竟然为了祈

[①] 位于长野县、山梨县、静冈县交界处的赤石山脉的通称。

愿千晴顺利找到工作,暂停了所有登山活动。

千晴拿在手里的万元大钞,还散发着油墨的香味。千晴觉得这钞票沉甸甸的,简直像是用金属做成的一样。加油!为了爸爸,也一定要找到自己理想的工作。等到工作定下来了,一家三口一定要一起去旅行。就去靠近山又有温泉的日式旅馆。

"谢谢爸爸妈妈!"

千晴为了不让眼泪掉下来,使劲儿瘪着嘴。母亲却在若无其事地把年糕汤喝得山响:

"你看你,年纪轻轻的,这么多愁善感。"

母亲一副不以为然的样子,又把杂烩里的芋头塞进嘴里。千晴也不甘示弱,把煮得很入味的魔芋豆腐扔进嘴里。

"您也好意思说我?您自己不也一边看韩国电视剧一边哭,哭得都不成样子吗?事关自己女儿的终身大事,你反而一点儿都不动情。"

静江坏笑着说:

"我看不到帅哥美女,是不会想哭的。像咱家爸爸还有你这样的,不管有多感人的事,也打动不了我。"

静江说的话既让千晴无话可说,也让千晴觉得佩服。我们家的妈妈太强势了,不愧是凌驾于爸爸之上的一家的精神支柱。

"好啦好啦,赶快吃你的年糕吧。下午我们去逛东京中城①。"妈妈根本不管千晴本来有什么安排,直接这样宣布道。

眼看就要越过眼眶这道堤防流淌下来的眼泪,也因为妈妈那种坦然自若的态度而干涸了。千晴决定趁这次出去逛街,用打工挣的钱给爸爸买些礼物。

东京中城应该会有很多有品味的领带。今天就暂时忘掉备考的事情好了,妈妈也是好不容易才从长野来一次。想到这里,千晴又把韧劲儿十足的烤年糕咬上了一大口。

迎来了新的一年的校园,分化成了两个截然不同的世界:一边是开始进入正式的求职流程的三年级学生,一边是其他年级仍旧优哉游哉的学生。这一点从服装上也能一目了然。三年级学生全都穿着死气沉沉的深蓝色或者黑色的求职西装。到了这个时候,学生们即便没有什么求职方面的安排,为了让自己更好地进入角色,越来越多的人也开始每天都把西装穿在身上。

惠理子受到关东电视台播音部门邀请这件事,现在不光是千晴周围,在整个大学都传得沸沸扬扬。东京枢纽台的播音部门,是所有企业中最难进的地方,招聘考试也是电视台所有岗位中开始得最早的。最早的电视台在十二月就已经开始接受报名、进行面试了。在电视台开始招聘一般职位的一月上旬,播音员的招聘已经在进行第二轮或者第三轮的面试了。应聘成功率大

---

①位于东京赤坂的综合性商业设施。

约是几千比一。惠理子很轻松地就突破了这些难关。

在每个星期的不同时间,千晴他们求职小组都会在大学的咖啡厅开一次碰头会。这一天,千晴正在去新年第一次碰头会的路上。她和惠理子突然就被五六个女生围了起来。

"你就是佐佐木惠理子学姐吧?"

低年级学生用崇拜的眼神盯着这位校园选美亚军。惠理子用很平静的表情点了点头。即使在这种情况下也能处事不惊地回应,惠理子大概是从小就习惯了这种公主般的待遇。要是换成千晴,她早就慌得手足无措,完全是另一种场面了。

"我的天!我好高兴呀!听说你要去关东电视台当女播音员了。趁现在跟你握个手可以吗?"

女学生伸出指甲油涂得漂漂亮亮的手。

惠理子象征性地握了握她的指尖,说:

"还有最后的高管面试,所以还不知道会是什么结果。要是辜负了大家的期望,还请你们原谅。"

千晴连忙解围说:

"好啦好啦,大家就此解散!找工作真的是压力很大很辛苦,各位就让我们的公主静一静好不好?"

千晴觉得现在的自己就像是演艺明星的助理。

"谢谢千晴。"

惠理子向千晴微微一笑。要是男生看到了,肯定会被这笑容弄得晕晕乎乎。虽然千晴和惠理子应聘的都是电视台,但是一想起自己曾经对这样漂亮的女孩起过竞争念头,千晴不禁喟叹自己的不自量力。

"当上播音员的话,也就成了周围人瞩目的对象。你看刚才那些女孩子,简直就像看到了偶像一样,眼睛里好像有星星冒出来。惠理子被人那样对待没事吗?"

惠理子把活页夹抱在胸前,姿势优美地向前走着。连烦恼时的样子都显得那么端庄,这只能说是天生的气质。千晴觉得,惠理子是绝对不会像自己那样,一边揪自己头发一边哀号的,自己绝对无法扮演惠理子那样束缚多多的公主角色。

"有时候我会在半夜醒过来。在梦里,我没能考上电视台,一个人从电视台的大门出来,走向百合海鸥线的车站。你知道我那个时候的感受吗?"

千晴这样的小角色怎么可能猜得到大明星的感受:

"说不上来,我又不是惠理子。"

校园选美亚军微微瞥了一眼并肩走着的千晴,向她露出顽童般的笑容:

"当然我也会觉得失落,但并不是因为对自己失望,而是觉得对不起大家的期待。这才是最难受的。所以在看到车站检票口的时候,反而觉得轻松了。"

"不会吧!"千晴忍不住叫了起来。

竟然有人会因为没考上东京枢纽台的播音员而高兴。千晴第一次看到这样的人。殊不知有多少大学生还没有走到最终面试就已经流下了失败的眼泪。惠理子的烦恼在一般人看来真的是太奢侈了。

"你为什么说反而觉得轻松了？"

惠理子的脸上现出了难得一见的坏笑。她高高地扬起一侧的嘴角：

"这件事过去，我就再也不会让别人对我抱什么期望了。我以后要自由自在地按照自己喜欢的样子活下去。找工作什么的，见鬼去吧！当一个无牵无挂的自由职业者也很好啊。"

原来是这样。长得漂亮又优秀的人反而会因为背负别人的期望而感觉活得很累。千晴看着同龄的惠理子，不禁在心里感慨。惠理子简直就像是来自别的星球的别的物种。就好像千晴始终只能是千晴一样，惠理子大概也天生注定只能一辈子都做众人瞩目的公主，除此之外别无选择。虽然才不过经历了二十年短暂的人生，但是人的命运已经把每个人都染成了只属于自己的颜色。不管是美丽的色彩还是污浊的颜色，不管本人喜欢不喜欢，大家都无法选择。

在这个瞬间，千晴突然明白了什么：

"惠理子一定会通过最终面试，当上播音员的。这既不是我单纯的愿望，也不是为了安慰你，我是真的觉得一定会这样。因为惠理子以后也会一直是惠理子。"

千晴看着公主的眼睛，不可思议的事发生了。两个人不光视线相碰，连视线的源头——心灵都紧紧地连在了一起。惠理子的笑看上去有些孤独：

"其实,不是我自我感觉太好,我自己也觉得肯定会那样的。因为我一直都是这么过来的。虽然工作也许会很有意思,但肯定也会有很多拘束,总会被人关注、被人期待。这也许就是我的人生。"

千晴想起了周刊杂志的那些宣传语。女播音员仅仅因为经常上电视,她们每次约会都会被很煽情地写上一大堆。播音员明明也和其他刚刚走上社会的人一样,按月拿工资,按照上级的指示工作而已。惠理子刚刚开始不久的恋情,日后也会被别人沾满肮脏墨水的鞋子所践踏吗？

"惠理子,不管你多出名,我都一直会是你的朋友。不管你如何背负别人的期待,怎么有人气,你都一定要像现在这样酷酷的一脸什么都无所谓的表情。因为你是天生的公主,什么时候都要显得心安理得。"

千晴不明白惠理子为什么会突然在眼眶里噙满泪水。

惠理子用手帕的一角拭去泪水,又破涕为笑了：

"不要说这种直往心坎里去的话好吗？如果千晴是男孩子,我一定找你当男朋友。你也一定要在电视台找到工作,我们一直做朋友,一直做同事。"

咖啡厅里,小组的其他成员正在等千晴和惠理子。牵头的圭、柔道协会的真一郎、喜欢插科打诨的良弘,还有因为找工作显得有些憔悴的伸子。

"瞧,那不是惠理子公主和侍女千晴吗?"良弘在两个人离大家还很远的时候就开始一边挥手一边大声喊了起来。

周围桌子边的学生注意到了惠理子,开始窃窃私语。

千晴把装着加奶红茶的托盘轻轻放在桌子上,瞪了良弘一眼:

"你等着,总有一天我会要你好看!"

圭换了一副新眼镜,把金属镜框换成了细细的赛璐珞镜框。以前给人的那种异常精明的印象显得稍微柔和了一些。

"为了找工作换眼镜了?"

"对,惠理子帮我挑的。"

伸子耷拉着肩膀,神情黯淡:

"好羡慕惠理子,不管是找工作还是找男朋友都顺顺当当的。为了练胆,我也去参加了关东电视台的播音员考试。笔试倒是过了,但是第一轮面试就出局了。"

所有在场的人都愣了一小会儿,谁都没能马上想出应该说些什么来安慰伸子。

"虽然心里明白不过是去练胆,但是真的被刷下来,还是让人心灰意冷。"

千晴他们围坐在拼在一起的两张圆桌周围。席间的氛围一下子就阴沉了下去。

伸子把三根炸薯条一起塞进了嘴里:

"好啦,我的牢骚就发到这儿,我觉得这个还是最先说出来比较好。一直羡慕惠理子也不是个事。很对不起,让大家尴尬了。惠理子,我未竟的理想就托付给你了。你一定要成为一个万众瞩目的女播音员。"

惠理子脸上依旧是超然物外的微笑,但是刚刚和她说过话的千晴知道,外表冷艳的公主的内心绝不像看起来那么平静。如果说被低年级学生要求握手还能泰然处之的话,被同一个求职小组的成员嫉妒,就很难再保持平静了。

惠理子仍然微笑着说:

"我会尽量努力的。出版社那边,大伸也要加油哦!"

所谓坚强的人,也许就是指惠理子这样的人:把自己的感受埋在心里,毫不动摇地履行自己的使命。这对在公司工作的人来说,应该是难能可贵的品质。有时候,工作不是仅仅因为喜欢就能干得来的。惠理子的心理承受能力一定非常强。

"大家不觉得有些冷清吗?"平时不太说话的真一郎冷不丁来了一句。

这句话说到了在场的每一个人的心里。本来就只有七个人的小组,现在少了一个人。

惠理子皱着眉头说:

"圭,还没有和比吕氏同学联系上吗?"

小组带头人的表情毫无变化。不管这个世界上发生什么事,他大概都能保持一副波澜不惊的样子。圭和惠理子这两个人,有些地方还真像。

"他的手机一直打不通,我还给他发了邮件,但是不管是电脑邮件还是手机短信都没有回音。"

良弘把双臂交叉在胸前说:

"最近在学校里根本看不到比吕氏,研讨小组和必修课他也都没去。再这么下去,不要说找工作,连毕业都难了。"

"他家里人怎么说?"伸子好像已经从阴影里走了出来,一口炸薯条一口欧蕾咖啡地吃喝个不停。

"他家里人说他整天都躲在自己的房间里,根本找不到机会和他沟通。我和他妈妈稍微说了一会儿话,对方一直都带着哭腔。"

惠理子目不转睛地看着正在讲述这一切的小组带头人。如果换作别的男生,仅仅因为这眼神就要高兴得忘乎所以了,但是圭却没有任何回应。

"能和他说上话吗?"

"应该能隔着门跟他说话吧。听他妈妈说,比吕氏明明就在家里,却基本上不跟家里人打照面。不管是吃饭还是洗澡,他都是趁着夜深人静自己一个人弄的。"

说到这里,大家都闷不作声了。直到去年秋天,比吕氏都还在和大家一起写简历、拜访学长。

良弘把交叉在胸前的双手放下,说:

"看来该我们出面了。"

"你是指什么?"千晴问道。

良弘把手放到看上去与他并不般配的求职西装的胸口上。

"我们小组中的一员,眼看就要败给求职的压力了。帮助他不是我们的责任吗?"

各公司的招聘考试马上就要陆续开始了,这已经让千晴焦头烂额了。不光是千晴,别的成员应该也一样。

"虽然连自己的事都忙不过来,但是我更放不下比吕氏。我们不是在那家意大利餐厅约定过吗? 千晴,你还记得我们的口号吗?"

春天,在暴风雨中举行的求职小组的成立仪式。到现在已经过去了将近十个月。千晴想起了在那次聚会的最后,领头人圭说的话:

"共闯难关……"

"对,就是它!"

惠理子用柔和的眼神看着良弘,她大概是在重新审视这个爱开玩笑的小伙子。

真一郎也在连连点头:

"良弘说得对。找不找得到工作得看考试的结果,所以'难关'过不过得了谁也不知道。这么一来,口号中的'共闯'就显得更加重要了。"

独自一人把炸薯条全都消灭光的伸子发话了:

"我也赞成。要是把比吕氏同学一个人扔下,我们的求职小组也就失去存在的意义了。"

惠理子也接着说：

"对，要是能帮助比吕氏同学走出困境，我一定会为我们的小组感到骄傲的。"

圭好像一直在观察大家的交谈，这时他终于开口了：

"我差不多知道大家的意见了，我们齐心协力为比吕氏做点什么吧。虽然招聘考试已经迫在眉睫，但我还是希望大家能够尽量配合。"

在嘈杂的咖啡厅的一角，六个人的心拧成了一股绳。千晴从大家相互交错的眼神中清楚地感受到了这一点。因为各自的目标而无暇顾及他人、一盘散沙的小组，因为一名成员的缺席，第一次成为一个真正意义上的团队。

"但是问题在于，我们要怎么帮助躲在自己房间里的比吕氏呢？"

被惠理子这么一问，千晴的心里也突然没了底：

"惠理子说得对，我们又不是专业的心理医生，自己也还在忙着找工作，哪能居高临下地跟别人讲什么人生在世就应该这样那样的大道理。良弘你刚才说得一套一套的，倒是想出什么具体的办法了吗？"

良弘长长地"嗯"了一声，又在胸前交叉起了双臂。穿着深蓝色西装、系着领带的良弘一摆出这个姿势，看上去就像是一个刚进公司不久的年轻白领。衣着还真能改变一个人的形象。

"我不知道啊，我根本没想那么多，但是我们不能不闻不问。

我们把比吕氏一个人撂下,就算顺顺利利找到了工作,以后肯定也会因为没有帮助他而后悔。"

真一郎和伸子听了连连点头。

良弘一副很难说出口的样子,又说:

"就算没什么效果,我也想做点什么帮帮他。这与其说是为了比吕氏,不如说是为了自己,这样以后也能给自己一个交代。但是不管动机如何,大家想帮助他的心情是一样的。"

惠理子点了点头:

"我也深有同感。"

只剩下六个人的小组成员都在互相观望其他人的反应。圭好像一直在等待这种情况的出现:

"我事先查了一下应该如何应对像比吕氏那样闭门不出的人。"

千晴不禁喊了出来:

"不愧是我们的领头人!想得就是周全!"

良弘撇着嘴说:

"反正我就是个除了给大家逗乐之外,派不上大用场的家伙。"

圭瞥了一眼良弘,脸上露出了微笑:

"最近有一些非营利组织,专门救助在家里闭门不出的人。他们的方法是派遣钟点哥哥、钟点姐姐,搞的也并不是什么复杂的心理咨询或者治疗,就是派人家访,了解一下情况,可能的话,把当事人带出家门散散心,然后耐心等待本人心里慢慢蓄积起重新回到外面世界的勇气。"

钟点姐姐?如果只是去对方家里,听他说话,带他出去走走,千晴觉得自己应该也能做到。当然,把已经蛰居了十年、二十年的人带出来肯定是一件难度极高的工作。但是比吕氏既是朋友,开始闭门不出也才刚刚两个月。同为大学生,又是一起找工作的伙伴,一定会有共同语言和相同的心情。

"我觉得钟点姐姐是个好办法。"

"我也同意。"

伸子紧跟在千晴后面举起了手。真一郎也点点头。最后表态的是良弘:

"虽然我觉得钟点哥哥什么的听着挺肉麻的,但是为了比吕氏,我就豁出去了。富塚哥哥,你说这样行吗?"

小组的领军人物脸上露出了苦笑。惠理子用充满笑意的眼神看着圭的反应,脸上满是幸福的表情。

圭让表情严肃下来,说:

"但是情况可能并不乐观。一般来说,闭门不出的人,如果不尽早寻求帮助的话,会越来越难面对社会。据说父母年过七十,已经开始拿退休工资了,五十岁的儿女还蛰居在家的例子也并不罕见。在日本社会,一旦错过了应届毕业这个最佳的时机,再想重新回到正常的人生轨道就非常困难了。"

柔道协会的真一郎用低沉的声音说:

"这一点只要看看奥运会的柔道比赛就能明白,复活赛从来都是异常艰苦却少有收获。"

如果从这个角度来考虑的话,在找工作最关键的这个阶段蛰居在家的比吕氏,可以说是在最糟糕的时间做了最糟糕的选择。千晴简直觉得有些不寒而栗。

圭又说道:

"我们两个人一组去比吕氏家探访。像这样三个星期轮一次的话,大家的负担应该能小一点,而且每个星期都能掌握比吕氏的动向。真一和大伸一组,良弘和千晴一组,我和惠理子一组。"

怎么又是和那个轻飘飘的家伙搭档?看到小组其他成员都一脸严肃地点着头,千晴也不得不装出赞同的样子。良弘和自己这一对钟点兄妹,真能派上用场吗?千晴的心里乱成了一锅粥。

正式的招聘考试在一月中旬拉开了帷幕,千晴瞄准了三家电视台和三家出版社。破釜沉舟的千晴决定不在任何别的行业找工作。千晴觉得凭自己的性格,如果不是背水一战,很难把自己的能力完全发挥出来。

千晴准备应聘的三家电视台,分别是参加过实习的关东电视台、在和学姐见面时留下了良好印象的JBC,以及东京枢纽台中规模最小的首都电视台。去最后那家应聘,有一点给自己留后手的意思。千晴在一月中旬向招聘考试开始得比较晚的JBC

之外的两家电视台提交了简历。

千晴准备应聘的三家大出版社是出版行业首屈一指的交读社、排名第二位的英俊馆，以及文化秋冬。文化秋冬在规模上虽然只相当于前两家出版社的三分之一，但拥有芥山奖和直本奖这两大文学奖。杂志的编辑工作固然充满了魅力，但是千晴同样希望从事文学类出版物的编辑工作。协助作家写作，把文学作品送到更多读者的手中，这不也是一份非常值得尝试的工作吗？

千晴在秋天集训时已经完成了简历的雏形，所以只需要按照各公司要求的简历格式进行微调就行了。但是各公司后续送来的履历表，写起来才真正让人费尽心思。

履历表上满是需要填写的项目：报考电视台的理由、对本台节目的意见建议、最近让你感动过的节目和播放那些节目的电视台、报考的岗位和报考的动机、兴趣爱好、喜欢的体育运动、擅长的外语和外语的水平、十年后希望成为什么样的电视台员工、毕业论文的题目和内容、特长、持有什么执照或资格、性格中好的方面和不好的方面、除了本台以外你还应聘了哪些企业……

看过这样的表格，会让人佩服要怎样才能在A3纸的正反面排上这么多的填写项目。仅仅填写一张这样的履历表，冬日短暂的白天就会在转眼间过去。当然，千晴还得以大三学生的身份去学校上课，餐厅的工作也还在继续。这让千晴的生活一下子就变得异常紧张。虽然千晴那些应聘制造业、金融业、服务行业的朋友都还很悠闲,在媒体找工作的学生却早早地急红了眼睛。

在关东电视台的第一轮面试之前,千晴在校园里碰到了伸子。把出版社当成第一志愿的伸子,抱着一大摞参考书和习题集。大出版社最初的笔试,会淘汰百分之九十的应聘者,成了应聘最大的难关。伸子自然不敢怠慢。

千晴和伸子一边朝上课的教室走一边聊天。千晴问伸子:

"怎么样?准备得还顺利吗?"

伸子无精打采地把头低了下去。她好像瘦了一点,皮肤也比以前粗糙了。千晴觉得好像看到了镜子里的自己。

"还在努力呢。不管怎么准备,都完全没有感觉。大概是因为需要准备的范围太大了吧。早知道这样,平时就该多看看报纸杂志了。倒是你,要同时兼顾电视台和出版社,应该更辛苦吧。关东电视台是不是马上就要开始面试了?"

千晴点点头,说:

"对。电视台来电话说,简历已经通过审核了,履历表也已经寄出去了。后天就是第一轮面试,我已经紧张得不行了,从昨天开始就一直没食欲。"

承受这么大的压力,不管是身体还是精神感觉都已经到了极限。千晴都有些不明白自己这是在干什么了。但是只有经过这样的磨炼,才能得到自己真正想做的工作。

"真难为你了。等面试结束,别忘了告诉我面试的情况。还有一件事,你听说惠理子的事了吗?"

"听说了。"

"惠理子太厉害了。关东电视台一共才招三名播音员,其中一个竟然就是我们身边的惠理子。"

因为惠理子这颗新星的登场,千晴的求职小组也一跃成名。千晴在校园里也经常会被人搭话,让她颇有些无奈。

"但是我觉得也不好向她道喜。毕竟周围人对她的期望,对她来说,是一个很大的负担。"

和千晴一起参加实习的惠理子先找到了工作,千晴自己应聘关东电视台的事情大家也都知道了。要是在这种情况下铩羽而归,真不知该怎么面对大家。

伸子这次也显得非常善解人意:

"看来就算熬到了面试这一关,也没有什么可高兴的。那些人肯定会在私下里说,惠理子考上了,另外那个来实习的怎么样了?我没去关东电视台实习,说不定反而是件好事。"

和伸子一样,千晴也没有预料到惠理子会受到播音部的邀请。

"我们不说这事了。大伸,你和真一去比吕氏家了吧?怎么样?跟他说话了吗?"

下个星期轮到千晴和良弘去了。千晴觉得应该事先多了解一些情况。

"跟他说话了,不过是隔着房门。"

"怎么回事?"

"比吕氏没给我们开他房间的门,他好像出了点儿毛病,不管我们说什么也不搭话。他最喜欢摆弄的那些理论知识也听不到了……我们离开的时候,他妈妈都哭了,说'你们千万不要抛下我们家比吕氏'。那场面太凄惨了。"

千晴仅仅是在脑海里想象一下那个场面,就有些退缩了。她自己也一样被找工作的压力逼得快崩溃了,最想求助的其实是她自己才对。千晴一想起那个把自己像囚犯一样关进房间里的伙伴,就有一种忍不住想惨叫的感觉。

"比吕氏本来准备去哪儿应聘?"

伸子表情严肃地说:

"怪他运气不好,他本来想去的是电视台、电影公司那些搞影视的地方。"

这样说来,比吕氏准备应聘的地方应该也包括关东电视台。电视台近来和电影公司合作,推出了不少叫座的电影。

"也不知道他有没有投简历,现在马上着手的话,应该还来得及。"

"这个还真没问。下个星期你问问他好了。"

糟糕,又给自己揽事了,千晴自己应聘的也是关东电视台。千晴就这么心里乱糟糟地走进了教室。

抬眼望去,冬日的天空透明得让人有些窒息。关东电视台第一轮面试的考场在一座多功能场馆里，场馆三角形的尖顶直刺蓝天。从这里到关东电视台步行只需五分钟。但是一个月后能拿到那家枢纽台招聘名额的，几百个人中才有一个人而已。

百合海鸥号里挤满了穿着深蓝色求职西装的学生，他们穿着同样的衣服，脸上挂着同样的出于紧张而僵硬的表情，以同样的路线来到了考场。千晴觉得自己成了巨大机器中毫无个性可言的一个小零件。

沿着长长的手扶电梯上去，可以看到面前一长溜桌子。年轻的工作人员正在招呼应聘者签到。千晴行了个礼，报出了自己的姓名。

"刚才的鞠躬没有驼背吧？"千晴有点担心地想。

"你好。路上辛苦了。"

负责接待的女员工和蔼可亲。不愧是在电视台工作的人，她的妆容很得体，待人接物也表现得无懈可击。她在名单上找到千晴的名字，递给千晴一个号牌。738号。

"这个数字能成为我的幸运数字就好了。"千晴心想。

接过号牌，千晴按照指示走向考场。长长的走廊上，靠墙摆放着许多沙发。应聘者正在用心地为面试做最后的准备。几乎所有的人都像被棍子撑着一样坐得笔直，但也有几个学生聚在一起嬉闹。电视台方面的人也在不经意地看着考场外边的一切。那几个学生是有很硬的关系，还是仅仅过来感受一下气氛的呢？

千晴在空着的位子上坐下,又把履历表检查了一遍。考官对自己的了解就仅限于这一张表格。千晴已经把这张纸看了无数遍,几乎可以把它背出来了。由于不安,她忍不住把它又拿出来看。大约三十分钟的时间转眼就过去了。

脖子上挂着工作证的工作人员在走廊的一头喊道:

"从730号到739号的同学请进入考场。"

求职在这个瞬间才真正开始。千晴挺着胸,从沙发上站了起来,她想起了JBC的那位女编导。从现在开始,她要靠热情和微笑一路碾压过去,借口、同情、嫉妒、不安都已经没有任何意义了。这个世界上已经没有任何可以让她躲避的地方。

千晴推开只有在电影院里才能见到的那种沉重的双扇门,里面是大得让人吃惊的考场,大概可以容纳两个网球场。十张和签到处一样的长方形桌子排成一列,每张桌子前面都摆放着一把折叠椅。

千晴紧张得差点同时迈出两条腿、甩出两条胳膊,她走向挂着8号牌子的桌子。面对千晴坐着是年龄在二十五岁到三十岁之间的一男一女。男的在肩膀上搭了一件粉红色的毛衣。

"现在竟然还有人像这样穿衣服。"千晴一边这么想,一边毕恭毕敬地鞠了一躬。

"那么,请坐吧。也不知道为什么,所有来面试的人,都非要等到我们说请坐才肯坐下。"电视台的男员工很直爽地说。

人不可貌相,这个人说不定是个很不错的人。

"谢谢。"

千晴点头示意,并着双腿坐到了硬邦邦的折叠椅上。两个人低头看着面前的履历表。

男考官先说话了:

"你夏天来我们这里实习过,对吧?干的是什么工作?"

"我去的是午间综合版块的星期三制作组。"

女考官抬起头来,她的妆容和表情都给人一种尖刻的感觉。她长得很漂亮,眼神却像鹰一样的锐利。

"那你是在大内编导手下干活吧?那个人怎么样啊?他没有骚扰你吧?"女考官突然露出了笑容。

一直紧张的千晴也觉得突然放松了许多:

"没有。他人非常好。在一线做节目让我学到了很多东西。"

"大内编导那边也把你的成绩发过来了。他推荐你了,说成绩是A。"

千晴高兴得差点从椅子上跳起来。她自己都能感觉到脸红了。

"最值得一提的是你把受害者的照片找来那件事。那样的工作很容易招来别人的反感,大家都是避之不及。"

千晴对媒体报道受害者的方式方法颇有疑问。虽然如此,她还是觉得自己的努力得到了回报。不管什么样的工作,只要用心去做,也许就会给自己带来下一次机会。

男考官问:

"你说进电视台以后希望从事节目制作,那你想做什么样的节目呢?"

千晴开始精神饱满地作答。她不知道自己的微笑和热情表现得是不是充分。

"我想做的是能够把综艺和文化教育嫁接起来的节目。让观众在看热闹的同时,在心里留下点什么。"

女考官马上追问:

"你能说得具体一点吗?"

"有人批评现在的大学越来越像游乐场,我们可以反其道而行之,干脆在节目里把校园变成游乐场,让参加节目的嘉宾去大学游玩。每次节目的最后让嘉宾参加模拟考试,公布他们的成绩排名。"

男考官微微笑了笑:

"只怕嘉宾们会不愿意。"

女考官则用红笔在履历表上做了个记号:

"节目制作部门深夜下班甚至是彻夜加班的情况会比较多,水越同学在体力方面有自信吗?另外,你觉得你的心理承受能力怎么样?"

现在是最需要用笑脸来表态的时候。千晴拼命地保持着微笑,觉得脸上的肌肉都快要抽搐了。

"我对自己的体力很有自信。在餐厅打工的三年基本上都是站着上班的,这让我得到了很大锻炼。综合版块最前沿的工作我也体验过了。不管是体力还是毅力,我都有自信不输给别人。"

肩膀上披着粉红色毛衣的男考官说话了:

"好的,我们知道了。你可以回去了。"

千晴急忙看了一下手表。才刚刚过去三分钟。

"对不起,面试已经结束了吗?"

千晴本来还想说一说大学的学习和毕业论文,还有进电视台以后的工作,她觉得还没有充分展现自己,但是女考官好像已经在看下一个应聘者的履历表了。

"对,想问的我们都已经问了。第一轮面试的结果会在后天傍晚之前电话通知你。好了,请回吧。"

千晴有些失望地耷拉下了肩膀,从座位上站了起来。拿来作亮点的微笑也生硬了许多。千晴觉得一点都没有把自己的魅力表现出来。

向关东电视台发起冲击的第一场战斗就这样打响了。出结果那天,整个漫长的下午千晴都是盯着手机度过的。千晴特意把去餐厅打工的时间换到了晚上,她把手机摆在桌子上,就这么一直盯着。千晴也想做点什么别的事情,但是怎么都无法投入。

到几点算是"傍晚之前"呢?现在已经下午五点了。冬日在慢慢地滑向地平线,天空也开始被晚霞笼罩。这时,手机铃声响了起来,千晴一下子扑向手机,也顾不上看是谁打来的,就接通电话:

"你好！我是水越。"

手心因为紧张沁满了汗水,小巧的手机几乎要从千晴的手里滑落。

"千晴,你好呀!"手机里传来这样不紧不慢的声音。

千晴的怒气腾地涌了上来:

"怎么是你?良弘!为什么非要这个时间打电话过来!"

"怎么啦怎么啦?怎么突然就发起脾气来了?"

"不知道就不要添乱!今天是关东电视台第一轮面试通知结果的日子。你现在知道啦?那我挂了。"

良弘赶忙说:

"是这样啊,真对不起。不过你稍等一下,我就说一件事,马上就完。我们不是得去比吕氏家家访吗?"

这次轮到千晴和良弘去陪比吕氏说话了。两个人还是第一次去。

"我只有明天有时间。你呢?"

千晴明天要去首都电视台参加面试,天黑以后应该有时间。

"明天我得去面试,天黑之前应该就能结束。"

良弘很爽快地说:

"好,我知道了。电视台的招聘考试还真挺早的。"

"你那边呢?"

"大出版社和报社的招聘日程比电视台要晚一个多月,所以我还闲着呢。结果无所谓了,就想快点把找工作这事弄完。"

"好啦好啦,我知道了。那我挂电话了。"

听到千晴又要挂电话,良弘慌了:

"你等等!明天我……"

良弘好像还想说什么,但千晴还是不容分说就把电话挂掉了。她这边紧张得都快崩溃了,良弘还在那儿慢悠悠的。这电话挂得解气。

千晴正想着,电话铃声又响了起来。千晴的怒气眼看就要爆发了:

"你要干吗?怎么这么烦人!"

听筒里传来的是一个女人的声音。对方好像有点儿被千晴惹怒了,但还是用平静的声音说:

"我是关东电视台人事部的。"

千晴在瞬间又挺直了背,浑身冒冷汗,跪坐在那儿不停地点头致歉:

"很对不起,我刚才在跟大学里的朋友打电话。真的非常对不起。"

对方一点想笑的意思都没有,用冷冰冰的声音说:

"你是水越千晴同学吧?你通过第一轮面试了。五天后会有笔试。详细情况请你看一下电视台的网页。"

千晴点了点头。额头上虽然还在冒汗,但身体里的欢喜劲儿却好像马上就要爆发出来一样。这是最初应聘考试的最初胜利,千晴没有理由不为之欣喜,而且过关的还是超高难度的关东电视台。

"太谢谢您了！我真的太高兴了！"

电话那头的人事部工作人员的态度好像柔和了一些：

"别客气，希望你笔试的时候也再接再厉。"

"我一定会努力的。谢谢您。"

千晴在自己的房间里，用最近三年里都不曾用过的高声道了谢，这才挂掉电话。她非常急切地想把这喜悦和别人分享，但又觉得才通过了第一轮面试就和在长野的父母联系，未免有些夸张。那就趁着抱怨刚才那个不合时宜的电话，找良弘好了。虽然算不上最佳人选，但论时机，跟他说话最方便。千晴的手指动得欢快，调出了良弘的电话号码。

首都电视台的面试是在东京塔附近的一处公共会议厅。这是一座颇为陈旧，看上去满是灰尘的建筑物。千晴在这里也看到了好几百个穿着深蓝色西装的应聘者，但是她已经通过关东电视台第一轮面试，心理上有了不小的优势，因此不再因为紧张而无暇顾及周围的情况。

刚刚签完到，千晴的号码马上就被叫到了。考场好像是一间小型的会议室，房间中央放着一张木头桌子，桌子后面坐着三位考官。其中一位考官系着领带，好像是专门从事事务性工作的；还有一位考官穿着颜色鲜艳的 V 领蓝色毛衣，这两个人的年龄介乎三十岁到三十五岁之间。第三位考官则是一个穿着黑色西装的二十多岁的女人。

"我叫水越千晴。请多多关照。"

三个人看着面前的履历表,一言不发。因为没有人让千晴坐下,千晴只能尴尬地站在那儿,无奈地望着对面脏兮兮的窗户。

那个像是负责事务性工作的人这才发现千晴还没有坐下,稍稍抬起脸说:

"请坐。"

"谢谢。"

千晴刚刚坐下,女考官就发问了:

"你去关东电视台实习过,也在那边应聘了。要是你两边都考上了,准备怎么办?"

千晴突然就被提了一个很难回答的问题。虽然两家电视台都是位于东京的枢纽台,但是首都电视台无论是营业额还是企业规模,和关东电视台相比,都有着相当大的差距。稍微衡量一下,就会选择去台场那边。

千晴一边注意保持微笑,一边说:

"我想在权衡具体的工作内容以后,再慎重地做决定。"

穿V领蓝色毛衣的男人发话了:

"话虽是这么说,不过真要两边都考上了,就算是我也会去关东电视台的。你应该也是一样吧?"

这是怎么回事?面试的气氛好像有些不对劲儿。

屋子就好像是笼罩在淡淡的烟雾里,千晴察觉到三位考官没有一个人把注意力放在自己的身上。也不知是因为面试到现在已经疲倦了,还是刚刚面试完什么特别离谱的学生。千晴拼命辩解:

"不,我没有那样想。"

系着领带的考官保持着双手交叉在胸前的姿势,又问:

"你在履历表上说工作以后,想做一些资讯节目和面向家庭主妇的节目,为什么呢?"

千晴拼命想扭转局面。虽然她自己也感觉到说话的声音太大了,但是从刚才努力回应对方提问的时候开始,就已经有些控制不住自己了:

"夏天参加实习时,我被分配到了负责综合版块的制作组。根据在那儿积累的经验,我觉得即便是综合版块,只要改变一下视角,也还有余地做出各种新的尝试。"

穿蓝毛衣的考官点了点头。虽然他脸上挂着淡淡的笑容,但是千晴怎么都觉得他是在嘲笑自己:

"原来你去的是独家报道综合版块。怎么说呢,你不过在那儿干了两个星期幕后的活儿而已,你真的感受到工作的艰辛并且获得成就感了吗?"

千晴虽然心中不悦,但还是强装笑脸说:

"确实像您说的那样,我不过才体验到工作的一点皮毛。但是我既到过案件的事发现场,也采访过受害者的同学。作为一个学生,我确实得到了很大的锻炼。"

穿黑西装的女考官这时又突然发问:

"在多频道化不断推进的广播电视行业,今后电视台应该怎样立足呢?"

这个问题考验的是千晴最不擅长的远景预测和逻辑思维。千晴把脑子里报刊的内容东拼西凑了一番,咬着牙回答说:

"因为电视观众的基数不会发生很大的变化,所以多频道化进一步发展,竞争也会更加激烈。和以往相比,电视台也会更加……嗯……"千晴已经不知道自己在说些什么了,"也许应该进一步提升节目本身的吸引力……嗯……还有对资本进行选择和集约……"

说到最后,千晴的声音已经小得几乎听不到了。千晴自己也能感觉到,脸上的微笑已经没有了生气。她的脑子里现在空空如也,只有三个字在不停地回旋——搞砸了。

女考官冷冰冰地说了一句:

"好的,面试就到这儿。"

千晴在还没理顺自己的心情的情况下,离开了考场。照这个样子,想通过首都电视台的面试应该不太可能了。千晴拖着两条腿走向地铁站。寒冷的北风中,路上的行人都把身体缩成了一团。

千晴走到通往地下的入口,突然不想和一大堆人一起去挤地铁了。距离跟良弘约定的时间还有两个小时,千晴决定不坐地铁,走着去找良弘。从芝公园到蒲田,如果走得快的话,应该能在约定的时间赶到。就算晚一点儿,让良弘在那儿等着就是了。

千晴心里窝着火,不知如何发泄。首都电视台的面试和关东电视台一样,都在三分钟左右,感觉却有天壤之别。首都电视台的人对来应聘的学生态度那么恶劣,对他们有什么好处吗?她再也不想看首都电视台的节目了。一月的人行道,干燥得没有一点水分。千晴走在上面,眼里满是泪水。

千晴来东京不到三年,对这里的路还不太熟悉。走到品川之后,千晴开始顺着东海道铁路线往蒲田方向走。因怒气而发热的头脑,在北风的吹拂下逐渐冷静了下来。

"再这么一直想下去也不是个办法。"

千晴看到周围没有旁人,试着大声喊了出来。这么做的效果还不错,千晴的心情好了很多。

"拿出笑脸和活力来!千晴加油!"

就在千晴又一次给自己打气的时候,两个白领从人行道的拐角处走过来,用奇怪的眼神看着千晴。千晴也不甘示弱地瞪了回去。千晴有意识地用力挥起双臂,迈着大步快快地朝前走。千晴又想唱歌,于是唱起了《龙猫》的主题歌。千晴一边小声哼着歌一边走,不知不觉就走了一个小时,这让她从头到脚都感觉热乎了起来,在首都电视台经受的挫折,也被抛到了脑后。千晴不太善于把问题往深处想,也正因为她有那么一点恰到好处的迟钝,所以摔倒了爬起来也会比较快。千晴在蒲田站附近的便利店买了热腾腾的包子,边走边吃。当她把包子全装进肚子里的时候,就已经把面试中发生的事情忘掉了。

良弘在蒲田站的东出站口等着千晴。车站前边的环形马路非常热闹。和西边天空逐渐下沉的夕阳相比,这里弹子房的霓虹灯要亮得多。

"看你好像心情不错,首都电视台的面试也是旗开得胜?"

这里也有一个迟钝的家伙。

千晴用力拍了拍良弘的肩膀:

"今天的面试糟透了。你就不要再提这件事了。"

"原来搞砸了呀。你去关东电视台的时候明明挺顺利的。面试这事还真不好说。"

千晴也有同感。现场的气氛、和考官合不合得来,这些因素都会左右面试的局面。最后会是个什么结果,谁都无法预测。而且第一轮面试一般只有两三分钟,最长也不过五分钟,如果一开始走势不好的话,几乎就没有什么挽回的机会了。

良弘拿出打印好的地图,查看了一下去比吕氏家的路。

"顺着这条商业街一直往前走,往右一拐就有一栋住宅楼。他家好像就在那儿。"

千晴一时兴起,走了整整两个小时,结果脚后跟被鞋子蹭破了。为求职专门买来的平底鞋还挺硬。千晴忍着疼,拖着一只脚开始往前走。

良弘注意到千晴有点不对劲儿,问:

"你没事吧,千晴?"

蒲田站外满是骑着自行车带着小孩的主妇和刚放学的高中生,千晴觉得穿着求职西装的自己显得很突兀:

"没事。今天的面试虽然搞砸了,但是我至少还能为了找工作跑东跑西。把自己关在房间里的比吕氏一定比我要痛苦得多。被鞋子磨破了脚算不了什么。"

良弘一边和千晴并排走,一边说:

"虽然惠理子公主才貌双全、懂两门外语,非常了不起,但是我觉得千晴更棒。面试的考官这都没看出来,说明他们还太嫩。"

良弘大概是想用这样的话来安慰千晴。

因为面试所受的打击和脚疼,千晴比平时更加坦率:

"谢谢你,良弘。"

良弘在简历集训的时候被千晴很轻易地拒绝了。平时千晴也没怎么给过他好脸色。良弘有些吃惊地看着千晴:

"看来今天的面试对小妹妹的打击还真挺大的。"

千晴又被他这句话惹得不高兴了:

"你又不是我的男朋友,别叫得那么亲热好不好?再说,把女孩子叫成小妹妹什么的,这思维也太过时了。像你这个样子,肯定考不上需要走在时代前头的报社。"

良弘哭笑不得地说:

"好啦好啦,我知道了。我们快走吧。"

两个人穿过蒲田站外的环形马路,走在两边满是商店的街道上。街上到处是为了准备晚饭来买菜的人,显得非常热闹。

"在这儿往右转。"

一转过街角,马上就看到一堆乱停乱放的自行车。那个喜欢摆大道理、自尊心很强的比吕氏原来生活在这么平民化的街区。千晴觉得自己好像知道了朋友的什么秘密,颇有些得意。

比吕氏家的住宅楼和周围的建筑物相比,有些鹤立鸡群的感觉。那是一幢可以作为街区标志性建筑的巨大楼房。虽然不是很高,但是占地极广,看上去就好像一艘贴满茶色壁砖的巨大油轮突然出现在了住宅区里。

"好大的楼。他家是623室。终于到了我们发力的时候了。"

良弘在操作自动门的键盘上按下了比吕氏家的号码,对着可视门铃说:

"我是鹫田大学的菊田良弘,今天过来陪比吕氏同学说话。"

"谢谢你为我们家的孩子专门远道而来。"

即使是隔着内线电话,也能感受到比吕氏的母亲有多么苦恼。在招聘考试就要开始的时候,儿子突然把自己关在了家里,母亲的焦虑可想而知。

玻璃门打开了。千晴和良弘穿过门厅,站到了电梯前。

"我们该说些什么呢?"良弘一脸困惑地按下了电梯的按钮。

按响623室的门铃,铁门悄然无声地打开了。

"两位请进。这边就是比吕氏的房间。我们别吵着他,先去里边的客厅吧。"比吕氏的母亲指着儿子房间的门这样说道。

她大约五十五岁,穿着高领毛衣,腰腹有些发胖,脸上的皱纹也比千晴的母亲稍多一些。

良弘和千晴压低了声音:

"好的,那我们就去客厅了。"

比吕氏家的房子是很常见的户型。进门以后是笔直的过道,过道的两边是通向各个房间的门,过道尽头是大约三十平方米的客厅,客厅的窗外可以看到蒲田有些杂乱的住宅区。

比吕氏的母亲给两个人冲好咖啡,又拿来了裹着厚厚巧克力的泡芙点心。她一边给两个人递糖和牛奶一边说:

"我们家已经给求职小组的同学们添了很多麻烦了。真是不好意思!虽然那孩子什么都不说,但是我知道他其实一直都在盼着大家过来。"

母亲面容憔悴,视线一直低垂着。千晴觉得这位母亲随时都有可能会哭出来。

良弘开口说:

"比吕氏同学从什么时候开始把自己关在屋里的?"

"大概十一月中旬吧。他原本就是个喜欢待在自己房间里的孩子,但从那时候开始,他就彻底不和家里人打照面了。"

生活在这样一个并不算很大的房子里,有可能做到和家人不打照面吗?想到这里,千晴问道:

"那他怎么吃饭、洗澡呢?"

母亲的肩膀低垂下来,手放到了额头上:

"好像每天都是在快天亮的时候出来洗澡,再把我替他准备的饭吃掉,然后就整个白天都一声不响地闷在屋子里。比吕氏实在太可怜了。菊田同学、水越同学,你们一定要帮助我家孩子摆脱现在这种情况!求求你们了!"

母亲朝两个人深深埋下头,额头几乎碰到桌子。

千晴和良弘蹑手蹑脚地从客厅走到比吕氏蛰居的房间。他的母亲拿着两个坐垫跟了过来。

"门从里面锁上了。请两位无论如何也要让我们家的孩子能够重新和人沟通。"

比吕氏的母亲又鞠了一躬,便顺着窄窄的过道走回了客厅。她的背影看上去是那么凄凉。千晴把坐垫抱在胸前,也顾不得身上穿的求职西装,就这么靠着墙坐了下来。良弘则盘着腿坐在了地板上。

"接下来怎么办?"良弘小声说。

"你来之前没想想有什么好办法吗?"

"我哪有什么好办法!求职参考书上又没写怎么和闭门不出的人交流。"

千晴端详着面前的房门。这是一扇既不高档也不厚实的木门,从门的内侧传来说话声。大概是比吕氏在一直开着收音机或者电视。千晴觉得再像这样屏声静气下去,未免有些太压抑了。今天她已经受够了压抑的感觉。

"比吕氏,是我啊,千晴。良弘也来了。我们也许帮不上你什么忙,就是过来跟你说说话。"

虽然能感觉到屋里有人,但屋里的人没有任何回应。

良弘耸了耸肩膀,说:

"我现在也非常讨厌找工作。一想到一辈子的工作就这么定下来了,就觉得压力特别大。而且去媒体应聘的人,都是些很优秀的家伙,所以我从一开始就完全没信心。为什么我们会落到这般田地啊! 真想一直当个自由自在、想玩就玩的学生。可这也不现实。"

良弘信口说了一通。千晴觉得他这么做可能是对的,如果自己是比吕氏的话,肯定不希望有人来说什么鼓励的话。随便聊聊天也许效果更好。

"我今天去首都电视台参加面试,倒了大霉了。招聘的人突然就问'首都电视台和关东电视台,你会选哪个'这样让人难堪的问题。我今天是从芝公园一路唱着歌走到蒲田来的。脚也被鞋子磨破了,疼得不得了。找工作真不是人干的事!"

屋里的比吕氏仍旧没有吱声。

良弘斜着眼睛看了一眼旁边的千晴:

"是吗? 那首都电视台的头一轮面试是不是就过不了了?"

"对呀,要是这样都过了,我反而要被吓一大跳了。"

比吕氏究竟有没有在听呢? 面对紧闭的房门,良弘放开了声音:

"我们每天到处碰壁,一次又一次地面对失败,但是仍然在勉强地支撑着。比吕氏,你最大的问题就是脑子太好使了。"

千晴忍不住插嘴道:

"天呀,良弘,你不要说得好像你已经受了多少委屈一样。"

"千晴,你少废话。比吕氏会捣鼓数据,记性又好,还会讲大道理,所以根本就不会像我们那样到处碰壁。但像现在这样是不行的。"

虽然良弘说的话虽然缺乏逻辑,但也有让千晴觉得有道理的地方。人活在这个世上不能光靠自己的头脑,即使是在二十一世纪的今天,仅仅有信息和智慧也是不够的。

"我其实也对社交有恐惧心理,千晴同样也害怕招聘考试。但是我们之所以还能硬着头皮挺过来,是因为我们知道自己还有很多欠缺的东西。你的问题就是太聪明了。人的脑子从来都不会承认自己犯了错,其实头脑不过是我们人所拥有的各种工具中的一种罢了。脑子却非常自以为,以为自己才是人这种生物的中心。"

"哟,良弘偶尔也能讲出大道理来。"

良弘猛地把头转了过来,眼神严肃得吓人:

"请你不要打岔好吗?我觉得比吕氏今年就算放弃找工作,也没有什么不妥的。像这样把自己关在家里,也许会觉得自己的将来算是完蛋了,但是根本没这回事。就算你放弃找工作,你同样是我们小组的一员,就算大学毕业没有马上找到工作,也有别的活法。"

千晴对良弘的看法改变了很多。他平时是一个看起来迷迷糊糊的搞笑角色,可到了关键时刻,还挺像那么回事。

就算小组的伙伴这样劝说,房间里还是没有任何反应。

接下来的一个小时里,千晴和良弘一直在比吕氏的房门前说着话。他们说的全都是一些稀松平常的内容:哪个系的谁已经拿到招聘名额啦、哪个学生有什么很硬的关系啦……基本上都是些学校里传得满天飞的闲话。

从比吕氏的房间里传出来的,仍然只有隐隐约约的说话声。那大概是傍晚的新闻节目,可以听到男女播音员在交替说着些什么。

千晴看了一眼手表,马上就要晚上六点了。厨房里飘出来晚饭的香味,但是千晴觉得和那位母亲一起吃饭太沉重了。

"比吕氏,我们走了啊。下次再来。"

"你也见好就收,别原地打转、想个不停了。放开一些,人生会更快乐的!"

千晴拿着垫子站起来,接着说:

"对对对,就像这里的某个傻呵呵的人一样就好了。"

千晴和良弘向比吕氏的母亲打过招呼,离开了比吕氏的家。虽然比吕氏的母亲说一个人吃饭太孤单,但两个人还是很有礼貌地谢绝了晚餐的邀请。这让两人觉得有些于心不忍,在去蒲田站的路上,话也自然而然地少了很多。

傍晚是交通高峰。如潮的白领面无表情地和两人擦肩而过。在车站大厅道别的时候，良弘呆呆地望着远处说：

"有朝一日，我们也会每天带着那种压抑的表情去上班吗？"

千晴想说自己和良弘绝不会变成那个样子，可从嘴里说出的却是截然相反的话：

"是啊，我们的脸可能也会变得充满疲惫、面无表情，怎么看都一点不快乐。"

良弘突然流露出让千晴觉得怦然心动的眼神，很严肃地盯着她说：

"我们无论如何都要闯过求职这道难关，然后在进公司以后，也绝不忘记现在我们看到他们时的这种感觉。我绝对不想变得和他们一样。"

良弘说完，连再见都没说，就一阵风似的冲下了通往月台的台阶。

两天后的上午，首都电视台给千晴打来了电话。完全如她所料，千晴没能通过面试。虽然早就有了心理准备，但千晴还是觉得很失落。考大学的时候，就算没考上，说一句学得不够好，也就释然了。可是招聘考试总让人觉得被衡量的是自己的全部。而仅仅因为几分钟的面试就被淘汰，会让人觉得自己仿佛是因为长相或者性格被否定了，让人觉得更加无法接受。

而千晴真正想去的关东电视台的笔试日期也在一分一秒地

逼近。关东电视台的笔试分为常识、语文、外语和能力倾向测验。到目前为止，千晴已经看了很多和常识科目有关的参考书和习题集，所以没有必要再做什么特别准备，只需要复习一下原来没能答出来的问题就可以了。千晴之所以去出版社应聘，本来就是因为喜欢看书，所以语文考试那方面也没有做什么特别的准备。招聘考试考的是现代文的阅读理解，所以不需要像考大学时那样背诵古代日语和汉语文言文。这种注重平时积累的考试，对千晴来说反而更有优势。

外语自然是考英语。这门考试千晴并没有太勉强自己。反正自己也不能像在国外长大的人一样说一口地道的英语，只要成绩不是差得太离谱就行了。英语本来就不是千晴擅长的科目，而她的性格又比较乐观，所以她选择的战略是放弃弱项，专注于强项。

为了应对常识考试，剪报发挥了巨大的作用。千晴从求职小组成立的那年春天开始，就把报纸杂志上看起来重要的内容无一遗漏地全都做成了剪报。这样做当然是为了积累知识来应对常识考试。和别的文学系的学生一样，千晴对经济也是一窍不通。

但是制作剪报还在始料未及的地方起到过作用。在电视台面试的时候，千晴每次都会被理所当然地问到希望在实际工作中搞什么样的策划。这时千晴脑子里来自剪报的零零碎碎的信息，就会融合到一起，时不时产生新的构想。剪报不仅能体现时代和社会的走向,还能让剪报制作人意识到自己感兴趣的事物以及兴趣的变化。千晴觉得自己动手做的剪报对求职来说真是大有裨益。

关东电视台笔试的考场和第一轮面试在同一个地方。考场好像分散在好几处,仅仅是千晴所在的考场就有多得难以计数的应聘者到场。虽然千晴自己也是其中的一员,但是不管见过多少次,她仍然觉得穿着一模一样求职西装的学生把考场塞得满满的景象非常诡异。而且,他们每一个人看起来都比自己优秀,这让她感到手足无措。笔试的时间是两个小时。常识、语文、外语、能力倾向测验的考题一齐发了下来。

主考官看了一眼手表,宣布道:

"开始!"

大家翻开厚厚的试卷,让人有一种一大群鸽子展翅飞去的错觉。千晴闭上眼睛,做了一个深呼吸。这个时候一定不能着急去答题。

"不要好高骛远,也不要妄自菲薄,只要能发挥出平时的水平就一定能行!加油,千晴!"

千晴在心里这样给自己打气,然后缓缓地翻开了试卷。写好名字,检查完考号,千晴选择从自己擅长的语文开始答题。暗澹念"antan",一缕念"ichiru",蒙昧的发音是"moumai"——千晴凭借自己看书时得到的知识,把这些生僻词汇的发音大致答了出来。和"船到了"中的"到"意思最相近的是"值钱""睡着""进味儿""来信"这四个词组中的哪一个动词①。千晴很是犹豫了一阵,把四个词组中同音的动词全都改写成了汉字②,然后选了"来信"。像这样刁钻的问题连着出了八道,做到一半,千晴自己也糊涂了。摘不清什么是对什么是错了。

看到测试理解能力的阅读题,千晴心里暗喜。考题正好就是给综合版块当嘉宾的那位作家写的随笔。作家在节目中说的话让千晴对他产生了好感,于是千晴特意找来了他的随笔集拜读了一番。考题中的文章正是摘自那本书。不光是这篇文章,千晴还看了同一本书中其他长短不一的随笔。得益于此,千晴很轻松地把握住了文章的意思和字里行间细微的表达。这一题很轻松地就做完了。千晴答完语文题,看了一眼手表。

"好样的!才用了二十五分钟!"

一直到这里,千晴都把节奏掌握得很好。但接下来才是真正的考验。千晴犹豫了一下是该先做英语题还是先做常识题,最后选择了相对来说更有自信的常识题。

考题的第一页就让千晴瞪大了眼睛。最让她头疼的政治经济方面的题目在考卷上排成了长队。什么叫基本财政收支?2006年6月加入联合国的第192个会员国是哪个国家?平成年间的行政大合并中,日本全国的市镇村一级行政单位的削减

---

① 日语中,以上四个词语中都用到了和"到"发音相同的动词,故有此问。
② 日语中,假名表音,汉字表意,故而把假名改写成汉字更容易区分词义与用法。

目标是下列选项中的哪一个？请选出关于国民投票法不恰当的叙述……

虽然这些考题全都是四选一的选择题，但很多选项都是故意为了让人答错而布下的迷魂阵。有一半以上的题目千晴都只能凭感觉来回答。这些题目中千晴明确知道答案的，只有问及联合国会员国的那道题。正确答案是黑山共和国。千晴曾经把那则新闻做成了剪报。

不仅仅是政治经济，考题还涵盖了历史、法律、文化、地理、社会常识。电视台出什么样的考题当然是他们的自由，但是问题在于关东电视台的那些高层，又能把这些问题答对多少呢？隆冬的考场中，千晴绞尽脑汁地答着题，已经是满头大汗了。

接着，千晴又开始做最让她头疼的英语。千晴喜欢看日本小说，但对翻译成日语的外国小说却敬而远之。因为她总记不住小说中人物的名字，而且翻译作品独特的生硬文体，也让她怎么也适应不了。惯用语、语法、听写生词这种考验记忆力的问题在招聘考试中并不多，基本以阅读理解和英语作文为主。这两种题型考查的都是英语的整体实力。千晴把题目从头到尾全看了一遍，看到最后，英语作文的题目让她突然觉得有些虚脱。

"你在纽约证券交易所目睹了IT泡沫的破裂。请把这个场景用英语向日本观众做现场直播。"

千晴最不擅长的英语和经济结合到了一起。不管是纽约证券交易所还是IT泡沫的破裂，千晴根本一无所知。股价下跌用英语怎么说？千晴握着自动铅笔的手已经满是汗水，但是无论如何也不能交白卷。千晴把知道的单词全部动员起来，向东京的演播室描述了发生于异国的泡沫经济破灭的一幕。

千晴又用仅存的一点脑力，拼命地把集中了大量图表、图形、四则运算的能力倾向测验做完了。就在千晴感到再也支撑不住的时候，传来了主考官的声音：

"时间到！考试结束！"

千晴这天没能直接走到百合海鸥线的车站。她觉得脑子里空空的，急切地想吃点甜食。当疲劳到极限的时候，千晴就会觉得脑子发热，有一种脑子失去了水分，用手掬起来，脑细胞就会像夏日沙滩上的沙子一样从指缝里滑落下去的错觉。千晴来到附近的快餐店，买好可丽饼和热巧克力，坐到了窗边能看到外边街景的位子上。

虽然千晴早就知道考试的难度会很高，但没想到考题如此之难。她答对的概率大概比西雅图水手队的铃木一郎[1]在低谷时的击球率[2]还要低。这下估计很难进入到第二轮面试了。来通知是在三天后。要是首都和关东这两个电视台的应聘都失利的话，求职的前半段就是两连败。千晴需要在这种不利的情况下迎接后半段的挑战。

---

[1] 日本著名的棒球运动员。
[2] 铃木一郎在 2005 年击球率为 30.3%。

首都电视台和关东电视台都是东京的枢纽台。千晴对应聘的难度是有心理准备的,却没想到会如此狼狈。在冬天阳光的映照下,游客和汽车在道路上缓缓地来回穿梭。眼前的这番景象突然晃动着慢慢向下滑动起来,好像要从眼眶中滑落一样。

"这是怎么了?"

千晴这才发觉自己在流泪。不是因为伤心,那种让人寒心的失败感和对没有做充分准备的自己的愤恨才更加让人难受。在大学里,谁都会很轻松地说,应聘电视台很适合测试自己的能力,就算没考上也不会有多难过,因为能够考上的人本来就寥寥无几。

但是对千晴来说,那并不只是为了测评自己的能力。这一年多来,自己究竟做了些什么?千晴觉得没有什么能比这更让人感到屈辱了。

"我知道该怎么做了!"

眼泪已经在千晴的决心带来的热度下蒸发得无影无踪。离出版社和JBC的考试还有一段时间。这次一定准备好笔试。千晴不想再感受这种懊悔的心情了。对一直缺乏重视的笔试,她决定准备好应对的策略。

千晴气呼呼地把甜得要命的巧克力香蕉可丽饼吃了个一干二净,又续了一杯加糖的热巧克力。在回家的电车上,她一直在翻阅常识考试的参考书。出版社笔试的难度是出了名的,比电视台的考试还要高出几个档次,但是千晴没有理由在这里退却。

求职的战斗现在还没有过半。

为了准备笔试,千晴加大了学习的强度。上大学以后,千晴就没有如此长时间地面对过书桌。不管千晴做多少习题、背多少常识性的问题,始终都不能排解她心中的不安。至少在学习的时候,她可以暂时远离不安。千晴和多数女大学生一样,学习起来异常认真,除了上学和打工之外,所有闲暇,都被千晴节省出来用在了学习上。

关东电视台通知笔试结果那天,千晴正在大学里。她坐在求职小组经常集会的那家咖啡厅靠窗的座位上,和同伴们喝着茶。因为不知道几点来通知,千晴也没法在这段时间里安排别的事情。她已经完全放弃了希望,反而觉得无牵无挂。

明明是大冬天,良弘却在喝冰咖啡:

"比吕氏那家伙当时一点反应都没有。你们去的时候是个什么情况?"

真一郎把双臂交叉抱在胸前回答说:

"我们去的时候也是一样。绞尽脑汁地鼓励他,还装模作样吓唬他,严肃认真地批评教育他。可是不管说什么,他都不回话。"

伸子点点头,也说:

"我看他是精神上出了大问题。要说因为找工作受伤害,我也是一样遍体鳞伤呀。"

千晴心不在焉地听着他们谈论那个蛰居在家的同伴,大家说这些话的时候,表情都很严肃。千晴汗津津的手一直握着手机,这时候,手机突然震动起来,她差点儿把手机扔出去——又有谁愿意听坏消息呢?

"你好,我是水越千晴。"

耳机里传来成熟女性稳重的声音:

"我是关东电视台人事部的。"

千晴微微抬起头,围坐在桌子周围的同伴们视线一齐聚焦在千晴身上。千晴没想到自己竟然会在这种场合下出丑。

"你通过我们台的笔试了,下一次的面试会在三天后。恭喜你。"

千晴猛地站起身来。组员们吃惊地看着她。

千晴一不小心说出了大实话:

"不会吧?您说的是真的吗?"

千晴的心剧烈地跳动着,仿佛马上就要迸裂了一样。人事部的女人好像在对面笑了出来:

"应该是真的吧,你要再接再厉哦。"

千晴呆呆地向电话里面的人鞠了一个躬,挂断了电话。

良弘好像也吃了一惊:

"太好了!你一直说笔试没戏,还一个劲儿地难受,没想到还给过了。招聘考试真让人搞不懂。"

惠理子还是那么平静:

"恭喜千晴。虽然我应聘的是播音部门,但是笔试也非常难,我现在也觉得才不过做对了一半。考题的难度对大家来说都是一样的。太难的话,大家肯定都会考不好。我一直就觉得你有希望。"

关东电视台招播音员的名额一共有三个:一个男播音员,两个女播音员。拿到其中一个名额的惠理子已经成了校园名人。

良弘点点头说:

"看来招聘考试也不过就是水涨船高、水退船低嘛。但是千晴充其量是做节目的幕后英雄,惠理子公主可是电视台用来撑门面的女播音员。以后肯定会给演艺明星或者知名运动员当女朋友,转眼就要成为社会名流啦。"

惠理子偷偷看了一眼小组的领军人物。圭一副事不关己的样子。

"良弘真是个不会看人脸色的家伙。"千晴在心里骂道。

"和普通人结婚的女播音员一样很多呀。请你不要对我们小组的偶像说这种轻浮的话,好吗?惠理子,对吧?"

未来的女播音员显得困惑,只能以微笑作为回应。

这几天因为考试而承受的煎熬到底算怎么回事?在求职的过程中,接受考验的不光是知识量、学习能力、人品,应该还包括心理承受能力。

圭发话了,从他的声音里感受不到一丝的慌张:

"出版社和报社的招聘考试马上就要开始了。千晴和惠理子为我们做出了表率。现在轮到我们上阵了。大家全力以赴，不要给自己留下任何遗憾。"

真一郎和良弘冲着大学咖啡厅的屋顶，挥出了拳头，千晴虽然慢了半拍，也把右手举了起来。

"我们拼啦！"

第一个找到了工作的惠理子用柔和的眼神看着求职小组的同伴们。

"好，我也要干脆利落地把关东电视台拿下！"千晴又一次下定了决心。

网络求职现在已经成了求职必不可少的方式。企业会把招聘信息放到网上，让应聘者从网上下载简历模板，自己打印填写。网络招聘既被用于一般的应聘，走在时代前头的 IT 行业更是有很多企业废除了传统的纸质简历，仅限于在网上填写应聘简历。在现在这样一个时代，如果不会用电脑，找工作的效率会低很多。

当然网络也为学生提供了便利。网络最大的作用就是促进了应聘者之间的信息交流。浏览同年级学生在求职中的经历和感想，对消除千晴的不安起了很大作用。在这方面最有人气的网站，是"咱们的求职日记"论坛和"WORKWEB"留言板。

千晴经常登陆这两家网站，去搜集关于电视台和大出版社的信息。关东电视台的第二轮面试，采用的好像是三对一的形式,主考官是三十岁以上的电视台的业务骨干。千晴反复研读了去年、前年通过考试的应聘者的经验心得,拼命在脑子里进行着面试的演练。

本以为没希望的笔试涉险过关,让千晴开始盘算今后的事情。到电视台高层把关的最终面试,还需要突破三轮面试。今后要接受考验的,不是学习能力和书本知识,而是性格、人品和随机应变的能力。

在首都电视台的应聘早早地败下阵来,这使千晴在三月之前能够一心一意地准备关东电视台的招聘考试。千晴已经调整到了自己的最佳状态,她恨不得马上就去接受下一轮面试。

千晴穿着从洗衣店拿回来的求职西装,向电视台出发了。阴沉的天色在告诉人们马上就要下雪了。温度低得连嘴里呼出的白气仿佛都要结成冰了。千晴却意气风发,因为她很善于和三十岁以上的男性打交道。不管是在店里打工,还是在日常生活中,千晴在和这个年龄层的人打交道的时候从来都没有为难过。笑得灿烂一些、把自己有活力的一面展示给对方即可。面试并没有那么复杂,和初次见面的长辈们聊得投机一些就行了——千晴逐渐找到了适合自己的应对面试的方法。

第二轮面试和第一轮面试在同一个多功能场馆,只不过不是在大厅,而是在小型会议室,里面摆的长条桌子也和上次一样。坐在桌子后边的三个人和电视台的工作人员相比,倒更像是一般公司里坐办公室的职员。三个人都是男的,年龄在三十五岁到四十岁之间,三个人都穿着西装打着领带。最先开口的,是一个戴着金属框眼镜、看起来像银行职员的人。

"我们电视台有工作轮岗制度,除了做节目,也有可能会被派去搞财务或者管后勤。对这些总务方面的工作,你是怎么考虑的?"

"拿出微笑和活力来!"千晴在心里这样对自己说。

"我觉得虽然电视台的本职工作是制作节目,但是为了自己的成长,也有必要从各个侧面来了解电视台的工作。如果有机会,我希望能在各种岗位接受锻炼。"

千晴表达得非常流畅,自己都觉得可以打满分了。

穿着花条纹衬衣的男考官翻开履历表说:

"你是一个人在东京生活吧?老家在长野,又是独生女。虽然也许是很久以后的事情,但你有没有考虑过回老家照顾你父母?"

这个问题有些出乎千晴的意料。千晴一边用微笑拖延时间,一边拼命地考虑该怎么回答。

"我的父母都还在工作,身体也很健康,二十年以内应该不会有这方面的问题。虽然我也不知道再往后会是什么情况,但是可以让我在贵台先努力工作上二十年之后,再考虑这个问题吗?"

三位面试官不约而同地笑了起来。今天的面试感觉不错,就照这个样子发挥下去！千晴正想着，刚才提问的人一边用圆珠笔在履历表上做记号，一边说：

"你很坦率，人也挺有意思的。在你一个局外人看来，我们的电视台有哪些不足的地方？"

这个问题很难说没有什么深意，现在绝不能得意忘形，必须放慢节奏。千晴已经学会了在面试短短的几分钟内，自己主动去控制节奏了。

千晴把声音压低，用一副很有想法的表情开始了自己的阐述：

"我对节目制作并不是很了解，所以我的意见未免会有些自以为是。我觉得电视节目应该更加多样化。除了电视剧和综艺节目，如果还能有另一个支柱性的节目类型，节目应该会显得更加丰富多彩。"

系着粉红色花纹领带、一直没有说话的考官开口了：

"具体地说呢？"

这个人的眼神显得苛刻得多。观察对方的表情也是面试时重要的技巧。这个时候要尽量慎重，绝不能忘乎所以。千晴把早就准备好的回答娓娓道来：

"如果能把教育性的节目和综艺节目嫁接起来，我觉得应该能做出更有深度的娱乐节目来。现在已经进入信息社会，但是大量的信息真真假假、鱼龙混杂。编辑和整理信息是电视台的强项，如果能够有一个像交通警一样对信息进行整理疏通的节目,我一定会很愿意参与。"

把电视节目的教育性和娱乐性结合起来是很常见的提案。千晴回答的可贵之处在于最后表明自己希望参与制作那样的节目。系着粉红色领带的考官的眼神变得柔和了。千晴觉得自己在这里也争取到了好印象。

三对一的第二轮面试在很融洽的气氛中继续进行。千晴也对进公司以后的工作岗位进行了充分的提问,其间,千晴还开了几个玩笑,好几次引得考官们发笑。

十分钟后,千晴带着成功的自信结束了面试。千晴深深地鞠了一躬,从会议室里退了出来。和她擦肩而过的,是个紧张得脸色铁青的男生。

"这个人肯定没戏。"

在竞争激烈的东京枢纽台的第二轮面试结束时,千晴已经有余力下这样的判断了。两天后,人事部给千晴打来面试通过的电话,也可以说是在意料之中。二月已经过半,关东电视台的招聘考试也已经进入了后半段。千晴的士气前所未有地高涨。

千晴最近经常给惠理子打电话,一是惠理子在自己想去的电视台拿到了播音部门的招聘名额,让千晴觉得亲近了许多,二来各种有关面试的事可以和她商量。当千晴告诉惠理子自己通过了第二轮面试的时候,惠理子高兴得就好像通过面试的是她自己一样。

"太好了!那下一道难关就是第三轮面试的分组讨论了吧?谁都不知道讨论的主题是什么,所以也没法准备了。"

千晴想起了春天的模拟小组讨论,那时自己的表现糟糕透了。

"惠理子分组讨论时的题目是什么?"

"我那个时候是'贫富差距社会与日本的未来之路',挺有意思的。当时大家聊得很开心。"

分组讨论既有可能让参加的人全员落马,也有可能让半数以上的参加者携手过关。讨论的内容和质量会让及格的概率剧烈地上下浮动。

千晴问了一个一直想问的问题:

"分组讨论的时候,我也还是靠我的笑脸和冲劲儿碰碰运气吧。惠理子,你最近还在和圭约会吧?"

这位未来的女播音员说话向来很直爽,这时却支支吾吾起来:

"嗯,还行吧。"

"那你们俩谈得挺顺利的?"

一阵短暂的沉默。千晴只能听到手机里的噪音。

惠理子用颇为寂寞的声音说:

"我和他能算是在谈恋爱吗?千晴,我问你,我们已经约会四五次了,可是连手也没有牵过,也没有接过吻。这算谈恋爱吗?"

"真的吗？圭连手都不牵吗？这太让人意外了。你们约会应该是在晚上吧？"

惠理子好像已经下定决心要全说出来。她这次没有犹豫，马上就回答说：

"对呀。有一次我还在他住的地方过了一夜，可是一直到早上，什么也没有发生。那天我根本没睡着，可是圭一个人睡得直打呼噜。因为外面太冷了，所以我当时就没有回家。如果是夏天，我肯定就走了。那次的事我一直到现在也没想明白。"

公主和领袖这一对好像也并不是一帆风顺。

"我还以为我们小组里最不解风情的是良弘，圭竟然也这样。惠理子这么漂亮的女孩子放在面前，竟然无动于衷，圭也太不够男人了。"

"千晴也这么觉得吗？"

千晴不禁恶狠狠地握住了手机：

"当然啦。现在的男孩子总是先让人想入非非，到了关键时刻反而摆出一副事不关己的样子。简直就跟性格有问题的面试官一样，面试的时候聊得好好的，最后把你弄下来。"

惠理子大声笑了出来。千晴想起了良弘。良弘是一个实在人，如果和他正儿八经地谈恋爱的话，他肯定有事没事都会蹭过来的。

"圭好像有什么顾虑，在报社找工作的事，好像也让他挺烦恼的。我抢先一步在关东电视台找到工作，对他来说可能也是一种压力。"

圭是在和万众瞩目的女播音员谈恋爱,这对男方来说,肯定有不小的压力。不光是惠理子,连圭在学校里也早已成了名人。

"圭有那样聪明的头脑和领导才能,不管什么样的难关肯定都能闯过去。我在同龄人里就没有见过他那么聪明的,刚认识他的时候都把我激动坏了。"

惠理子在电话那头叹了一口气:

"我也这么觉得。他什么都懂,什么都能分析得清清楚楚,讲得头头是道。但是圭对自己太聪明这件事却好像很困惑,经常说自己'一直像这样好吗'什么的。"

太聪明的人肯定有只有其本人才明白的烦恼。千晴觉得自己无法想象这种烦恼。

"我们都还是学生嘛。圭那么聪明,等到走上了社会,有了社会经验,肯定会成为一个更优秀的人。不用现在就追求完美。你可以试着这么跟他说。"

"好的,不过我还真是搞不懂男孩子的心理。"

千晴觉得事实确实像惠理子说的那样,和笔试、面试相比,穿着牛仔裤在眼前晃来晃去的男孩子,才是真正的难解之谜。

"好!请大家开始讨论吧。"

关东电视台的第三轮面试是由六个应聘者和两位进行评判的考官共同参与的分组讨论。地点还是在千晴已经很熟的那个多功能场馆。

围着圆桌的应聘者是四男二女。千晴在男生中发现了一张曾经在校园中看到过的面孔。大学规模大的好处在这样的地方体现了出来。那个平时不怎么说话、老实巴交的学生在偷偷地向千晴使眼色。

讨论的题目是二选一。一个是日本的财政赤字,另一个是低出生率老龄化社会和人口负增长社会。对经济一窍不通的千晴肯定会在第一个题目上卡壳。

那个同校的男生发话了:

"社会人口负增长的同时也意味着电视观众数量的减少,所以我们在这里是不是应该探讨一下的社会人口负增长这个问题?毕竟这对电视台来说也是至关重要的。"

看起来很老实的那个男生打响了第一枪。他又给千晴递了一个眼色。于是千晴也鼓起勇气说:

"我赞成这位同学的意见。我认为多频道化和人口负增长会成为今后十年电视台在拓展业务时的中心课题。"

另一个男生微微举了下手说:

"我认为对日本这个国家来说,财政赤字才是更迫在眉睫的问题。大家觉得呢?"

不好,这个男生肯定是千晴的天敌——经济系的学生!要是现在讨论财政改革和基本财政收支,千晴肯定会跟不上讨论的节奏。

另一个女生说:

"虽说分组讨论是招聘考试的一部分,但是我觉得和宽泛的题目相比,还是选择对电视台有所帮助的题目更恰当一些。"

这一番话决定了讨论的主题,同时也决定了讨论的趋势和节奏。鹫田的男生、千晴和那个女生,始终掌握着讨论的主动权。

在规定的二十分钟时间里,千晴充分阐述了自己的观点。不仅仅是发表自己的观点,她也做到了倾听那个一直处于被动的"经济系学生"的意见。在有生以来第一次参加的正式分组讨论中,千晴奇迹般地被幸运之神眷顾了。

"难道我们小组里会出现两个考上关东电视台的人?这也太神奇了。"在咖啡厅听到千晴通过了第三轮面试的好消息之后,良弘不紧不慢地这样说道。

伸子也笑呵呵地说:

"千晴运气真好!有我们大学的学生在,帮了你的大忙吧?"

"是啊,那个学生叫川井,是法学系的。他说经济方面的问题他也搞不太懂,所以他当时也孤注一掷。我们俩一下就成了朋友。"千晴表情严肃地说,"最后的难关就是接下来的第四次面试了。再往后的高层面试好像基本上就是问问本人有没有真正想进公司的意思,气氛也相当轻松。"

终于来到了能望见终点的地方,千晴的心情也放松了下来。接连闯过难关,让千晴有了自信。

"第四轮面试的主考官是什么人?"

"我那个时候是部门经理级别的人。千晴是不是很擅长和那样的人打交道?"

真一郎觉得奇怪,问:

"你为什么这么觉得呢?"

惠理子露出转瞬即逝的微笑,立刻又换上了严肃的表情。惠理子不光长得漂亮,表情也很丰富,试镜的时候肯定也因此获得了很高的评价。

"在企业里有一定地位的人,反而并不很刻板。对他们来说,优秀是理所当然的事。他们还很看重你这个人是不是有个性,所以千晴肯定没事的。"

良弘讥笑道:

"哈哈哈,他们肯定想,我们这里是不是也应该偶尔招一个怪怪的家伙?因为公司里像惠理子公主那样超级优秀的出木杉同学[①]实在太多了。"

千晴拍拍良弘的肩膀说:

"你就等着你找工作的时候我说风凉话吧。不过话说回来,我的想法也和惠理子一样,都走到这一步了,剩下的就全看运气,还有和对方合不合得来了。我会把自己的个性拿出来,靠自己的笑脸和活力去闯关的。"

---

①《哆啦A梦》中的人物。在日语中,"出木杉"和"过于优秀"同音。

"不知不觉之中,你的长进不小嘛。"

良弘的语气里不乏佩服的成分,但是千晴并没有搭理他。

第四轮面试的情形完全像惠理子预言的那样。坐在千晴已经来过很多次的那间会议室里的,是三个看起来年纪都在四十五岁以上的男性高管,以及一个最近不太在电视上露面的女播音员,这个女人肯定就是播音部门的主管了。四个人都穿着考究的西装,西装的羊绒面料反射出丝绸般的光泽。

女播音主管说:

"马上要进我们部门的佐佐木惠理子是你的朋友吧?"

千晴用尽量开朗的声音说:

"是的。我们两个人在同一个求职小组,都把在电视台找到工作作为自己的目标。"

"是吗?你和佐佐木同学一起来实习过吧?你们去的是……"

"综合版块的星期三制作组。"

即使人到中年,女播音员同样让人觉得光彩照人。她时不时挠挠自己的脖子,这个很男性化的动作看上去有些滑稽。

"在实习中一起奋斗过的好朋友先走一步,进了播音部门。留下你一个人,不知你感受如何?"

三个男性高管饶有兴致地审视着两位女性之间的对话。这是一场一对四的角逐,不能让对方看出自己丝毫破绽。

"刚开始我也没能做到真心替她高兴,因为佐佐木同学突然就成了鹫田大学的校园之星。但是我在接受贵台面试的过程中,慢慢改变了想法。她也是经过自己的努力才走到那一步的,人不应该总拿自己和别人做比较。我和她现在总是互相鼓励对方,争取两个人都在电视台找到工作。"

"哦,是这样。"

播音主任回了一个很短促的微笑,在面前的纸上写下了些什么。千晴能感觉到考场的气氛缓和了下来。开场的感觉不错。

另一个男部门经理开口了:

"水越同学希望去制作部门工作。你能把我们台现在最有意思的节目,以及还需要再加把劲儿的节目各举出一个来吗?"

千晴把一整个星期的节目表差不多全都记在了脑子里。这时要是说出其他电视台的什么节目,结局一定会非常悲惨。千晴慎重地选择了两个节目,阐述了对其中一个节目的感想。又从一名普通观众的角度出发,非常温和地对另一个节目提出了意见。

第四轮面试和前面的面试并没有很大不同。总共十五分钟的面试,后半程的时间基本上是在和中年男人轻松地聊天。千晴这时发现,在许多人的切身利益互相碰撞的节目制作的第一线,赢得别人的好感,获得别人的照顾是多么重要。不是说优秀与否并不重要,但是淳朴、有韧性、像弹簧一样能伸能缩,能够得到周围人的照顾——能具备这样的素质,比仅仅是头脑聪明要重要得多。

在面试结束后回家的路上,千晴觉得心情无比舒畅。这次面试实质上已经是最终面试了,只要能通过,从明年春天开始,自己就要坐着百合海鸥号电车,每天来关东电视台上班了。

人事部在三天后打来了电话。

"恭喜水越同学,你通过第四轮面试了。下一次面试是在后天,会在电视台内由高层进行最终面试。"

千晴是在去西餐厅打工的路上接到的电话。在高田马场站外的人行道上,千晴握着电话,猛地跳了起来,连声音都有些走样了:

"谢谢您!我明年一定会努力工作的!"

电话那头的人事部女职员笑了:

"好的好的,我知道了。最后的面试你也要一如既往地努力啊!"

千晴喜极而泣,一边打电话一边鞠躬。路上的行人一个又一个地从她旁边绕了过去。千晴小心翼翼地挂掉电话,点开了手机里的通讯录。

"先告诉谁呢?"

真正意义上的招聘考试就算是结束了,剩下的是只需要走走形式的高层面试。据说高层面试主要是最终确认一下本人是不是真有进企业工作的意思。在长野的爸爸妈妈、良弘、惠理子、伸子、真一郎、圭……千晴想用自己的声音直接告诉他们这个好消息:"我已经通过关东电视台的第四轮面试了。差不多等于拿到招聘名额啦!"

二月眼看就要过去。千晴走在北风呼啸的人行道上,却好像沐浴在盛夏的阳光之中。车站周围杂乱无序的景象,在千晴的眼里也都放射着充满喜悦的光辉。沉醉在幸福之中的千晴挑选出第一个要打的电话号码。

再次映入千晴眼帘的关东电视台的新总部大楼,就好像是湛蓝天空映照下的一座银色的城堡。被长廊贯通的球体,仿佛漂浮在四方形大楼的正中央。那应该是一个瞭望大厅。

千晴在前台拿到通行证,来到了大楼的顶层。这里好像集中了电视台高层的办公室。走在电梯间的地毯上,就能明显感受到这里和节目制作楼层的不同。镜子、绘画、反射着柔和光泽的木质材料……这里的装潢俨然是一座装修豪华的宾馆。

参加最终面试的人被带到了一个大厅里。每个人都对自己已经得到了在电视台工作的机会深信不疑。二十多个接受面试的学生都相当放松,气氛完全不像前面的考试那样肃杀。大家谈笑风生,互相做着自我介绍。到了明年春天,大家会成为同一年进电视台工作的同事,他们现在的所作所为可以说很顺理成章。

"一号,村上庆四郎。请。"

人事部女职员报出了第一个学生的名字。一个穿着求职西装的学生响亮地喊了声到,站起身来。

"加油,村上!"周围的应聘者这样给他鼓劲儿。

千晴在眺望窗外的东京湾。波澜不惊的蓝色一直扩展到视线的尽头,就好像正置身于这里的自己以及那些学生的未来。最终面试好像真的只是走走形式,三分钟后,第一个被叫走的人回到大厅。

千晴是第六个被叫到名字的人。她答应了一声,离开了大厅。不长的过道的另一头,就是被用作面试考场的会议室。

"请进。"

千晴向给自己开门的人事部女职员鞠了一躬,走进了房间。在椭圆形的桌子后边,坐着五个公司的高层。他们的背后是耀眼的蓝天和大海,所以看不太清他们的面庞。

"你就是水越同学吧?请坐。"

"谢谢。"

千晴鞠了一躬,坐在了松软的单人椅上。

"如果电视台决定聘用你,你会来我们这儿工作吗?"

高层的话语含着笑意。过去应该几乎没有学生在走到这一步的情况下放弃招聘名额。

"我很愿意在贵台工作。我一定会竭尽全力把工作做好。"千晴用百分之百发自内心的笑容这样回答道。

明年就可以每天一边眺望着台场的这片大海,一边在关东电视台工作了。求职西装下的胸口洋溢着说不出的幸福。

坐在最右边的高层发话了,是一位头发斑白、看起来很绅士的中年人。

"你在履历表上提到了《多频道进化论》这本书,能说说你的读后感吗？"

那个高层的口吻非常温和,并没有质疑的意味。那是一本去年夏天引起过很大反响的财经类图书。千晴看了开头的二十多页,没看出哪儿有意思,就扔下了。可是她为了装门面,把那本书列进了履历表。现在突然被问及那本书,千晴的脑子里一片空白。

"嗯……那本书……是……"

千晴的话语顿时含糊了起来。额头上沁出了汗。背后、前胸、手心也因为恐惧在不停地出汗。本来安静的会议室传来高层们窃窃私语的声音,五位主考官好像察觉到千晴的神情有些不对。

千晴感觉自己在崩溃。好不容易学会的面试的技巧、活力和微笑都从她的身上消失了。变成空壳的自己的面前,掌握着生杀予夺权力的电视台的五个高层好像法官一样排成一排。

千晴彻底放弃了抵抗:

"很对不起……那本书……我几乎就没有看过……"

为什么在仅仅是走过场的最终面试,会发生这样的事？这是命运的嘲弄吗？自己究竟做过怎样的坏事,会遭到如此的报应？千晴觉得委屈,忍不住流出了眼泪,眼泪一滴一滴地流淌下来,连鼻涕都流了出来。

最吃惊的是随口提出那个问题的高层:

"没关系的,你看没看过那本书都无所谓的,放轻松些。"

千晴心里非常清楚自己犯下了致命的错误。剩下的两分钟里,她也没能和高层们聊出什么融洽的感觉。当她鞠完躬走出会议室时,手里握着的手帕已经被泪水湿透了。她垂头丧气,穿着崭新平底鞋的脚也拖在地上。千晴已经彻底放弃了在关东电视台的求职。已经完全没有希望了。再见了,台场的海。

结果很快就出来了。在把面试的事埋在心里、彻夜痛哭后的第二天上午,千晴的手机响了,是从关东电视台人事部打来的。千晴慢吞吞地掀起了手机的盖子。

"水越同学,你没事吧?"

电话里传来一个男人的声音。声音主人是和千晴说过几次话的人事部部长。从他说话的语气,就已经能知道结果了。

"我没能通过最终面试,对吧?"

人事部部长很为难地说:

"你不能怪向你提问的神山副总,他给你打了钩。最终面试需要所有面试官打钩才算通过。但遗憾的是有两个人给你打了叉。"

虽然这是预料之中的结果,千晴还是感觉一下子虚脱了。

人事部部长劝她:

"问题并不在于你有没有看那本书,而在于当时你的态度。"

这句话让千晴感到有些意外。

"那时如果你说觉得没意思所以根本没看,大家一笑了之,你也就能通过面试了。那本书我也看过,内容空洞,是一本很无趣的书。哪怕你信口开河,笑着随口说两句感想,也是可以的。谁都不会就那本书的内容来为难你什么。因为大家心里清楚,在最终面试被刷下来,对应聘学生的伤害有多大。"

而千晴恰恰成了这样一个反面教材。求职之神对千晴做了一件很残酷的事。

"您说得对……"千晴只能这样有气无力地回答。

"但是你整体的成绩是足够考上我们电视台的。面试官打的分,人事部的考核,都完全没问题。多亏了你,勉强排在最后面的一个男生拿到了最后一个招聘名额。"

这些事已经根本无所谓了。千晴当然也没有心情再去说什么恭喜之类的话。

"只要再努力,你一定会成功的。求职的路还很长,拿出你本来的实力,争取找到一个更好的地方,让我们台为了没有要你而后悔。"

千晴道了一声谢,挂掉了电话,然后爬到床上,捂上被子,连午饭也顾不上吃,一哭就是整整三个小时。

最终成为千晴心理支柱的,仍然是求职小组的伙伴们。千晴把最终面试的结果告诉了良弘,请他把大家紧急召集了起来。

这次的集合地点定在了学校附近的酒馆。因为那里可以任由客人大声喧哗,而且价钱公道。只要花上一千日元,就可以敞开肚皮喝个够。

大家刚刚用生啤酒干过杯,千晴马上就开始喝苏打烧酒。她虽然平时不怎么喝酒,但属于那种一旦放开了不管多少都能灌下去的类型。

良弘对穿着牛仔裤盘腿而坐的千晴说:

"看你这架势,一直到明天早上你都不会让大家回家吧?"

惠理子的表情还是那么冷静:

"良弘同学,那样不也挺好的吗?我一开始就做好打算了。不过话说回来,不能和千晴在一起上班真挺遗憾的。我也觉得很不服气,那些高层怎么能那样?凑在一起欺负可爱的女大学生。"

高层面试的详细情况,小组的人好像都已经知道了。

千晴把烧酒一口气喝掉大半杯,说:

"反正这件事已经过去了,所以也无所谓,都怪我用那种破书来装门面。关东电视台一直到最终面试都是一路顺风,感觉还挺自信的,结果最后被刷下来了。真让人丧气。"

东京枢纽台的正式员工即使在媒体从业人员中也是最风光、最有人气的,不管在大学还是在地方上,都会受到一点儿新闻人物般的待遇。

良弘坏笑着说:

"千晴在最后的最后没能发挥出平时脸皮厚的长处。当时你要是装出一副看过那本书的样子，再随便说点感想，肯定就能蒙混过关了。"

千晴虽然听得心里窝火，但也明白良弘说的都是事实。千晴撇撇嘴反击道：

"等你的报社面试一团糟的时候，我一定会好好替你庆祝的！"

伸子劝解道：

"千晴也别生气了。良弘情商太低，也只会用这种办法来给你打气。现在千晴的结果出来了，我们小组前半段的战果也算见分晓了。"

正如伸子所说，今天是二月的最后一天。

大家坐在小酒馆里略微高出地面的榻榻米座席上，周围墙上贴满了写着菜名的长方形纸条。

柔道协会的真一郎表情很严肃：

"前半段的战斗结束，算是一胜一负吧。电视台的应聘考试开始结束都比较早。"

小组的领袖圭和惠理子喝的都是白葡萄酒。

圭不动声色地说：

"不，你说得不对。惠理子定下了关东电视台的工作，这的确是一胜，但千晴并没有输什么。求职才刚刚结束前半程，三月的各种安排都还在等着千晴去挑战。"

惠理子用力点点头,盯着千晴的眼睛问:

"千晴加油!接下来要去哪儿应聘?"

他们说得对!已经结束的不过是民营电视台的招聘考试。千晴在心里一边数着一边说:

"电视台方面,还要去公共电视台 JBC。大出版社那边要去交读社、英俊馆和文化秋冬。天哪,全都是超级难进的地方!"

惠理子若无其事地说:

"我觉得并不像你说的那样。关东电视台比这些地方难度都高,千晴可是入围了那里的最终面试。不用因为那件事觉得丢脸,昂首挺胸迎接下一场应聘考试就好了。"

已经拿到播音部门招聘名额的惠理子说的话就是有说服力。她漂亮又能干,性格也好,能考上那么难进的地方也许是理所应当的。

真一郎又说:

"终于轮到我们开始行动了。向报社、出版社发起冲击的战斗会在三月份打响。惠理子公主和千晴奋斗到现在,我们一直都是在旁观,从现在开始该我们去一决胜负了,还真有点等不及想大干一场呢!"

良弘很没骨气地说:

"我反而越来越想当逃兵了。真是受不了这压力。"

"说的也是,谁叫你是良弘呢?"

千晴的嘲讽让小酒馆的一角顿时笼罩在了笑声中。大家是能够随意开玩笑也毫不在意的伙伴,是求职过程中能够相互依赖的同龄人。这样的同伴成了千晴最大的心理支撑。

"对了,下次家访本来应该我和大伸去,但是我得去光册社参加第一轮面试。千晴,你和良弘能和我们换一下时间吗?"柔道健将发话了。

伸子也说:

"我也得去参加家庭文化社的面试。"

在春天由七个人组建的求职小组现在少了一个人。虽然每个星期都会有两个人去比吕氏家,但是比吕氏闭门不出的状态还是没有改善。千晴和良弘不禁互相看了看对方。

扔下比吕氏这样被求职的压力打垮、不敢迈出自己房门的同伴不管也许无可厚非,毕竟大家现在都在焦头烂额地为自己的前程奔波。但是千晴他们并没有抛下比吕氏。

大家之所以还在继续这种看不到成效的家访,也是因为大家对求职的恐惧、心理上的弱点、对未来的不安——这些全都潜藏在小组每一个成员心里。舍弃朋友,就好像是割舍自己内心的一部分,失去了心中软弱的部分,心里原有的坚强也会失去依靠。人的心灵是一个整体,维持在坚强与软弱的平衡之上。

千晴把杯子里的苏打烧酒一口干掉,说:

"没问题!这个星期我们去!"

"别答应得那么快好吗?我星期五还有彩文社的笔试呢。会死人的。"

"你不总是半死不活的吗？大家放心,比吕氏就交给我们好了。"

到了三月,找工作的日程安排的密度比以前更高了。千晴也必须在剩下的四个地方倾尽全力。现在已经没有退路了,她无论如何也不想拖到秋季的第二轮招聘。

关东电视台这只煮熟之后又飞走的鸭子实在是太可惜了。但是现在不能再为过去的失败背包袱。千晴接下来将要面对的是其他企业从零开始的招聘考试,她绝对不能让自己就这么带着挫折感走进面试的考场。千晴决心要用今晚的时间把昨天惨痛的失败赶到天涯海角。今天的紧急聚会也正是为了这个目的。

"服务员,再来一杯烧酒！"

千晴举起手,向穿着绊织和式制服的女服务员又要了一杯酒。

第二次来找比吕氏,千晴已经对他家很熟悉了。千晴和良弘在和比吕氏的母亲简单地寒暄了几句之后,就又坐到了比吕氏的房门前。良弘刚刚参加完出版社的笔试,身上还穿着那件看着别扭的求职西装。虽然比吕氏的母亲在客厅把暖气开到最大,但此时正值三月初,过道上还是冻得人透心凉。

"唉,真感觉干不下去了。今天彩文社的笔试考得一塌糊涂。"

平时爱开玩笑的良弘今天也显得无精打采。屋里没有任何反应,和上次一样,可以听到电视开得并不大的声音。

"以前提醒过你呀,媒体的笔试很难的。"

被千晴这么一说,良弘气呼呼地说:

"你听着啊,什么'请写出日本泡沫经济期和当前地价上涨的特征',紧接着又问'早安少女组第六期的成员都有谁'。让你把拿破仑、富兰克林等历史人物按照国名排序之后,又让你把女播音员按照所在的电视台排序。我觉得神经都快错……"

良弘停了下来,小心翼翼地看了一眼千晴的脸色。自从千晴被关东电视台拒之门外后,良弘变得非常谨慎,绝不在千晴面前提和电视台有关的话题。

"对不起。"

"没事,我在最终面试被关东电视台刷下来本来就是事实。"

这时千晴开始提高音量,好让自己的声音清楚地穿过紧闭的房门:

"比吕氏,你现在听得到我们的对话,对吧?说真的,找工作真的很辛苦。仅仅是按部就班地把该做的事都做一遍,就已经觉得累得不行了,结果还是两连败。我在最后一轮高层面试的时候大哭了一场,一直到那个时候明明都没事的。我想我一定是把对求职的不安和恐惧压抑得太厉害了,所以才会因为一点小小的失误而不知所措。在关东电视台的高层专用会议室里流过鼻涕的,我肯定是第一个。这件事让我想起来就难受。"

良弘吃惊地看着千晴。

千晴点点头，又接着对躲在门后的比吕氏说：

"我现在仍然非常害怕。已经三月了，求职的后半程已经开始了。手里剩下的应聘公司只有那四个地方，我能挤进其中的一个吗？面试的时候又失态了怎么办……我现在晚上经常害怕得睡不着觉。"

良弘在千晴的旁边点着头。正在找工作的学生心情都是相似的。

"但是，我还是不愿意放弃。我并不是说非要比吕氏从屋子里出来，和大家一起奋斗。说实在的，我也不觉得应届毕业这张黄金入场券是唯一选择。"

良弘拽了拽千晴的毛衣袖子，小声说：

"喂，你说什么呢？"

千晴看了良弘一眼，用眼神制止他，接着说：

"报纸上确实说过，正式员工比合同工和打零工的人一辈子要多赚一亿日元以上的钱，但是人生又怎么能用数字来计算呢？自己主动选择一条赚钱少，却能享有更多自由的路，我觉得也很了不起。用一辈子能赚多少钱来衡量幸福的人才有毛病。"

千晴有点不明白自己在说什么。如果比吕氏的妈妈听到这些话，说不定会晕倒在地。

"所以，你要是愿意的话，一直待在房间里也没事。心烦、恐惧、失眠，这些都是理所当然的事。比吕氏一个人在自己的房间里战斗，我觉得比在外边和其他成千上万的人一起战斗的我们更艰苦。你也不要太勉强自己,要是觉得害怕的话就喊出来。我们每个星期都来,等你给我们发 SOS。"

千晴的话令她自己也深感意外。这些话与其说是送给蛰居的朋友,不如说是在给自己鼓劲儿。求职这条别无选择的路,千晴自己也觉得太艰难。

接下来的时间又成了千晴和良弘的闲谈:学校里的谁找到工作了,谁早早就在大媒体公司谋到了好差事,还提了几个和比吕氏一样,因为求职压力从校园消失的学生的名字。但是大多数的学生还是在一边叫苦,一边在短期决胜负的求职战线上左奔右突。

让人无从准备的笔试、比笔试更可怕的面试和分组讨论、因自己究竟适不适合某个行业或某个企业而产生的不安……大家都深深陷入了因面对重大人生抉择而产生的迷茫之中。

说了差不多一个小时,千晴看了良弘一眼。这个被出版社的笔试折磨得疲惫不堪的男生,好像有点想回去了。

"比吕氏同学,我们走了啊。下次我们还会再来的。下次来的时候,争取能带来些好消息。"

就在两个人拿着坐垫站起来的时候,从紧闭的房门内侧,传来了金属摩擦的声音,紧接着传来沙哑的说话声。是千晴他们很熟悉的比吕氏的声音。

"你们等等,我送你们去车站。"

房门打开了。穿着灰色运动服的比吕氏有些恍惚地站在门口。胡子拉碴的脸比原来瘦削了很多,眼睛却像被灯光照射着一样放着光。大概是因为闭门不出的这段时间里头发长得太长,全都用橡皮筋束在了脑后。比吕氏本人面无表情。

千晴和良弘不约而同地喊出了他的名字:

"比吕氏!"

"比吕氏!"

比吕氏的母亲在过道的一端注视着这边发生的一切。她吃惊得说不出话来,不停地哭泣。

比吕氏对站在客厅门边的母亲小声说:

"我送他们两个出去。虽然还是觉得害怕得不得了,但是从今天起,我不会再把自己关在房间里了。妈妈对不起,让您担心了。"

千晴和良弘顺着过道走向大门。比吕氏悄无声息地跟了过来。他穿上鞋走出家门,随手关上了身后的门。这时,从家里传来了母亲号啕大哭的声音。

三个人一起朝蒲田站走去。时值三月,也许是因为电线杆上装饰着仿真樱花,早春的商店街显得春意盎然。此刻已是傍晚,走向车站的上班族形成了一股非常分明的人流。

"比吕氏,你今后准备怎么办?"

这个把自己关在家里几个月的小伙子仍旧垂着眼睛。

"找工作的事我会从头再来。今年已经来不及了,所以我准备留级一年,等到明年重新找。"

比吕氏走在前面,千晴看着他的马尾辫。本来就很瘦的比吕氏,从后面看就好像一根细细的棍子。

"这样也挺好的,可以再准备一年,到时候肯定就很轻松了。"

良弘看了千晴一眼:

"千晴真乐观。"

"找工作什么的,不看得开一点怎么撑得住?"

比吕氏好像微微地笑了一下,把脸朝向千晴和良弘说:

"我已经好几个月都没有笑过了。现在才想起来笑原来是这种感觉。谢谢求职小组的同伴每个星期来我家跟我说话。我非常感激大家!虽然没能跟你们搭话,但我真的受到了很大的鼓舞。"

良弘得意地说:

"那你得特别感谢我和千晴,因为今天是我们让你从房间里走出来的。"

"不,那你就说错了。我今天从房间里出来,是因为已经三月了。时间才是最根本的原因。今年找工作已经来不及了。这么一想,我就有一种如释重负的感觉。当然,千晴说的话也触动了我。不过还是时间最终解决了问题。"比吕氏又回到了那个原来的他,冷静地这样分析道。

"但我还是很害怕,如果明年又像今年这样迈不出自己的房间该怎么办?我心里还是充满了恐惧。"

千晴背对着蒲田站外的环形马路站定,嘴里呼出长长的白雾。

"没事的,就算真是那样,我们还来陪你说话。到时候我们会使劲儿抱怨上班的事,肯定更有意思。"

两个人和比吕氏在检票口前道了别。在通往站台的台阶前回头看时,那个穿着灰色运动装的大男生,就好像正面对救命恩人似的,深深地鞠躬。

千晴后半段的战斗在三月的第二个星期打响了。留给她的机会还剩下一家公共电视台和三家大出版社。虽然千晴在关东电视台一直到高管面试都表现良好,最终却没有拿到招聘名额,所以战果仍然为零。千晴也没有从中得到任何的自信。在这样的不安中,她再次踏上了征途。

第一天的战斗尤为艰苦。大媒体就好像事先商量过一样,会把考试的日程全都安排在了不同的日子,但是JBC和交读社的笔试被安排到了同一天。上午是电视台,下午则是那家日本最大规模的出版社。

这个初春的早晨天气晴好,温暖的阳光预示着昏暗而漫长的冬天即将过去。千晴在原宿站下车,开始走向代代木体育馆,也就是JBC的笔试考场。

"当真正的春天到来的时候,我会找到属于我自己的地方吗?"

最让人担心的并不是拿不到招聘名额,而是在这个社会上找不到将来属于自己的地方。和找不到工作相比,无用武之地才更让人不安。不被这个社会需要,才是最让人恐惧的事。

JBC不愧是公共广播电视台,光是参加笔试的应聘者就有好几千人。考场俨然变成崭新的深蓝色、灰色求职西装的海洋。

笔试的第一场战斗在这一天上午的九点半打响。JBC根据工作性质的不同进行分开招聘。千晴参加的是名为电视综合职务的招聘,工作内容为节目的企划制作、新闻的采访报道。这个职位的笔试包括常识题和英语题共五十道,时间是九十分钟,外加一千字的论述题,限时六十分钟。

千晴为了迎接这天的考试,一直在刻苦学习英语。她对常识题和论述题有一定的自信,觉得只要能把英语题这个自己的弱项答好,应该就能获得比较理想的成绩。千晴做了一个深呼吸,翻开了考题。她的注意力已经集中到了极限。

常识题的第一题是关于政治的题目:在以往的三次选举中,由于执政党在参议院选举中失利,导致不同政党分别成为众院和参院的多数派。请选择这三次选举时执政党和在野党党首的正确组合。对曾经把报纸的政治版做成剪报的千晴来说,这样的问题并不难。

政治、经济、地理、历史、文化、民俗……电视台的考题涉及范围非常广。最后,千晴把按照读音写汉字的题做完,结束了常识题的部分。

接下来是千晴的弱项——英语。在做阅读题的时候,千晴即使看到了不懂的生词也没有放弃。如果是一般的考试,千晴看到一句话里有两个不认识的单词连在一起,也许就会放弃把那句话读懂了,但是应聘考试万万不能这么轻易放弃。千晴一边给重要的部分画上下划线,一边和英文字母奋力地搏斗着。

JBC的英语考试非常重视实用性。相比只要多背书就能记住的惯用句和语法,这里的考题更偏重测试阅读能力和表达能力,需要认真琢磨。这反而对千晴有利。因为对文章的理解能力,是不分语种的。一旦到了需要靠基础阅读理解能力进行较量的时候,平时阅读量很大的千晴就会有一点点优势。

已经有些晕头转向的千晴终于把最后的英语作文写完了。作文的题目是用英语对北京奥运会的开幕式进行实况转播。这时离考试时间结束,只剩下最后的五分钟。千晴用这五分钟,把眼睛瞪得大大的,对了一遍题目和答案的号码,看有没有不小心写错的地方。

"时间到。请大家放下手里的铅笔。"

扩音器里传出的声音在宽敞的会场中回荡着。千晴紧绷绷的神经一下子松弛了下来,在过去的各种大型考试中,她从来没有这样集中过注意力。

"请大家休息十分钟,然后开始论述题的考试。"

千晴用这段时间吃掉了整整一大块巧克力。她觉得自己的脑力已经消耗殆尽,连一星半点的能量都没剩下。下一场考试马上就开始了。透过桌面上翻过来放着的 B4 纸大小的试卷,可以看到密密麻麻的格子。论述题的题目会是什么呢?

"那么现在开始论述题考试。时间是六十分钟。今年的题目是《真》。"

千晴把试卷翻过来。试卷的第一行写着:请把你对"真"这个字的想法在一千字以内加以论述。千晴一边深呼吸一边开始构思。

"对我来说,'真'究竟意味着什么呢?"

周围到处都是铅笔在纸上发出的沙沙声,就仿佛一曲音量很低的交响乐。真实要到哪里去寻找?千晴用力瞪着面前能够写下一千个字的格子。

看着面前白色的考卷,千晴不知为什么回忆起了从去年春天开始的找工作的历程。在这一年左右的时间里,千晴和小组的伙伴们一起奋斗,既有成功,也有失败。也曾经无数次感到迷茫,无法入眠。

如果要让自己就真实写些什么,千晴想不到除了在这一年中发生的事情之外还有什么可写。尤其不得不写的,是最近那次给她带来巨大冲击的事件。千晴慎重地斟酌用词,开始写在关东电视台应聘的事情。夏天的实习、笔试、四轮面试一路过关、朋友被找去当播音员、为了能和好友在同一家电视台工作而全力以赴,但大好的势头在由电视台高层主持的最终面试中,彻底终结了。

千晴明白自己根本没有选择其他题材的余地。对千晴来说，这道论述题并不单单是考试，而是为了正视自己，重新挑战下一轮求职不可欠缺的洗礼。

在写到最终面试被高层提问的场面时，千晴的手心已经被汗水打湿了。在开着暖气的考场里，千晴的额头、脖子、脊背都在冒着冷汗。在写从台场回家的场面时，千晴的脑海中又浮现出那一幕。她的眼睛湿润了。千晴怕被人看见，用手帕偷偷地擦掉了泪水。即使这样，千晴仍然控制住了自己过剩的感情，没有让自己陷入伤感。

这时的千晴还没有察觉到自己正在实践新闻工作中的一种方法论。赶到某一个现场，先于其他任何人去用心感知那里发生的一切，但并不感情用事，而是用冷静的态度把那里发生的事实如实地报道。她的所思所感通过冷静的思考而顺利地表达出来。

"在最终面试中，我也隐藏了真实的自我。应该责备的不是关东电视台的高层和人事，而是我自己。虽然这让人很难接受，但对我而言，那才是最真实的现实。"千晴鼓起勇气这样写道。

千晴决心在这次应聘的过程中，展现真实的自我。如果这样也不行的话，只能说明自己和电视台没有缘分，她也就能死心了。千晴有些恍惚地把手从写完的试卷上移开了。

"好，考试时间到！大家辛苦了。"

扩音器里发出的声音在考场空荡荡的上空回荡着，让千晴从茫然若失中回过神来。千晴这时发现,自己翻越了一堵巨大的墙。这种感觉不能用言语解释。从关东电视台最终面试结束一直到刚才都没有间断过的抑郁情绪,此时已烟消云散了。

千晴收拾好桌上的东西,站了起来。下午还要参加交读社的笔试。现在在同一个考场里的考生,大概有三分之一会和她一样,直接赶往那家出版社的考场。考场在涩谷站附近的公共会议厅。为了能以最佳的状态迎接下午两点半开始的考试,千晴现在要做的事就是好好地吃一顿午饭。

虽然地处东京中心,代代木公园的天空却显得很开阔。千晴用力伸了一个懒腰,饱饱地吸了一口早春还有些冰冷的空气。午饭是吃意大利面还是吃咖喱饭?饭后再加一块蛋糕,一定对脑力的恢复更有帮助。千晴穿着越发显得得体的求职西装,朝原宿站走去。

交读社不愧是日本最大的出版社,参加应聘考试的考生人数丝毫不亚于JBC。丰岛公共会议厅被他们挤得爆满。这家出版社的考试是以语文和数学为主的六十分钟的SPI能力测试,以及七十分钟的答题卡形式的常识和汉字考试,没有设置论述题。和JBC的考试相比,交读社的考试更重视书本知识。

SPI的很多题目千晴都在参考书中看到过,虽然颇有难度,但她勉强应付得来。千晴不害怕其中的语文题,但是数学题一出现,她马上就连问题本身的意思都搞不明白了。千晴是彻头彻尾的文科生的脑子。

　　大概是因为数学题做得太艰苦，千晴觉得常识题就算是不知道答案，做起来也很有意思。比如把很多名牌包放在一起，让人回答哪个是爱马仕的，让人从五个美国城市中选出既没有职业棒球队也没有职业篮球队的城市，还有让人选择到底哪句话不是政客们的失言，这样的题目简直就是一种黑色幽默。那些考题全都是五项选择题。和SPI的考题相比，千晴觉得题目本身读起来就很有乐趣。

　　这项工作需要的原来是拥有如此广博的知识与如此强烈的好奇心的人才。在出版社工作，也就意味着对这个世界上发生的无论重大抑或是微不足道的事情，都要抱有好奇心。在编辑工作中，需要充分发挥自己的感性。千晴想起了在拜访学长时去过的交读社超高层的新总部。如果有机会，她一定要去那里大显身手。

　　考试结束时，已经快下午五点了。千晴扑通一声趴倒在桌子上。这时调成静音的手机突然在包里震动起来。是良弘来的短信。

　　　＞SPI和常识都好难！
　　　＞你考得怎么样？
　　　＞大伸和真一就在我旁边。
　　　＞要不要大家一边对答案，一边吃饭？

＞我们在考场前边的公园等你。

求职小组的七个人中有四个人都参加了交读社的考试,这足以证明全日本销售额第一的出版社的号召力之大。千晴赶紧把文具收拾好,走出了这座老旧的公共会议厅。千晴跑下会议厅外的台阶,看到有人正在小小的公园里朝自己挥手,是良弘和真一郎。

"喂——"

伸子驼着背,看起来垂头丧气;良弘则和往常一样,显得很开朗。良弘的一大缺点就是太顾及周围人的感受,什么时候都非常阳光。他自己却好像完全没有察觉到这一点。

千晴走进考生三五成群的公园,问道:

"大家考得怎么样?"

良弘抢先回答:

"我做得稀里糊涂的。"

伸子叹息着说:

"虽然知道交读社的笔试难得出名,但没想到会这么难。好泄气。"

千晴给大家打气:

"没关系的,那么难的问题,肯定也没几个学生能答得上来。真一同学,笔试的合格率是多少来着?"

这位柔道协会会员一边松领带一边说:

"交读社的笔试大概四个人能过一个。门槛相当高。"

JBC 和交读社的笔试都是在笔试四天后公布结果。千晴两边都过了。这让她自己也觉得有些意外。四个人中,通过交读社的笔试的,只有真一郎和千晴两个人。考完试以后在酒馆里闹得最欢的良弘和最闷闷不乐的伸子没能闯过这道难关。马上就要到三月中旬了,千晴已经无暇顾及别人是否及格了。

招聘考试好像波浪一样,一浪接一浪地打过来。在三月的第三个星期,千晴将迎来 JBC 的第一轮面试。英俊馆的笔试也被安排在了同一天。这一天的天阴得非常厉害,看上去不知什么时候就会下起雨来。空气的湿度很大,让人感觉好像被厚重的空气包裹着一样。英俊馆的考场设在神保町一处私营的礼堂里。

千晴已经参加过三次笔试了,她觉得英俊馆的考题比关东电视台的难,但比交读社的容易。英俊馆出题的范围并不宽泛,千晴满怀自信地走出了考场。

这天下午还有 JBC 的第一轮面试。从上午考完试的考场出发,乘坐地铁的半藏门线,不用换车就可以直接到达面试的考场。千晴虽然独自在东京生活,但一直以来,她对地铁的线路并不熟悉,倒是在求职的奔波中,摸熟了东京的交通系统。求职的过程对积累生活经验也起到了一定作用。

JBC 的第一轮面试是在电视台和学姐见过面的那条走廊上。

考官只有一个人,是一个年龄在三十岁到三十五岁之间、胡子拉碴的节目编导。他戴着一顶雷鬼帽,让人觉得他来涩谷不是为了到JBC上班,而是要去哪家雷鬼夜总会跳舞。

JBC是公共电视台,没有像民营的关东电视台那样努力营造出一种富丽堂皇的感觉。千晴想起了和学姐见面时的情景:那位学姐说她单凭笑脸就闯过了招聘考试这道难关,那么自己也只需要拿出微笑、朝气和真实的自我,高高兴兴地和考官进行交流,应该就行了。不用把面试想得太可怕了。

当主考官的编导来自电视剧制作部门。千晴最先被问到的问题是喜欢看哪些作家的书。

日本小说是一个千晴很在行的话题。千晴把她最近一年看过的小说列举了一大堆。工作在第一线的编导的视角果然与众不同,他又提了一个问题:"如果以二十岁到三十五岁的所谓F1年龄层的观众为对象拍摄一部电视剧,你想把哪本小说改编成剧本?而这个企划的卖点又在什么地方?"

这次面试让千晴觉得乐在其中。作为普通读者的千晴,在这里却可以为如何把自己喜欢的小说改编成电视剧出谋划策。面试成了一次关于电视连续剧的小型企划会议,核实履历表之类的例行公事几乎全被忽略掉了。

JBC的一对一面试一直持续了四十五分钟,大大地超过了规定的时间。一直到结束,面试双方都还在进行热火朝天的交谈。几乎所有的企业都因为业务繁忙,至多设定十五分钟的面试时间。JBC虽然只有一个考官，却给了应聘者三倍的时间。这家电视台虽然朴实无华，却能让人感觉到它待人真诚的一面。千晴把目光投向有些古旧的电视台的室内。企业固然会审视每一个应聘者，但应聘者也会在心里衡量企业的价值。这一天，千晴心情舒畅地向面试官鞠了一躬，离开了这家占地面积极大的公共电视台。

在还不知道英俊馆的笔试结果和JBC的第一轮面试结果的情况下，翌日，千晴又去参加了文化秋冬的笔试。这家出版社和行业老大交读社相比，企业规模仅为前者的三分之一，但这家出版社拥有文学类出版这一传统强项，旗下有芥山奖和直本奖这两项具有光辉历史的文学奖，对千晴这个不仅想从事杂志编辑，也想从事文学类图书编辑的毕业生来说，是一个绝佳的去处。

这家出版社的笔试，在出版业内以其独具匠心而闻名。能力倾向测验和一般的SPI并没有很大区别，但接下来的考题是写出五十则人物短评。例如池田勇人、折口雅博、帕丽斯·希尔顿、沃伦·利希滕斯坦、森理世、洪森、李安、秋元不死男、桑原武夫、艾薇儿·拉维尼、品川庄司……应聘的学生要给从社会各界挑选出的五十个人写出简短的评论。这样的试题虽然很有趣，但题中的很多人千晴只知道一个名字，根本想不出任何能够下笔的东西，千晴痛感自己知识的贫乏。

三天后，千晴的求职战役后半程的各项结果都出来了。她顺利通过了交读社和JBC的第一轮面试，却没能通过并没有觉得很难的英俊馆的笔试。倒是颇感棘手的文化秋冬的笔试过关了。大概别的考生也没能招架住那五十则人物短评。

千晴现在还握有机会的企业,只剩三家了。她需要考虑是否该应聘别的媒体,或者把媒体之外的企业也加进考虑的范围。千晴花了整整一天时间来想这个问题,最后得出的结论是不去应聘更多的企业,因为任何招聘考试都会分好几个阶段,非常消耗人的体力和精力。现阶段,与其增加自己需要面对的对手,不如把全部精力都投入到与这三家企业的较量中。

千晴下一步将要面对的是JBC和交读社的第二轮面试。巧的是,这两场面试和笔试时一样,又是安排在同一天。面试的时间一般都分三天,千晴在两个地方的面试很偶然地被排在了同一天。千晴觉得这是个好兆头,因为上次的笔试也是在同一天,而且都通过了,这一次一定也可以有一个好结果。细细想来,交读社和JBC分别是出版行业和电视行业最大规模的企业,都很有挑战的价值,而且也都能提供给千晴梦寐以求的工作。

文化秋冬虽然不是顶级规模的企业,但是仅就文学类出版来说,有着绝不逊色于交读社的业绩。千晴的书架上就放着很多他们出的书,因此千晴对这家出版社颇有好感。虽然那只不过是一家仅有三百名员工的出版社,但是千晴并没有把它当成应聘另两家企业失败时的保险。在JBC做节目、在交读社做杂志、在文化秋冬做文学类图书——如果能有三次人生,千晴会把这些工作各干上一辈子。对千晴来说,那每一份工作都是她的梦想。

现在已经到了三月的第四个星期,离公布应聘的最终结果只剩下两个星期了。在这段时间里,千晴还要闯过三轮面试,漫长的求职生活才算告一段落。千晴已经绕跑道跑完一圈,进入通向终点的直道了,剩下要做的事,就是全速冲向终点。到了这个阶段,千晴已经不再去想万一找不到工作该怎么办,只要能够在其中一家应聘成功就足够了。这三个地方考上一个应该还是能行的——千晴是一个天生的乐天派。

这天是春分的前一天。千晴在上午十点半到达了位于涩谷的JBC。在前台签完到,千晴在工作人员的引导下穿过迷宫般的电视台内部,来到了第二轮面试的考场。电视台为了防范不速之客,故意把室内的路径设计得错综复杂,千晴觉得自己一个人肯定无法原路返回。

JBC的第二轮面试是在一间小小的会议室里。会议桌的后面坐着三位电视台的工作人员,年龄都在三十五岁左右,身份分别是节目制作人、编导和公关。只有公关是一个没怎么化妆的女人,另外两个都是男的,一个穿着西装却没有系领带,一个穿着皮夹克,一个穿着毛衣——三个人的穿着都比较随意。制作人第一个开口:

"水越同学想做什么样的节目呢?"

千晴先大声说了一声"好的"。讲得头头是道固然重要,还必须让对方看到自己是一个怎样的人:有朝气、开朗、有不轻易气馁的韧劲儿。给对方留下这样的印象至关重要。

"我想做能吸引年轻女性观众的电视剧或者综艺节目。"

千晴事先查过,这方面是JBC的传统弱项。

"我觉得可以面向年轻女性做一些不追逐时代的流行、不过于眼花缭乱的节目。并不是所有的女性都关心流行时尚和恋爱,对自己以及将来都很有想法的女性大有人在。"

穿着皮夹克的编导问:

"你有什么具体的设想呢?"

"我觉得还是应该以职业女性为主题,再把恋爱、工作、结婚、低生育率这些问题巧妙地糅合到一起。立川博惠有一本小说,书名是《谁愿孤单》,我觉得那本书很适合拿来改编成剧本。"

制作人有些得意地笑了:

"那本书现在就在我们备选的书目里。你还有什么别的有意思的创意吗?"

以电视剧剧本为话题,千晴很自然地就和考官们聊开了。面试大约持续了三十分钟。面试结束的时候,千晴甚至觉得有些遗憾,她还想和工作在节目制作第一线的人做更多的交流。对方好像也意犹未尽。这次面试算是顺利过关,千晴在心里做了一个挥拳庆贺的动作。

下午是交读社的第二轮面试。算上秋天造访学长那次,千晴已经是第三次来交读社了,去交读社新总部大楼的路她已经很熟悉了。

在豪华的会议室里等待千晴的,是四位面试官。上次的第一轮面试是副主编、部门副经理级别的五个人。这次则去掉了"副"字,成了主编、部门经理、总编级别的四个人,其中一位是女性,是面向三十岁职业女性的女性杂志的主编。千晴知道那本杂志,上面的刊登的流行服饰和餐厅对她来说都太高档了,让她无法对那本杂志产生什么兴趣。年过四十的主编不同于JBC的公关,她的妆化得很到位,穿着价格不菲的粗花呢西装。

在简单的自我介绍和核对履历表之后,那个女主编突然发问:

"你觉得自己为什么没能通过关东电视台的最终面试?"

这个人冷冰冰的口吻,让千晴马上就产生了不想在她手下工作的念头。到目前为止,让千晴在面试中觉得很难相处的,只有首都电视台的那几个面试官。那种盛气凌人的态度曾经让千晴觉得很不愉快,那一次首战失利的结果现在想来也是在情理之中的。但是这一次一定要挺住,交读社是千晴在出版社中的第一志愿!

"因为我在履历表上写的虚假内容被揭穿了。我把一本只看过开头的书写到了履历表上,结果被那边电视台的高层问了个措手不及,使自己的情绪有些失控。"

千晴坦率而又爽朗地把自己痛苦的经历说了一遍,脸上是倾尽全力的微笑。

交读社的招牌杂志——综合性周刊《周刊TODAY》的主编

吃惊地抬起头来：

"是吗？那儿的最终面试应该只是最终确认一下进电视台的意向吧。你错过那个地方真是太可惜了！你在那边应聘的是什么工作？"

千晴并拢双腿，挺直后背。即使提到自己没能去的企业，也绝不能哭丧着脸。像这样的高压式面试，在被逼到绝境时才是决定胜负的关键时刻。

"我应聘的是节目制作。我去那里实习过两个星期，了解到工作在第一线的艰苦，但是我仍然觉得从生活中截取些什么展示给观众，是一份非常有意义的工作。我想这和杂志的编辑工作也是相近的。"

"这我倒不敢苟同。我觉得电视媒体和纸媒是截然不同的两样东西。你对流行时尚感兴趣吗？"

千晴能感觉到女主编冰冷的视线在从头到脚细细地打量着自己，让她开始在意自己平底鞋的鞋尖是不是有些脏。微笑、朝气和真正的自我——千晴根据自己的经验这样回答说：

"其实我对流行时尚完全不在行。因为我一个人一边打工一边在东京生活，所以没有余钱花在服饰上。等到我能自食其力的时候，我想我会好好打扮自己的。"

千晴想："我的发言是不是有些故作乖巧了？"

女主编看着面前的资料说：

"你中文和时事的笔试成绩还是不错的，但是社会生活和时尚方面的成绩并不理想。关于这一点你是怎么看的？作为一个要从事编辑工作的人，是不是不够全面呢？"

另外三个男性面试官好像在略感困惑地看着女主编。面试官之间在态度上似乎也有着微妙的不同。这四个人里面只要有一个人给千晴完全否定的评价，想通过第二轮面试就会相当困难。千晴虽然还在强装微笑，但已经能感觉到背上在流汗了。

"我应聘的是综合性周刊和文学类的编辑工作。我觉得在工作上应该扬长避短，但是如果被分配到女性杂志编辑部工作，我也会尽全力的。"

女主编用怀疑的眼光看着千晴。

这时文学出版部门的主管发话了：

"你能举出几本我们出版社这半年以来出的文学类书籍中你感兴趣的书吗？然后你再说说你现在期待哪位作家创作什么样的作品，谈谈你觉得好的策划。"

千晴长长地出了一口气，让自己捞一点分的机会终于来了。面对这样的问题，她可以毫不费力地举出四五本书来。为了不出什么纰漏，千晴慎重地挑选出一本，开始表述自己的想法。

交读社的第二轮面试用了二十分钟时间。和上午JBC的面试相比，千晴没能发挥得淋漓尽致。千晴和女主编之间那种充满火药味的气氛，似乎也影响了另外三位面试官。虽然千晴也在一定程度上展示了自己，但露骨的高压式面试让她觉得自己始终都只有招架之力。

千晴拖着沉重的步伐在池袋站坐上了JR电车。这一天是时隔很久的求职小组碰头会的日子。在离大学不远的咖啡厅，包括曾一度闭门不出的比吕氏在内，求职小组的七名成员又一次聚集到了这里。

良弘问迟到的千晴：

"千晴，怎么了？又搞砸了？"

自己的表情如此阴沉吗？千晴喝了一口热可可。每次面试之后，千晴总是非常口渴，非常想吃甜食。这大概是因为短时间内脑子和神经都被调动到了极限。

"什么叫'又'啊？"

大家以为两个人又要像平时那样开战，笑着看着他们俩。

"就是说，你是不是又像上次在关视那样掉链子了呀？"

千晴把面前的餐巾纸揉成一团，扔向良弘。那个满怀恶意的女主编的脸又浮现在了千晴眼前，让她的眼睛不知不觉间又有些湿润。她在心里发誓以后绝不再买那本女性杂志。

惠理子伸出了援手：

"良弘同学今天就不要再欺负千晴了。看来是真出什么事了。"

大家都安静下来，等着千晴说点儿什么。他人的失败虽然听起来很让人同情，但同时也很能勾起人的兴趣。

"交读社的第二次面试，我又被整惨了。是很过分的高压式面试。"

伸子则说：

"我昨天也去英俊馆面试了，第二次面试应该是主编级别的面试吧。我那个时候倒没什么，感觉还不错。"

千晴的头一下子耷拉了下来：

"交读社那边我肯定就到此打住了。出版社的第一志愿就这么泡汤了，太让人失望了。"

千晴能感觉到一直忍着的泪水不停地涌出来。她把脸朝下，竭力不让眼泪掉下来。求职的路还在脚下，不能因为这样的事就停下自己的脚步。

小组的领袖圭很平静地说：

"大家都通报一下自己求职的动向吧。我先来。朝风新闻、读入新闻还有每翼新闻的笔试和第一轮面试我都过了。从明天开始第二轮面试。到目前为止，全都在按预先的计划进行。我的目标是成为记者，所以没有应聘电视台，只应聘了报社。真一也来说说吧。"

柔道协会会员的个子不算高，也许是因为体格健壮，求职西装穿在他身上显得笔挺。

"我也过了读入和每翼的笔试和头道面试。朝风的笔试没过。另外，交读社、光册社、现代通信也已经到第二轮面试。我最想去的还是报社。和学长交流时感觉报社的氛围和体育社团很像，应该比较适合我。"

圭点了点头,又把视线投向了良弘。

良弘耸耸肩,说:

"我只勉强挺到了BOOKHOUSE的第二轮面试。我也去应聘那三家大报了,但已经全军覆没了。跟千晴一样,感觉前途是一片渺茫啊。虽然很没面子,但是除了媒体,我还想在制造业或者服务业也应聘几家公司试试。"

刚刚结束了蛰伏的比吕氏调侃道:

"良弘,搞什么嘛,你这就要战略转移了吗?"

良弘把自己的圆脸鼓得更圆了:

"已经放弃找工作的人可别数落人。我还想问你怎么办呢!"

在场的这七个人里,最一身轻的也许就是这个男生了。比吕氏轻飘飘地说:

"我今年留级一年,明年再重新去找影视方面的公司。大家找工作的经验教训,我会好好参考的。"

"你看你说的,这也太狡猾了吧。"千晴不禁大声说道。

惠理子已经定下了在关东电视台当播音员的工作。剩下的就是伸子和千晴了。千晴正准备开口汇报自己的情况,却被伸子抢了先:

"我应聘的出版社,除了英俊馆,已经全都没戏了。"

伸子本来圆润的脸颊,在求职战役进入后半段之后,一下子瘦削了。这位渴望成为女性杂志编辑的女大学生用黯然的声音说:

"除了英俊馆,倒也还剩几家出版社,但是出比较大牌的杂志的,只有英俊馆了,那儿是我最后的希望,所以面试的压力相当大。我现在吃不香睡不好,真的有些扛不住了。"

"哈哈,靠这个减肥也许是个好办法。不需要剧烈运动,自然而然就能瘦下去的求职减肥法!我的皮带也比以前松多了,可以多系一个洞了。"

良弘的玩笑话也没能激起大家的半点笑声。

千晴原本应聘了六家企业,现在也只剩下了两个地方。她叹了口气说:

"唉,交读社我肯定是没戏了。剩下的只有 JBC 和文化秋冬了。找工作就像是测试人的意志有多顽强的耐力测验。连着被'枪毙'四次,不管是谁也该变成泄气的皮球了。"

千晴环视着咖啡厅里围坐在桌子周围的一张张面孔,唯一一个没有显得忧虑的人,是已经敲定了工作的惠理子,其他人都或多或少地低着头。所幸找到工作的只有惠理子一个人,假如有半数以上的人都已经找到了工作,自己肯定会无法忍受。人在被逼入绝境的时候,心胸都会变得如此狭窄吗?千晴根本就没有闲情逸致去祝福获得成功的同伴。

这时良弘恨恨地说:

"我说各位,等大家都找到工作了,我们还去开过成立仪式的那家意大利餐厅,痛痛快快地喝一通怎么样?大口喝香槟,大块吃牛排,我一定要借这个好好地复仇!"

领袖圭打趣说：

"向谁复仇呢？"

良弘砰地拍了一下桌子。伸子吃了一惊，差点跳起来。

"当然是制造出应届毕业生招聘制度的所有日本企业！还有让我们学生承担这么大压力的整个社会！这些通通都该复仇！我们这样痛苦煎熬，可是那些面试我们的家伙却活得轻松自在，大家不觉得有气吗？"

真一郎却露出了苦笑：

"你说的也许有道理，但是良弘完全是在找撒气的对象嘛。当然，想找东西来撒气的心情是可以理解的。我也一直觉得求职就好像在打柔道的个人赛，但是我很庆幸有大家在。因为有我们的求职小组，我在找工作的时候，才没有觉得自己是完全孤立的。"

千晴抬起头来，又看了一眼大家的脸庞。虽然大家的表情都很沉重，但如果没有同伴在身边，压力一定会更大，找工作也会更加艰苦。虽然大家只是为了同一个难题，在同一时间里一起受煎熬，但同伴的存在仍然让人觉得是那样难能可贵。千晴虽然一直沉默着，但一股暖暖的、充满感激的情绪却无法抑制地从心里涌上来。

圭的口吻依旧平静：

"再过一个星期，求职最艰苦的日子就过去了。我们不要留下遗憾，全力去拼搏吧！大家还记得去年春天我们提出的口号吗?"

只有千晴一个人把口号大声喊了出来,她已经无暇再为这样的事害羞了:

"当然记得!不是'共闯难关'吗!"

圭微微一笑,向千晴点头说:

"对,真正的闯关现在才刚刚开始,我们不要放弃任何一个机会。让我们共闯难关!"

小组的士气空前地高涨。已经退出了今年求职战役的比吕氏不知为什么捂住了眼睛。千晴问他:

"比吕氏同学,你怎么了?现在可不是哭的时候。"

理论派男生举起左手,擦了擦眼泪。他细细的手腕从毛衣的袖口露了出来。千晴在瞬间看到了什么白色的东西——比吕氏的手腕上不知为什么缠着绷带。他慌张地拉了拉毛衣的袖子。千晴和比吕氏的视线撞到了一起,她微微摇了摇头向比吕氏示意。

良弘完全没有注意到这一幕,又在向大家提出新的提议。这个人真是够迟钝的。

"那我们今天晚上就先吃一顿,提前庆祝一下怎么样?大家快快地吃完,然后回去准备面试。我手头就有新开的餐饮连锁店的优惠券。"

伤兵满营的求职小组开始向着高田马场站进发。

这天晚上的聚餐异常安静,既没有人喝酒,也没有人开怀大笑。谁开了什么玩笑，大家也只是例行公事地报以毫无生气的一笑，就一笔带过了。虽然这家刚刚开业的西餐厅的菜很不错，但是连已经找到工作的惠理子都为了照顾大家的心情，只是闷不作声地吃饭。席间自然也没有什么气氛可言了。

久违的小组全体到齐的晚宴，被良弘不幸而言中，不到一个小时就草草收场了。在高田马场的人行道上，为了人生和求职而烦恼的七个人朝着各自的方向散去。

就在千晴准备往回走的时候，比吕氏在背后叫住了她。

"千晴，能跟你说会儿话吗？"比吕氏怯生生地说。

千晴回过头，看到那个男生幽灵般地站在昏暗的小路上。看到比吕氏手腕上绷带的千晴早有了心理准备，于是微微点了点头。周围已经看不到小组其他成员的身影了。两个人倚着锈迹斑斑的马路护栏坐下。

"今天吃晚饭的时候，你一直没有往我这边看。"

千晴知道自己看到了不该看的秘密，所以刚才一直躲着比吕氏的目光。比吕氏微微笑了笑，把毛衣的袖子撸了起来：

"是因为这个吗？"

男生纤细的左手腕上，果真缠着绷带。千晴默默地点了一下头。刚刚从蛰居中解放出来的理论派似乎并不介意：

"我的情绪可能还是有些不稳定。放弃了在今年找工作，让我终于可以出来走动了，但是时常想起自己已经掉队了，还是会觉得很忧郁。这是两天前快天亮的时候，突然控制不住自己给割的。不过用的是美工刀,而且是纵着割的,所以我并不是真的想死,而且也没有出很多血。"

朋友的语气异样开朗,反而让千晴更不放心。千晴把视线从比吕氏的手腕上移开,紧紧地盯着比吕氏干涩的眼睛说:

"我不会告诉别人的。"

"我知道。"

千晴觉得朋友的声音听起来就像是在哭泣。她慌忙把视线从比吕氏的脸上移开。

"明年再努力找工作……虽然我嘴上说得很轻松,其实担心得要命。明年是最后的机会了。明年如果我还是迈不出家门,一切就真的都完了。我总会想,这么无能的人活着也没有意义,死了也许反而会更轻松。"

千晴感觉全身都僵住了。她靠在马路护栏上,一动也不敢动。

男大学生好像想起了什么,轻轻地呼出一口气,笑着说:

"不过挺好的。"

千晴战战兢兢地把视线转向坐在一旁的比吕氏的侧脸。离樱花盛开还有十天左右的时间,早春的夜晚仍然让人感到浓浓的寒意,可以微微看到比吕氏嘴里呼出的白气。

"你说什么挺好的?"

"有大家在啊。虽然没能和大家搭话,最后也没能好好向大家道谢,但是你们每个星期都专程来和我说话,那真是救了我,让我从心底觉得自己并不是孤零零一个人,虽然我不像你们那么坚强。"

"我才不坚强呢。"千晴的声音小得几乎听不见,"我一点都不坚强。我也哭过无数次,也曾经被噩梦惊扰、满身大汗地醒过来,也曾经翻来覆去地睡不着觉。我不过是竭力装出一副若无其事的样子罢了。"

这时千晴突然顿悟,求职不过是人生的一个缩影。正是因为有了明确的时间限制和胜负之分,才显得更加色彩缤纷。

"我想就算走上社会参加工作了,这种让人喘不过气的感觉肯定也会一直持续下去。每个人都会一直被追问:你究竟是什么样的人?你能做些什么?大家都在一边到处碰壁,一边犯下这样那样的错误。找工作和人生并没有什么两样。比吕氏,你只要这样想一想,就觉得求职没有什么可害怕的了。谁都不可能活得比真正的自己更出色。"

比吕氏侧着头看过来,用充满憧憬的口吻说:

"是呀,如果能这样想,找工作能轻松不少。看来千晴比我坚强多了。"

坚强也好,软弱也好,对普通人来说,两者之间只隔了一层纸——千晴本来想这样对比吕氏说,但是她又觉得对这个手上缠着绷带的男生来说,过于严厉的言辞起不到什么作用。男人虽然不愿示弱,但是一到关键时刻,却又变得缺乏自信而且迟钝,实在是很让人为难的生物。

"嗨,我说两位……"

从高田马场的小路的拐角处,传来某人不紧不慢的声音。两个人吃惊地抬头看时,只见穿着不合身的西装的良弘,把双手揣在衣服口袋里慢慢踱了过来:

"我本来想等着送千晴回家的,可你们的话总也说不完,所以我就闪亮登场啦。"

比吕氏握着左手手腕,脸色铁青。

千晴慌慌张张地说:

"这里可没有人像某人一样,把别人叫去表白什么的。比吕氏在跟我说他妈妈的一些事情。"

良弘圆圆的脸上泛着微笑,朝两个人做了一个很不在行的眨眼睛的动作:

"你们两个说什么,我才管不着呢。倒是千晴,你明天没有面试,对吧?"

千晴点点头。离得最近的一次面试是后天文化秋冬的面试。

"那我们三个人再去喝几杯怎么样?在大家面前说不出口的悲惨求职经历,我们要说出一大堆来,让比吕氏参考个够,要让你再没勇气去找工作。"

良弘有一种能够让气氛欢快起来的不可思议的力量。虽然他的头脑和外表都不算出众,但真的是一颗难得的开心果。他那种没心没肺的开朗要是能分给比吕氏一点就好了。千晴这样想着,从马路护栏旁站起身来:

"好呀,那就让我们三个人喝到傻为止,让求职见鬼去吧!等到了大四,为了解恨,我也一定要玩它个昏天黑地。"

比吕氏也笑着站了起来。三个大学生迈着软绵绵、轻飘飘的步子,向附近最便宜的酒馆走去。

从半藏门站到文化秋冬,步行只需五分钟。前一天晚上,千晴把最近一年的畅销小说又在上网检索了一遍,其中有三分之二千晴都读过。其中凡是文化秋冬出的书,只要是千晴书架上有的,她也全翻了一遍,算是复习。这家出版社的主要业务是文学作品出版,换而言之,就是和作家联手出书。如果自己喜欢的作家的书是经自己的手出版的……千晴仅仅是这么想象一下,就会兴奋得手舞足蹈。

在走过一家有名的咖啡连锁店时,千晴单肩包里的手机响了。她打开手机盖子,把手机贴到了耳朵上。是一个语气平静的女声:

"是水越千晴同学吗?"

"对,我就是。"

"我是交读社人事部的。很遗憾地通知你,你没能通过我们公司的第二轮面试。"

千晴在最糟糕的时候听到了最糟糕的结果。虽然她早已预料到会是这个结果,但是在去唯一还留有希望的出版社面试的路上接到这样的电话,实在是太残酷了。千晴哭丧着脸,心里一个劲儿地埋怨从春天的天空俯视着这一切的求职之神,高高在上的求职之神。

人事部的女职员很诚恳地说：

"希望你在今后的求职中再接再厉，不要因此而讨厌我们交读社的书和杂志好吗？"

"她一定是一个好人。"千晴心里这样想，声音却有气无力：

"好的。谢谢。"

千晴挂掉电话，抬眼看着面前咖啡店映着自己身影的玻璃外墙。这个一脸可怜相、穿着土气的女大学生呆呆地站着，就好像迷路了一样。千晴看了看手表，离面试还有十分钟多一点。

"不赶快把状态调整过来，等着我的肯定还是后悔。"

我该怎么办？绝不能在这样的心理状态下走进文化秋冬。千晴紧紧地夹着包，冲进了咖啡店，冲着柜台喊道：

"给我来一杯超苦的意式咖啡，再加一个浓度！"

"如果求职之神不眷顾我的话，那我就求助于咖啡之神好了。到了这个节骨眼上，只要能让我的心情好转，什么都无所谓了。"

千晴端着香味浓郁的意式咖啡，坐到了靠窗的桌子前。她摘下手表放在了面前。从这里很快就能赶到文化秋冬，但是考虑到签到的时间，她必须得提前五分钟离开咖啡店。这样计算下来剩下的时间还有四分钟多一点。千晴需要用相当于流行音乐一首歌的时间，让糟糕到极点的心情恢复到平常的状态。仅存的最后一家出版社的第二轮面试在等着她。

千晴把四小包砂糖一股脑儿倒进了浓度加倍的意式咖啡里,搅了搅,然后一口气喝掉了半杯。她闭上眼,开始回想这一年的经历。求职小组的组建、实习进修、简历集训、造访学长学姐,还有完全无法预测结果的招聘考试。一个人在求职中被衡量的,不光是学习成绩、知识、经验,还包括性格和外表。一个人所有层面上的实力都要经受考验。

这样看来,现在不也是这场大考的一环吗?现在被考验的,是经受刻骨铭心的挫折后仍然勇往直前的毅力。这场大考不只有面试和笔试。

"千晴,忘掉过去的一切,把注意力集中到眼前要做的事上!"

千晴闭上眼睛试着对自己喊话。已经无望的企业只有放弃。最愚蠢的莫过于执着过去而失去眼前的机会。可是千晴脑海中的阴影久久不能消散。关东电视台的最终面试、首都电视台的面试、交读社的第二轮面试——铩羽而归的三次面试像走马灯一样轮流浮现在千晴的脑海里。

只剩不到两分钟了,千晴有些慌乱。这样下去,她也许根本就走不进面试的考场。千晴放在衣服口袋里的手触到了手机。她掏出手机,打开通讯录。到了这个时候,只能随便找个人来帮帮自己了。千晴按下的是良弘的号码。电话刚一接通,千晴马上就喊道:

"良弘,求你帮帮我!"

"千晴,你说什么呀?"良弘显得很吃惊。

"再过九十秒,我就要去文化秋冬参加第二轮面试了,但是我现在害怕得直想跑掉。求你帮帮我!"

良弘的声音一下严肃了起来:

"只要我能做到的,我什么都愿意干。但是我们现在是在打电话啊!"

千晴看了一眼面前的手表。秒针在悄无声息地向前滑行。

"你说:'千晴,你一定能行!'"

千晴觉得自己的声音就像是在惨叫。

"好,我知道了。你听好了啊——千晴,你一定能行!"

千晴觉得充满心胸的惶恐好像离自己稍微远了一点。千晴一边深呼吸一边说:

"再来三次。"

电话里传来良弘短促的笑声:

"千晴,你一定能行!千晴,你一定能行!千晴,你一定一定能行!"

千晴差点流下眼泪,握着电话的手因为太用力,已经没有了血色。

"谢谢良弘!我觉得好多了。"

"别客气,我有生以来还是第一次在电话里被人这样央求。不过千晴……"

良弘有些害羞的声音,让千晴觉得比以往的任何时候都更有魅力。千晴忍不住一阵心跳，她察觉到自己的声音也比平时更像一个女孩了：

"嗯？"

良弘的口吻难得一见地认真：

"刚才那句话，并不是因为你求我我才那么说的。我很久以前就一直这么觉得了，千晴肯定能做到的。还有九十秒时间对吧？你一路跑过去，把面试官放倒两三个回来。"

千晴的心里有一股小小的火焰在燃烧。如果被谁如此地信任，就算做不到也会勇往直前地去做的。如果做不到，就算不得一个女人了。

"谢谢良弘！我这就去跟他们拼了！"

"嗯，去打个大胜仗回来！"

千晴觉得身体的每一个角落都有力量涌出来。千晴的脑海里已经再没有"招聘名额""仅存的希望"之类的杂念，在接下来的面试中发挥出自己的最佳状态，这就足够了。

"良弘，你今天是个很像样的男人！"

"看不出这一点的只有你千晴一个人！"

千晴大声笑着挂掉了电话。离面试还有五分钟多一点点的时间，她把意式咖啡的杯子扔进垃圾箱，急匆匆地走出了咖啡店。

文化秋冬的第二轮面试并不是以多对一的形式进行，而是以多对多的形式进行。在会议室里坐成一排的三个面试官,全都是主编级别。而在大桌子的这边,包括千晴在内的六个学生则挺直了后背坐成一排。透过窗户,可以看到护城河周围茂盛的树木。这家历史悠久的出版社位于东京的中心的黄金地段。

综合性评论杂志《文化秋冬》的主编先开口了:

"大家之前应该都已经看过我们《文化秋冬》的新年号了。首先请大家每个人都谈一下那一期中好的地方和不够理想的地方,然后再请大家进入集体讨论。"

千晴若无其事地扫了一眼考场,应聘的学生男女各半。主编则都是男性,这很符合出版社以严肃的评论杂志和面向成年人的小说杂志为主营业务这一特色。

"那么从桥爪同学开始吧。"

主编点了千晴旁边那个男生的名。那个男生的声音很大,但是由于紧张,有些微微发颤:

"我觉得那期杂志里的中国特辑很不错。特辑对北京因奥运会而受到世界瞩目入手,对中国社会的各个层面进行了剖析,不单是政治、经济,还包括普通民众的生活、金融和房地产等等。我觉得只有《文化秋冬》的评论,才能够做出那样的广度。"

千晴心里不禁咯噔一声。那个男生说的和千晴准备的标准答案几乎一模一样。面试官在点头称是。男生好像找到了感觉,接着又说:

"虽然我自己并不在意,但要说不足之处,应该要数那一期杂志的厚度了。虽说是一年一度的新年号,但是像那样动辄八百页的大部头,翻看一下都会觉得手很累。"

他的发言勾起了大家的笑声。这个叫桥爪的学生很有两下子,需要提防。主编低头看了看履历表,又说:

"那么接下来是水越同学。"

现在该怎么办?避开中国特辑似乎才是上策。要说那本新年号里比较有意思的内容……千晴忙着在心里盘算,同时想起了良弘对自己说的话:

"千晴,你一定能行!"

千晴正视着主编的眼睛,开始发表自己的观点:

"那期杂志中的中国特辑确实非常值得一读,但我还是觉得盐泽康彦先生的新连载更有意思。盐泽先生自从夫人去世以后,已经五年没有发表新作品了。我一直是他的读者,所以满怀期待地把那篇连载读完了。盐泽先生在连载里面把他和夫人的邂逅用小说的形式讲述出来,令我感动不已。"

"哦——"《文化秋冬》的主编把身体向前探了出来,"我还在小说杂志工作的时候,负责的就是盐泽先生的稿子。那已经是十五年前的事了。从新年号的整体来看,那篇连载非常不起眼,是其中的什么内容引起了年轻女性的共鸣吗?"

千晴觉得有了一个不错的切入点。想靠脑子活、手段多赢得面试官的青睐,自己是没有胜算的,这个时候还是应该展示真实的自我。

"我觉得就小说而言,年轻人、老年人这样的年龄层划分并没有太大的意义。只要读者与作者心有灵犀,不管是什么样的作品,都能拨动读者的心弦。"

坐在最右边的主考官是小说杂志《秋冬增刊》的主编,他把双臂交叉在胸前,点头称是:

"那你能说一下我们杂志的不足之处吗?"

日本式的组织大多忌讳来自外部的批评。在媒体工作的人自尊心强,而且大多对自身的缺点有一定认识,现在应该冒着风险指出杂志的缺点吗?旁边那个男生刚才很聪明地转移了论点,回避了这个难题。

千晴用沉稳的口吻这样说道:

"我觉得值得商榷的,同样是中国特辑。虽然那些说辞拿来作标题非常醒目,但是我觉得认为中国带来威胁的观点,太片面了。中国是日本的邻国。现在中国发展的速度也确实惊人,但评论自己正在前进中的邻居时,应该多一些为他们加油鼓劲儿、更有人情味的内容,那样的话,整个特辑也就更加多层面、多视角了。"

会议室陷入了沉默。自己是不是说得有些过了?

《文化秋冬》的主编打破了僵局:

"你姓水越,对吧?你勇气可嘉嘛!"

"谢谢您的夸奖!"

虽然千晴是在诚恳地道谢,但她完全看不出主编的话究竟是久经世故的人擅长的那种讽刺,还是他发自内心的夸奖。

剩下的四个人之后也分别谈了那本出版社用来看家的评论杂志的优缺点。用自己的话明确指出问题所在的,只有千晴和另外一个女大学生,其他人要么含糊其词,要么靠插科打诨蒙混了过去。

由六个人进行的集体讨论的主题是"关于书店的思考"。千晴本以为,来出版社应聘的人都是爱书之人,但出乎她的意料,六个人中有三分之二的人似乎并不了解现在书店所处的状况。

这时主导了整场讨论的,仍旧是桥爪和千晴。书店规模的扩大和书店向郊外的迁移问题;市内小型书店的困境、在书店的推介下诞生的畅销书的不断涌现,让书店的工作人员作为最贴近读者的职业读书者而备受瞩目;网络书店的功与过……这些对喜欢看书的千晴来说,都是信手拈来的话题,却让其他学生才尽词穷。千晴甚至还向语无伦次的女大学生伸出了援手。

二十分钟的讨论仿佛在转瞬之间就结束了。千晴因为可以就书的话题进行探讨而兴高采烈,在面试结束之后仍然觉得意犹未尽。

《文化秋冬》的主编宣布道:

"面试就到这里。接下来请大家到旁边的考场写一篇作文。题目是《我的讣告》。"

千晴不禁会心一笑。这家出版社不愧是文学类出版的巨头,即使招聘考试也是如此地别出心裁。千晴现在更加想入职这家出版社、在文学类书刊的编辑方面大显身手了。千晴来到隔壁比较小的会议室,在规定的六十分钟之内用幽默的文字完成了那篇八百字的作文。

千晴结束了第二轮面试的所有程序,走在半藏门的马路上。她的心脏欢快地跳动着。虽然还不知道面试的结果,但是千晴的心里充满了倾尽全力得来的充实感。

春天的风从护城河的方向柔柔地吹过来。千晴昂首挺胸,向地铁的入口走去。从衣服口袋里传来了短信的铃声,千晴马上把手机打开看了一眼。

>文化秋冬的第二轮怎么样?
>我的咒语见效了吗?
>要不要一起吃晚饭?

是良弘发来的短信。千晴把大拇指动得飞快,给良弘发去了 OK 的回信。

千晴没有时间陶醉在文化秋冬第二轮面试带来的成就感中,求职的战斗接近尾声,一个又一个的难关接踵而来。千晴没有思前想后的时间,因为第二天就是 JBC 的最终面试。到了这个时候,千晴才终于把求职西装穿出了一些感觉。这种整齐划一的服装果然方便。每次面试都要考验千晴挑选衣服的眼光,对她来说才更恐怖。

千晴自己动手把西装熨好,在这一天的上午九点半走出了涩谷站。这是一个天气不错的星期三。JBC 的正门前有好几百个年轻人在排着队。也许他们是什么节目的观众。一身深蓝色西装的千晴从这些衣着色彩缤纷的人旁边走过,来到了工作人员专用的大门。从拜访学长那时开始算起,这已经是千晴第四次到这里来了。

千晴穿过早已熟悉的大门,和前台的人打过招呼,马上就有一块告示牌映入了眼帘,上面写着:"参加最终面试的人请先接受体检。"旁边红色的箭头标出了该去的方向。千晴从穿着白大褂的工作人员那里拿到体检表,写上了自己的名字。巨大会议室的一角被帘子隔出来一块空间,千晴在这里换上了自己带来的 T 恤和短裤。

第一项是测身高体重。医生问诊的内容,包括既往病史以及是否做过手术。很幸运,千晴的身体非常健康,到目前为止,从来没有住过院。然后是量血压、测视力、拍 X 光片、超声波检查。最后,千晴来到一张桌子前,上面放着固定手臂用的台子。

护士面无表情地说:

"请把左手放到上面。"

这是要干什么?千晴颤巍巍地把手臂伸了出来。护士一把抓住她的手臂,用脱脂棉在手臂的中段擦了擦。千晴马上觉得好像敷上了冰一样凉飕飕的。原来是酒精消毒。这是要打针吗?

千晴不禁咬紧了牙。

"好啦好啦,没事的,放松点。"

护士把空注射器扎进了千晴的血管,动作一点都不轻柔。原来是验血。千晴的血液被用相当粗的注射器抽去了整整一管。

千晴把头扭向一边,一边忍着疼一边在心里想:

"受这么多罪,还被抽掉这么多血,要是没拿到招聘名额,那就太亏了。"

接受完体检,千晴又把衣服换成了求职西装,她感觉仿佛披上了战甲,马上就可以去冲锋陷阵了。求职西装真是具有一股不可思议的魔力。

上午十一点刚过,轮到千晴接受面试了。考场在电视台的一楼,是千晴以前来过的一间朴素的会议室。

听到叫自己的名字,千晴走进会议室,随即深深地鞠了一躬。在把头抬起来的瞬间,她差点喊了出来。千晴拜访过的文化和社会福利节目的编导西山,就坐在桌子的对面。她好像也注意到了千晴,一丝窃笑掠过了她的面颊。

千晴不禁在心里欢呼雀跃:

"好棒!这太让人振奋了!"

既有像关东电视台的最终面试那样噩梦一样的面试,也有像现在这样完美开局的面试——求职就好像人生,谁都不能预料下一秒会发生什么。西山没有像上次那样,穿着满是褶皱的运动装和污迹斑斑的牛仔裤,而是像模像样地穿着灰色的毛料西装,但她的脸上仍旧没有化妆。

女编导开口说话了：

"水越同学你好,请坐。"

"谢谢。"

然后面试官询问了履历表的内容和进电视台以后希望从事的工作,对方的态度好像已经知道结果似的。面试的后半段则是询问如果电视台有招聘意向,千晴是否真的会来公司工作。之前的面试,千晴总是在拼命表现自己,和这次所受的待遇完全相反。面试官共有四个人。JBC派出的是年轻骨干和台长级别高管的混编部队。一般的企业越靠后的面试面试官的级别也会越高,而这家电视台在这方面非常民主。

"好,辛苦你了。面试的结果会在下个星期一联系你。请你耐心等候。"

异常顺利的最终面试就这么波澜不惊地结束了。千晴道了一声谢,最后看了一眼西山。女编导也向这边轻轻点了点头。

千晴站起身来鞠了一躬,走出了会议室。她关上门,做了个深呼吸。为了应聘这家电视台所能做的事情,千晴已经全都做了。看看手表,最终面试才不过用了十五分钟。

求职要求人把所有已经过去的事情清零。既不能沉湎于失败,不也能因为一时的成功而得意忘形。千晴在这天之内,就把自己觉得很满意的JBC最终面试在脑子里重放了一遍,然后把那些情景从脑海里干干净净地清除了出去。剩下的只有等待结果了。千晴已经没有什么可以再努力的了。

千晴现在要做的,是尽全力去攻克应聘的出版社中最后的一线希望——全力攻克文化秋冬这道最后的关卡。这边的面试和JBC的面试相隔一天,是在星期五。和之前的考场不同,这次的考场位于出版社新总部大楼的一间豪华的会议室,面积大约一百平方米,里面的会议桌排列成椭圆形的一圈,好像高级宾馆的宴会厅。

被叫到名字的千晴推开双开门中的半扇门,不禁为眼前的情景倒吸了一口凉气。十几个出版社的高层背对着窗户密密地坐成了一排。那些人几乎都五十多岁,年纪和千晴的父亲差不多。关东电视台的最终面试的苦涩回忆,又闪现在了千晴的脑海。千晴的腿好像灌了铅,迈不开步子。又要在同样的场面重蹈覆辙吗?走路这个动作应该怎么做来着?迈右脚的时候应该出的是……右手?千晴陷入了一片恐慌。背上的汗直往下淌。那个软弱的自我又在千晴的心里占据了上风。

"咦,这不是千晴同学吗?"

"您……您好。"

向千晴伸出援手的,是前面第二轮面试时的面试官——《文化秋冬》的那位主编。他微笑着跟千晴打招呼。他好像对千晴的印象不错——千晴已经练就出了对面试官察言观色的本领。

"来,请进!"

这一声招呼就好像魔法,解除了千晴的紧张。千晴这才终于向前迈开步子。千晴的不知所措虽然只是瞬间,但她自己却觉得十分漫长。面前的折叠椅,在千晴眼里就好像是抢椅子游戏里剩下的最后一张椅子,只要抢到它,自己就可以在梦寐以求的地方找到一辈子的工作了。

"无论如何也要把这场面试挺过去。"

千晴微微行了个礼,坐到椅子上。

突然有人提了一个出乎千晴意料的问题。提问的是千晴在以前的面试中不曾见过的一个董事。

"你在走进这个房间的时候,最先想到的是什么?"

这位考官大概也察觉到了刚才千晴进来时异乎寻常的状态。涉世颇深的人目光果然敏锐,现在只能用诚恳的态度去应对。千晴一边凭借意志力保持着微笑,一边说:

"我觉得很害怕,迈不开步子。我在某家电视台参加最终面试的时候曾经有过很大的失误。我想起了那时候的事情。"

"是吗?那是什么样的失误呢?"

千晴把关东电视台高层面试的情景,尽量幽默地述说了一遍。

另一个董事又问道:

"原来是这样。那对你来说,面试是什么?"

这家出版社的最终面试,有可能是千晴求职历程中最后的面试,是她求职历程的收官之作。千晴思考片刻,这样说道:

"我觉得面试是向他人展示真实自我的机会。出类拔萃、知识渊博、勤勉努力这些品质固然非常重要，但是最重要的还是双方真诚坦率地进行交流。无论多么有能力的人，若招聘官不知道他到底在想些什么，又怎么能接纳他、跟其在一起工作几十年呢？这对从外部审视企业的学生来说，也是一样。"

千晴能够察觉到考场的气氛缓和了下来。几个高层点着头，用笔写下了些什么。这里不愧是出版社，那些高管大多用的是钢笔而不是圆珠笔。

另一个高层又问：

"你为什么选择文化秋冬呢？"

这个问题是千晴充分准备过的：

"我小时候就一直喜欢看小说，梦想着能与作家老师们一起创作作品。为了向学长们取经，我去拜访过各种各样的出版社，大家都异口同声地说：如果想搞文学类出版，文化秋冬是不二选择。"

这句话虽然有些夸张，但是千晴确实从做编辑工作的人那里听到过这样的话。听到自己所在的组织得到他人的高度评价，是不会有人生气的。

"我知道了。那么面试就到这儿吧。"

千晴行了一个礼，走出了会议室。面试的时间不过短短的十分钟。关上会议室的门，千晴迫不及待地做了一个深呼吸，觉得全身的力气好像都在挥发。千晴求职到此就算是告了一个段落，剩下的就是等待出结果了。如果 JBC 和文化秋冬都没有要千晴的话,地狱似的循环还将卷土重来。虽然千晴已经尽力,避免这样的事情发生,但是谁也无法预料结果究竟会怎样。

人事部的男职员走了过来,跟千晴搭话:

"水越同学,辛苦你了,我们会在星期一打电话通知你结果。"

"谢谢您。电话大概会在几点打过来?"

人事好像很难作答的样子:

"这个嘛,现在这个阶段还说不好。你有哪些时间不能接电话?你要是接不了电话的话,我们会给你留言的。"

那又将是非常漫长的一天。JBC 和文化秋冬会在同一天来通知,但是再计较这些也没有什么意义了。在这一个月里,已经有过太多的等待,一天的时间已经算不了什么了。

"好的,我知道了。谢谢您在这么长的时间里对我的照顾。人事的工作大概也很辛苦吧,您一个人需要照看那么多来应聘的学生。"

对方是一个感觉很不错的青年,年龄大概三十岁出头,人也长得很帅。这个系着领带的人事职员微微一笑,说:

"水越小姐还有余力顾及周围的人。大家大多没有工夫注意到我们有多辛苦。每年都会有好几千人来应聘,但是最多也只会录用十来个人。为了让被淘汰的人不讨厌我们,让他们今后也还愿意看文化秋冬出的书,人事部这边也是费尽了苦心。"

确实就像他所说的那样,千晴虽然只需要经历一次求职,但这种日本特有的求职周期,每年都要重复下去。面对紧张得不能自已的应聘者开展工作,想必同样要忍受巨大的压力。人事部的年轻员工最后说:

"预祝你求职成功!"

这应该是他发自内心的祝福。千晴又鞠了一躬,说:

"谢谢您!长久以来承蒙您的照顾了。"

千晴在求职结束之后,心情出奇平静。她从文化秋冬的考场直接回到了自己的住处,准备了一些简单的食材,一个人吃了晚饭。现在的千晴全然没有叫上朋友一起狂欢的心情。

到了晚上,千晴在自己的房间里,把为了找工作而搜集到的资料整理了一番。各个企业送来的小册子、招聘考试的应试参考书、习题集、传授求职的礼节和经验心得的金句集、关于媒体行业的资料……全摞起来到千晴的腰那么高。

现在回头再看看这些书,千晴发现几乎都没有什么实用性。其中有些就是看准了求职者病急乱投医的心理而炮制的,内容空洞无物。这些书的作者到了明年,一定还会向新一批的求职学生兜售这些照葫芦画瓢的东西。这是每年周而复始的好买卖。

千晴又心不在焉地看了一会儿电视,在和平时一样的时间睡了觉。这个星期五的夜晚,就好像当天没有任何特别的事情发生过一样,在异常安详中度过了。

第二天,千晴迎来了一个很棒的早晨。偶尔会有一些日子,一睁开眼就会觉得心情非常畅快。这样的早晨,会仅仅因为自己活在这个世界上,心里就充满感激之情。千晴在这个星期六的早上就处在这样的状态。

一直笼罩在头顶名为"求职"的乌云消散了,天空终于放晴。在很长一段时间里,千晴都对自己的将来充满了恐惧。这种不安现在被冲刷得干干净净,抬眼看去,是一眼望不到尽头的蓝天——这就是千晴现在的心情。虽然还不知道面试的结果,但是一次又一次应试的经验告诉千晴,那两次面试的结果应该都不会让人失望的。

千晴一如平常地度过了这个周末。她重新开始了最近无暇顾及的学习,又去西餐厅打工,给同性朋友打电话聊天,打听朋友熟人求职的情况。各家媒体已经开始陆续发出聘用通知书了。

千晴还去逛了逛街。以前总让千晴觉得不自在的东京的闹市,现在却让她觉得一切映入眼帘的东西都是那么美好。千晴重新认识到上大学的三年,自己原来一直生活在一个如此美丽的地方。千晴度过了宛如梦境般的两天。

星期一,"最终审判"的日子到来了。

天空从早上开始就是一片晴朗。天气预报里说下午的气温会接近二十摄氏度。这一天千晴在学校没有什么事,但上午还是去大学转了一圈。上班时间偏晚的传媒行业大多会在下午打来电话。千晴周围的人都在不约而同地交换着关于谁被录用的信息,但千晴并没有参与其中,也没有和求职小组的成员们见面。

　　漫长求职生活的最后一天,千晴想一个人平静地度过。虽然千晴觉得自己有把握被 JBC 和文化秋冬录取,但是自己的判断也许并不准确,不能排除同时被两个地方淘汰的可能性。虽然这是千晴不愿意去设想的,但如果那真的发生了,千晴一定无法忍受有朋友或者认识的人在自己身边。

　　千晴为了讨个好彩头,在学生食堂特意点了并不感兴趣的猪排咖喱饭①。千晴轻描淡写地把猪排咖喱饭吃完,现在她可以做的事已经全都做完,剩下的只有等待了。随便去个什么地方都行,总之先离开校园吧。千晴信步走向离学校最近的车站——高田马场站。这是三月的最后一个星期一,大马路上洒满了阳光,暖和得好像阳春三月已经提前到来了一样。千晴穿着牛仔裤和运动鞋,上身穿着从上高中时一直穿到现在的连帽粗呢大衣,不管是脚步还是身体,都充满了最近没有过的轻快感觉。

　　千晴懒得去坐电车。钻进不见阳光的地方,不去享受这明媚的阳光,简直就是浪费春光。千晴花了一个多小时的时间,就这么一路走到了新宿御苑,她看看手表,才下午两点。她在这座位于东京中心的公园的长椅上坐下,眼前染井吉野②枝条垂得低低的,上面点缀着许多朱红色的花苞。樱花大概马上就会开花,

---

① 日语中,"猪排"一词和"胜利"谐音。
② 樱花的一个品种,得名于东京的染井村与奈良的吉野。

真正的春天就要到来了。

千晴伸直了双腿,坐在长椅上,呆呆地想起了心事。在过去的一年中,她都没有闲情逸致像这样欣赏自然风光,总是在思考自己究竟是谁,究竟能做些什么,也曾经无数次地想过自己也许是这个社会所不需要的人,也曾经感到同龄人不管是谁看起来都是那么的优秀,只有自己被远远地抛在后边。即使这样,千晴仍然咬着牙坚持了下来,一直到今天。

现在千晴终于能像这样,在平静的心情中迎来求职生活的最后一天了。周围小鸟的歌声让人不敢相信这里位于东京的中心,听着小鸟的叫声,千晴回想起了过去的一年。

去年春天的分组讨论还真是一塌糊涂。在西餐厅一起打过工的学长,现在找到正式工作了吗?实习时没有被叫去试镜,让她很失落。和学长们见面,让千晴深刻体会到即使找到工作,之后的道路同样并非一马平川。简历集训的时候,大家互相挑了不少毛病。良弘的表白也已经成了让人怀念的回忆——大学生活还有最后一年,给良弘一个机会说不定也不错。之后就是一次又一次的笔试和面试,像狂风中大海上的巨浪一样袭来。关东电视台、首都电视台、交读社、英俊馆……虽然千晴用尽全力,但还是被干净利落地刷了下来。关东电视台的最终面试和交读社的第二轮面试,即使到现在,也还让千晴一想起来就感到一股来自身体深处的痛楚,就好像是火焰在噼里啪啦地燃烧着。

而今天,千晴却在春天的公园中等待着最终面试的结果。

"对我来说,不是已经做得很好了吗?"千晴在心里这样对自己说,"找工作是一件很不可思议的事,不管怎么努力,也不会有谁来夸奖我。考大学时周围那些对我关怀有加的人,到了求职的时候都变得异常冷淡。这么艰苦的事情,我竟然为之奋斗了整整一年。赚不到一分钱不说,一旦在中途被刷掉,之前所有的努力都会付诸东流。这样的世道,大家竟然……"

正想到这里,粗呢大衣口袋里的手机响了起来,液晶的小窗口上显示出 JBC 人事部的字样。千晴用颤抖的手掀开手机的盖子,接通了电话:

"您好。一直承蒙贵台的关照。我就是水越。"

电话中女性的声音显得很平淡:

"恭喜水越小姐,电视台已经决定聘用你了。关于今后的安排将会有一次见面说明。请你在星期五下午来一次电视台,详细情况等会儿我们会用邮件发给你。"

"我知道了,谢谢!"

挂掉电话,千晴流下了这一天的第一次幸福的眼泪。

千晴马上给长野的父母打去了电话。母亲只是很平淡地说了句"不错呀",让千晴出乎意料。然后千晴又给所有想得到的朋友打了电话,告诉他们自己在 JBC 找到工作的消息。千晴不禁感叹,手机在这种时候是多么方便。

千晴又开始等待下一个电话。她觉得新宿御苑的这张长椅是自己幸运的象征,所以没舍得离开这儿。春天充满暖意的下午正在慢慢地过去。拿到录用通知之前和之后的心境竟然会有如此之大的差别,这让千晴自己都觉得有些不可思议。就算毕业了也还有下一个自己该去的地方——这种归属感和有人需要自己的感觉,给千晴带来了深深的充实感。在这个社会上找到自己的容身之处,感觉竟如此美好。

千晴又在自己的专用长椅上坐了三个小时。像鸡蛋的蛋黄一样色彩鲜明的夕阳,在西边的高层楼群间慢慢地沉了下去。如果没能通过最终面试,也许就不会有电话打过来了。等到夕阳完全下山,就回家吧。

正寻思间,扔在长椅上的手机突然震动了起来。千晴看了一眼来电显示。

"来了!是文化秋冬!"

千晴打开手机盖。这时千晴的心里已经毫无焦躁和不安,她已经做好了接受任何结果的心理准备。

"是水越小姐吗?我是文化秋冬人事部。"

电话对面的声音听起来有些耳熟,是在最终面试后和她聊过天的那个人。

"嗯……对,是我。"

人事部职员的声音显得非常爽朗:

"你考过了,恭喜你!请一定要在我们出版社干出像样的成绩来,我很看好水越同学。接下来在星期三中午会有体检和录用说明会,我们回头再见。"

千晴从长椅上跳起来大声说道：
"好的,谢谢您了！"

千晴朝空无一人的绿色草坪鞠了一躬。挂掉电话,千晴在考虑是不是应该给所有的人再打一次电话。但在这之前,千晴想一个人好好品味一下现在这种无比幸福的心情。整个公园都沐浴在夕阳中,所有的东西都被染上了橘黄色。

广场、小径、散步的人们、孕育着点点花苞的树木、远处新宿的楼群,全都在洒满大地的夕照中模糊了轮廓。千晴觉得自己一定会永生难忘这个瞬间的景色和自己现在的心情。今后走上社会的自己也许会面临各种难关,但是只要不忘记现在的心情,就肯定不会有事的。

千晴又最后看了一眼自己的幸运长椅。那是一张油漆稍有些剥落的老旧的长椅。

"什么时候有了伤心的事情,我还会回来找你的。"

千晴慢慢地走在市中心的公园里,但是她并没有回哪怕一次头。她已经一个人静静地度过了上个周末,今天晚上也许应该叫上朋友们闹腾个底朝天了。现在已经放春假了,大学没有课了,打工就算迟到也无所谓了。现在是该好好地放纵一下了。如果要一直闹到深夜的话,已经找好工作的惠理子和喜欢凑热闹的良弘应该最合适。

千晴掏出手机,按下了自己熟悉的电话号码。这是她今天第二次打电话告诉别人好消息,她的声音里充满了难以掩饰的兴奋。

七 尾 声

一个月后,在一年前举行成立仪式的表参道的同一家意大利餐厅里,大家举行了求职小组的解散派对。这时所有成员的录用情况也已经尘埃落定。很幸运的是,应届毕业生的就业情况已经从泡沫经济崩溃后的悲观状态中完全走了出来。虽然并不是所有的人都算得上心满意足,但是参加了招聘考试的所有成员,都拿到了一个以上的录用名额。

菊田良弘在三家报社和三家出版社的求职全都以失败告终,最后在用来保底的综合性家电公司拿到了一个名额。良弘本来就不适合在传媒行业工作——大家的反应显得格外平静。

小柳真一郎从应聘的四家报社、两家通讯社、两家出版社一共拿到了三个名额。真一郎选择的是一家总部在大阪的报社,因为柔道协会的一位学长在那里的人事部工作。真一郎一直到最后也遵照体育社团的风气,并没有违背学长的指示。

仓本比吕氏在和导师、职业向导科商量过之后,正式敲定了留级的事。他将重整旗鼓,重新作为大三学生投入到新一轮求职战斗中去。

犬山伸子在六家大出版社的招聘考试中全部落马,她也在用来保底的著名百货公司拿到了录用名额。但是她还是对编辑的工作依依不舍,有可能会以准应届毕业生的身份再次向出版社发起冲击。

佐佐木惠理子把自己的工作锁定在了最初获得聘用名额的关东电视台,但是因为她并没有像其他应聘播音员的人那样进行过发声和朗读的专业训练,所以今后她将到关视播音员出身的某人主办的学校进修。惠理子拥有那样的美貌和聪颖,小组里谁都没有替这位公主担心。

七个人中最让人意外的是领军人物富塚圭。圭报考了四家全国性报纸和两家通讯社,在那六个地方全都拿到了录用名额,却突然把这六个地方全都回绝掉了。虽然惠理子哭着劝说他,但是圭好像心意已定。他毕业后的目标是成为给报纸杂志撰写纪实类文章的自由撰稿人,他会先离开日本,用大约半年时间游历世界各地的冲突地区。这个极优秀的大学生,毫不犹豫地舍弃了应届毕业这张金色门票。如果考虑到终身收入,自由撰稿人在经济方面肯定会更加不稳定,但是人并不是为了终身收入而活着。他和惠理子刚刚开始的恋情也因此而不知何去何从。但是千晴丝毫不为圭的将来担心。有他那样的头脑,不管在什么样的地方,肯定都能找到让自己绽放耀眼光芒的办法。

最后要说的,是我们的主人公水越千晴。千晴虽然在两家电视台和两家出版社的招聘考试中失利,却从公共广播 JBC 和精于文学类出版的文化秋冬拿到了录用名额。然而,在拿到录用名额之后,千晴又有了新的烦恼,因为两边都是十分理想的工作。千晴在深思熟虑之后,终于做出了决断。但是在这个故事的最后,就不把这个结果告诉大家了。我希望把这本书一直读到这里的你,来替千晴决定她将热爱一辈子的工作。适合千晴的,究竟是一边督促不知道遵守截稿日的作家,一边每个月都让新书问世的文学编辑,还是辗转于各个地方台,专注于拍摄当地的新闻、纪录片的电视台编导?请你按照自己的意愿做一个选择吧。而能干的千晴和总是慢半拍的良弘这一对让人忍俊不禁的情侣的将来,也任由大家想象好了。

无论大家做出了什么样的选择,我都毫不担心千晴的将来。无论这个社会贫富的差距怎么扩大,能够充满活力地去工作的人,都一定会笑到最后。

因为要论微笑的魅力和朝气,没有人敌得过在求职中经受过磨炼的千晴。

图书在版编目（CIP）数据

求职记 /（日）石田衣良著；张凌志译. — 青岛：青岛出版社，2020.4
ISBN 978-7-5552-8754-4

Ⅰ.①求… Ⅱ.①石… ②张… Ⅲ.①长篇小说—日本—现代 Ⅳ.①I313.45

中国版本图书馆CIP数据核字（2020）第001167号

SHUKATSU! by ISHIDA Ira
© ISHIDA Ira 2008
All rights reserved.
Original Japanese edition published by Bungeishunju Ltd., Japan in 2008
Chinese (in simplified character only) translation rights in PRC reserved by Qing Dao Publishing House CO., LTD, under the license granted by ISHIDA Ira, Japan arranged with Bungeishunju Ltd., Japan through Beijing Hanhe Culture Communication Co., Ltd.

山东省版权局著作权合同登记号 图字：15-2017-41

书　　名	求职记
著　　者	（日）石田衣良
译　　者	张凌志
出版发行	青岛出版社
社　　址	青岛市海尔路182号（266061）
本社网址	http://www.qdpub.com
邮购电话	13335059110　（0532）68068026
策　　划	杨成舜
责任编辑	刘　迅　E-mail：siberia99@163.com（日本方向选题投稿信箱）
特约编辑	黄俊凯
封面设计	小　乔
封面插图	李倩莹
照　　排	青岛新华出版照排有限公司
印　　刷	青岛双星华信印刷有限公司
出版日期	2020年4月第1版　2020年4月第1次印刷
开　　本	大32开（880mm×1230mm）
印　　张	11.75
字　　数	215千
印　　数	1-8000
书　　号	ISBN 978-7-5552-8754-4
定　　价	39.00元

编校印装质量、盗版监督服务电话　4006532017　0532-68068638
本书建议陈列类别：外国文学　畅销　青春